執手偕老不行嗎 3

風文創 710

暮月 著

目錄

第二十一章 005
第二十二章 037
第二十三章 067
第二十四章 097
第二十五章 127
第二十六章 157
第二十七章 187
第二十八章 217
第二十九章 249
第三十章 279

第二十一章

「陛下，太子殿下在御書房求見。」總管太監躬著身子走過來，恭恭敬敬地回稟道。

「朕與仙姑正在講道論法，請太子殿下改日再來。」天熙帝擺擺手，並沒有召見的意思。

總管太監略有些遲疑，想要再勸，但見天熙帝已經轉過身去，與那仙姑論起道法來，唯有低著頭，躬了躬身，悄無聲息地退下。

「父皇果真如此說？」趙贇有些不敢相信。這已經是這段日子以來，天熙帝第三回沒有見他了，在此之前可是從來沒有遇過之事。

他不知不覺地擰緊眉頭。「父皇這段日子除了與那仙姑講道論法外，可曾見過其他人？」

「回殿下，並不曾。」總管太監不敢瞞他，如實回答道。

趙贇這才覺得稍稍鬆了口氣，隨即眉頭卻又皺得更緊。

父皇對那女子的寵信是否太過了些？不上朝倒也罷了，如今竟連自己也不見，讓他精心準備著打算再剝趙甫一層皮的戲碼都無法上演。

宮裡無緣無故多了位道姑，還被皇帝奉為上賓，不只宮裡的妃嬪心裡直嘀咕，便是趙奕也是隱隱覺得有幾分忐忑不安。

父皇沈迷修道不理朝事本非好事，如今又來了這麼一個來歷不明的道姑，越發將滿腹心思投入進去，旁的事竟是絲毫也不理會了。

「母妃，那位仙姑到底是什麼來頭？」

麗妃搖搖頭。「我也不清楚。太極宮除了你父皇，旁人輕易不能進去，她若不出來，尋常人想見她一面都非易事。」

「難道連母妃也不曾見過她的真面目嗎？」趙奕訝然。

「這倒不是，前幾日在御花園曾遠遠見過她一面，單從外表來看，確實像是位方外之人。」

「方外之人……」趙奕琢磨了片刻，緩緩搖頭。「若當真是方外之人，如何又會進得宮來？皇宮內苑乃是天底下最尊榮之處，她縱是修道之人，到底身為女子，能進宮來，便已沾染了紅塵，絕非方外之人。母妃，此女來歷不明，行為蹊蹺，您還是莫要與她走得太近，只是也無須避她如蛇蠍。」想了想，他又不放心地叮囑道。

「你放心，母妃心中都有數。」麗妃微微一笑，隨即又想到至今膝下無子的兒子，再想想兒子與兒媳的緊張關係，又忍不住低低地嘆了口氣。「曹氏到底是你的元配嫡妻，你便是心裡再惱，該給她的體面也不能少了。」

一聽她提及曹氏，趙奕的臉色便不怎麼好看，勉強道：「孩兒自有主意，母妃不必擔心。」

麗妃知道他不過是敷衍自己，有心再勸他幾句，但想想那個同樣不合她心意的兒媳婦，便又作罷。

許是因為麗妃提及曹氏，從宮中離開後，趙奕的心裡總是不怎麼痛快，也沒有留意神情有幾分恍惚的宋超。

自認出那個仙姑便是早些年自己納的小妾紫煙後，宋超這心裡便一直七上八下。

他很肯定當時必定有人在看著自己，一定不會有錯！這個人極有可能是那位「仙姑」，也就是被他轉手送人的紫煙。

那小娘兒們果然是回來報復的！他暗暗磨牙，在心裡狠狠地啐了一口。

老子當年又有哪裡對她不住了？便是把她送人，也是送給一個儀表堂堂、頗有家財的富家公子，又哪裡埋汰她了？

當初納她時，他便說過，自己習慣一個人無拘無束的日子，所以這輩子不會娶妻。是她堅持要留下，只道願為妾、為婢侍奉左右，可如今呢？

他恨恨地抹了一把臉，罵了聲娘。

他娘的，果然唯女子與小人難養！或許還真讓那什麼賽半仙說中了，這紫煙就是他欠下的紅顏債。

過不了幾日，便是唐晉源與明菊的兒子滿月。凌玉上門祝賀時，才從唐晉源口中得知，太極宮中的那名仙姑，果真是數年前被宋超轉手送人的紫煙。

「我說他造孽，晉源倒還不這般認為，只道什麼天意弄人。什麼都怪到天意上去，老天爺聽到了怕也是想哭吧？」明菊撇撇嘴，趁唐晉源不在屋裡，偷偷對凌玉道。

凌玉笑了笑，有幾分憂慮。「我只怕她心裡想著報復宋大哥，到時候會不會連累咱們？」

「不瞞妳說，我也是這般擔心的。只是他們幾個的性子，想必妳也多少了解，最是講究兄弟間一個『義』字，縱是知道會被連累，也絕對不會就此疏遠，說不定還要同氣連枝呢！」明菊也是忍不住嘆氣。頓了頓，她又有些樂觀地道：「也說不定一切都是咱們杞人憂天，畢竟她如今可是深受陛下寵信的仙姑，滿宮裡的娘娘們都不及她一個受寵。尊貴至此，想來她也不會再想與過去之事糾纏。」

「妳說得有理，若人家根本不想再提過去之事，咱們倒還真是杞人憂天了。」凌玉想了想，也覺得她所說的甚是有理。

遠在軍營裡的程紹禟，一直得不到仙姑的確鑿消息。鎮寧侯治軍甚嚴，裡頭的消息輕易出不去，外頭的也是輕易進不來。

再加上程紹禟如今只是個普通兵士，每日都要演練武藝外，不時還要擔負不少零碎的差事，一來二回的，連歇息的時間都恨不得掰成兩半來用，根本抽不得空再想其他事。

如此又過了一個來月，一直暗中注意著他的鎮寧侯也添了幾分欣賞。

此人能屈能伸，尊至太子身邊紅人，統領著太子府明裡、暗裡數不清多少的侍衛，如今淪為軍營裡最末等的兵士，卻依然踏踏實實、不怨不惱，這份心性，著實有些難得。

再隔得半月有餘，他終於下令，將兵士程紹禟調入他的親衛隊中。

三個月不到，程紹禟便完成了從末等兵士到大將軍親衛兵的轉變，如此才是真正開始接觸那位本朝第一猛將鎮寧侯。

凌玉與明菊彼此交換消息，悄悄留意著太極宮裡的那位，發覺人家並沒有什麼針對宋超，甚至針對齊王府的舉動，所以慢慢地便拋開了。

再加上留芳堂的生意越來越好，雖未到超越在青河縣的地步，但也足夠讓凌玉、凌大春這對兄妹忙得暈頭轉向。

「程娘子、素問姑娘，趕緊換身再體面些的衣裳，宮裡頭的淑妃娘娘要見妳們。」這日，凌玉剛進家門，便見太子妃身邊的侍女彩雲急急來道。

「淑妃娘娘？」凌玉吃驚地瞪大眼睛，便是楊素問也驚訝地張著嘴。

「敢問姑娘，可知娘娘要召見她們所為何事？」凌秀才皺著眉上前問。

「老先生放心，不是什麼壞事，我們太子妃也是一起進去的。」彩雲笑著回答。

凌玉與楊素問彼此對望一眼，到底不敢耽擱，急急忙忙地回屋換上最體面的衣裳，這才跟著彩雲到了太子府，坐上太子府往皇宮的車駕。

「我還是頭一回坐這般體面的馬車。」楊素問小小聲地道。

凌玉捏捏她的手，示意她不可多話，這才恭敬地問太子妃。「不知淑妃娘娘因何會知道妾身與素問的存在？」那樣尊貴之人，又是在深宮裡頭的，如何曉得她們的存在？再說，聽聞這淑妃娘娘如今代掌著六宮，雖非皇后，實如皇后。

太子妃眉間隱隱有幾分憂色，聽她此問便微微笑了笑，柔聲安慰道：「不必擔心，娘娘此回想見妳們，實是因為玉容膏與回春膏之故。娘娘也不知從何處得了玉容膏與回春膏，用了覺得甚好，又聽聞這並非是進貢之物，乃是出自京裡新開不久的留芳堂，這才起了興致。再後來聽聞此二物乃是楊太醫後人親手調製，才迫不及待地使了我來請妳們。」

凌玉怔了怔，很快便明白，對方真正想見的，只怕是她身邊的楊素問。

楊素問驚訝。「想見我們？」隨即又苦著臉道：「娘娘是知道我的，我連我爹三成的本事都沒有學到，淑妃娘娘怕是要失望了。」

太子妃輕笑，拍拍她的手背道：「放心，妳的事我已經對淑妃娘娘說過了。」

她的什麼事已經說過了？楊素問很想問，但想了想又嚥下去。

凌玉卻頗為欣喜，這可是一個天大的好機會啊！連皇宮裡最尊貴的女子都認同，留芳堂的生意還怕不能再上一層樓嗎？

天底下哪個女子不愛美？像皇宮裡那些出身尊貴的女子，愛美之心只怕更甚。

太子妃沒有錯過她臉上的驚喜，眸中閃過一絲笑意，只是想到太子最近的陰晴不定，又難掩幾分憂慮。

殿下接連數回進宮求見陛下都被拒在門外，前幾日好不容易見著了，哪想到回府之後臉色卻更加難看，想來必是在陛下跟前碰了壁。

這可是絕無僅有之事。誰人不知陛下眾多皇兒中，最寵愛的便是太子這個嫡長子，還在襁褓中時便冊立他為太子，皇后過世後還將他養在自己的宮裡，這些年來更是一直寵愛有加。如今……她微不可聞地嘆了口氣。

太子心情不暢，府裡人人怕得連大氣都不敢輕易喘一聲，往日那些想方設法往太子身邊湊的庶妃、侍妾們，如今一個個對他避之唯恐不及，生怕一個不小心便落得悲慘的下場。

凌玉如何瞧不出她心事重重？只是到底不敢多問。

太極宮中，天熙帝忙不迭地問：「仙姑，朕已經許久不曾見太子了，身上的功德之氣可聚集回來了？」

紫煙掐指一算，又細細地凝視著他的額，良久，才柔聲道：「陛下放心，已經聚得差不多了。」

天熙帝這才鬆了口氣，下一刻又有些擔心。「朕與太子畢竟乃是嫡親父子，總不能一直這般避而不見，仙姑可有什麼兩全的法子，既能不讓太子身上的龍氣捲去朕的功德之氣，也不必讓朕一直對他避而不見？」見她臉上有些遲疑，天熙帝忙又道：「仙姑有話但說無妨。」

「太子乃陛下之子，陛下乃真龍天子，身為您之子，自然打出生便身帶龍氣。而太子殿下身上的龍氣能如此濃烈，實因他乃真龍天子選定之人。」紫煙不疾不徐地道。

天熙帝的眉頭皺起來，沈思良久，又道：「仙姑所言，瓚兒身上龍氣過猛，實因他乃朕選定的繼承人，一國之太子？」

紫煙頷首。「太子非等閒皇子，而是得了真龍天子認可的未來一國之君，自然承繼了真龍天子最多的龍氣。況且，太子生肖又為龍，比之旁的皇子更容易吸收真龍之氣。」

天熙帝的眉頭擰得更厲害了。他膝下八位皇子，唯太子與皇八子生肖屬龍，皇八子年幼，早前他還曾去瞧過他，身上的功德之氣卻沒有半點損傷，可見了太子之後……果真是因為賫兒「太子」這身分之故？

「難不成朕要廢太子？」他自言自語般問。

紫煙連忙跪下請罪。「玄月絕無此意！太子乃一國之儲君，如何能輕言廢立？還請陛下三思！」

「仙姑請起，朕也不過隨口問問，當不得真。」天熙帝連忙把她扶起。

紫煙下意識地想躲，可到底還是忍住了，輕聲謝過他，任由他把自己扶起來。

「那依仙姑之見，可有什麼緩解之法？」無緣無故要廢去自己一手冊立，又素來得心意的太子，天熙帝也有些不忍，遂又問。

紫煙秀眉輕顰，微微垂下眼簾，掐指輕算，口中唸唸有詞。

天熙帝也不敢打擾她，只滿目期盼地望著她，等待著她的答案。

也不知過了多久，他才聽到她緩緩開口。

「法子也不是沒有。陛下與太子見面時，只需身邊有生於元啟十二年六月初三辰時之人守護著，自然無礙。」

「生於元啟十二年六月初三辰時……」天熙帝喃喃重複著，隨即眼睛陡然一亮，立即喚來總管太監，讓他查查宮裡可有這樣之人？

紫煙垂著眼簾，恍若未聞。

宋超，現年二十八，生於元啟十二年六月初三辰時。

趙甫也很快得知天熙帝讓人尋生於元啟十二年六月初三辰時之人，不悅地皺起了眉。

「紫煙這是打算做什麼？」

「玄月仙姑想來是怕陛下會懷疑她針對太子，故意離間他們父子，這才胡亂扯了這麼一個人出來。」心腹下屬斟酌著道。

趙甫有些煩躁。「如今父皇漸漸疏遠趙贇，正是應該乘勝追擊，一舉把趙贇拉下太子之位的時候，她無緣無故又鬧了這麼一齣，當真是無事找事！罷了，你去安排這樣一個人，免得父皇花太多心思在此等閒雜小事上。」

「是，屬下這便去安排。」

宋超輾轉得知天熙帝在尋找這樣的一個人時，心裡頓時「咯噔」一下，隱隱有些不祥之感。正這般想著，便有府裡的侍衛來喚。

「宋大哥，殿下讓你過去一趟。」

宋超不敢耽擱，連忙整整衣冠，到了齊王的書房處。

問。

「你可是生於元啟十二年六月初三辰時？」剛一進門，他還來不及行禮，便聽到趙奕

他遲疑著，到底還是承認了。「是，屬下確實生於元啟十二年六月初三辰時。」

見他肯定了，趙奕的臉色卻變得有幾分凝重。竟然還真的有這麼一個人？

「殿下，既然宋兄弟符合條件，咱們便把他送進去，免得被別人搶先。殿下可要知道，此人必是要存在的。」晏離忙道。

這是一個光明正大把人送到陛下身邊去的好機會，誰不想著抓緊？便是身邊沒有符合之人，也必要編出一個來。

趙奕亦非蠢人，自然明白這個道理，立即對宋超道：「既然如此，你便隨范公公進宮，日後便留在宮裡。」

什麼?!宋超臉色大變。

趙奕生怕被別人搶先，根本沒有給他發問的機會，當下便讓人領著他去見范公公。

此時的凌玉與楊素問也在太子妃的帶領下到了宮裡，見到了淑妃娘娘。

「果真極肖楊夫人，也是個美人胚子。」淑妃含笑問了凌玉幾句話，便將視線落到楊素問的身上，朝她招招手，示意她到身邊來。

楊素問見她笑容親切，言語間彷彿還認得自己的娘親，便先生了幾分好感，順從地走到她的身邊，任由她拉著自己的手。

「妳叫素問？當真是個好名字。」

凌玉本是噙著淺淺笑意靜立一旁，聽著淑妃與楊素問的一問一答，可聽著聽著，她卻覺得有幾分不對勁。淑妃也不知有意還無意，言語間總是或明或暗地問及楊太醫留給女兒之物，她頓時便警覺起來。

太子妃臉上的笑容也不知不覺地斂下幾分。所以，淑妃這一回是利用了自己？她如此迫不及待地打探楊太醫生前之物，是有什麼不為人道的目的嗎？

楊素問的性子雖然素有幾分大剌剌，可她卻不是蠢人，再加上這些年來沒少人打玉容膏方子的主意，她自然而然地便添了幾分警覺。

「……娘娘可不知，我爹不在的頭幾年，家裡窮得沒米下鍋，到後來還是家中老僕託人從老家帶了一麻袋地瓜來，好歹熬過了那段日子。」此刻，她彷彿聽不懂淑妃的言下之意，長長地嘆了口氣道。

太子妃抿了抿雙唇，在淑妃不死心地要繼續開口前出聲。「打擾了這般久，也是時候離開了。」

凌玉當即機靈地起身行禮告退，楊素問自然緊隨其後。

淑妃雖然如今掌理著宮中諸事，但對這個太子妃卻是有幾分忌憚的，因此雖然不甘心，但到底也是怕得罪了太子府，聞言便揚起寬容的笑容。「聽妳這般一說，我也覺著有些乏了。」

許是為了安撫明顯不悅的太子妃，淑妃又分別賞賜了一套價格不菲的寶石頭面給凌玉和楊素問，這才讓她們跟著太子妃離開。

太子妃雖然猜不出淑妃想要從楊素問身上得到的是何物，但人是她帶進來的，對凌玉與楊素問到底還是有幾分愧疚。

凌玉自然不會怪她，別說她瞧得出太子妃事先並不知情，便是太子妃有意幫著淑妃引她們進宮來，她也說不出半個不字來。

只是經此一回，她更深深好奇，楊素問那個爹到底是有多大的本事？都過世了這麼多年，可依然有這般多貴人一聽到他的名字，便連他的女兒也忍不住喚來一見。

只是，若說當初的太子妃是因為久不見孕之故，才會如此急迫地想要通過楊素問去查探楊太醫的下落，那這個淑妃呢？又是出於什麼原因？

她思前想後均不得解，而且瞧著楊素問的模樣，分明也是個不知情的，自是更為納悶。

正想著，忽見前方不遠處有一前一後兩道匆匆走過的身影，她下意識地望過去，竟意外地看到一個有幾分熟悉的身影，不是別人，正是宋超。

而走在宋超前面的，則是一位穿著頗為體面的太監。

「他怎地進宮裡來了？」楊素問也是認得宋超的，此時亦認出了對方，甚是疑惑地道了一句。

宋超也看到了她們，神色似是有幾分不自在，但很快便坦然地衝她們點頭致意，算是招呼過了。

出宮的這一路上，凌玉同樣又看到好幾位作侍衛打扮，偏身上所穿的與宮中侍衛又不甚相同的男子，男子身邊照例有一名得臉太監引著路。

紫煙高高地站在涼亭裡，注意著宮道上來來往往之人，同樣也沒有錯過宋超遙遙地向凌玉招呼的動作。

「那個婦人是什麼人？」她緩緩開口，問身邊的宮女綠兒。

綠兒想了想，又望望不遠的太子妃，終於道：「那婦人想來便是不久前陛下指去鎮寧侯府的程紹禟的夫人吧！」

「程紹禟的夫人……」紫煙低低地重複著，眸中閃過一絲冷意。「原來是她！倒是個有福氣的……」

綠兒想了想，還是沒忍住，輕聲勸說。「姑娘，旁的事還是莫要多理會了，這回因為您自作主張，殿下可是大發雷霆呢！」

紫煙沈下臉。「綠兒，有件事妳可是要分清楚，如今妳既是侍候我的人，那便要安安分分，不該說的自是不要多說。殿下是尊貴人，我自是無可奈何，可若是對付妳一個小小宮女，手段卻多得是。」

綠兒臉色一變，勉強笑道：「姑娘此話是何意，我竟是聽不大懂。」

「聽不聽得懂不要緊，只要懂得管好自己的嘴巴便可以了。」紫煙冷漠地又道。

綠兒到底對她有所忌憚，吶吶地再不敢多言。

凌玉以為此回便是這輩子她唯一一回走進那天底下最尊貴的地方了，淑妃明白從楊素問口中問不出什麼有用的，估計也就會放棄。沒想到，接下來的日子，她們竟還是不時被召進宮中。

因為沒有相熟的太子妃一起，她初時還有些擔心，生怕淑妃會有意刁難，只是到了宮中才發現一切確實自己多慮了。

皇宮聚集了天底下最尊貴的女子，但凡女子便沒有不愛美的，更沒有幾個女子會對自己的容貌百分百滿意，而只要她們不滿意了，自然便會想方設法讓自己變得更完美些。

近來因為玉容膏與回春膏而在京中打響名頭的留芳堂，便走入了她們的視線。

再一聽聞這留芳堂竟與太子府有著七拐八彎的關係，店裡售賣的商品，連太子妃也在使用，不管是想著藉此向太子府賣好，還是確實對留芳堂有興趣，不少妃嬪均不約而同地想要見一見凌玉她們。

待她們見到凌玉與楊素問，見她們明明不過是每日都要忙活生計之人，可臉上的肌膚卻白嫩細緻，絲毫不比她們這些養尊處優的妃嬪差，一時興致更濃了。

再一聽聞楊素問之父生前曾為宮中太醫，一手醫術深受讚賞，原本六分的興趣也頓時升到了十分。

此刻，凌玉被幾名低位分的妃嬪圍著，正耐心地向她們解釋玉容膏與回春膏的不同之處。

而那邊的楊素問則是耐著性子，回答淑妃等高位分妃嬪關於個別容貌上的小瑕疵問題。

二人講得口乾舌燥，待好不容易讓眾妃嬪滿意了，這才得以離開。

眾妃嬪滿意了，自然瞧著她們便越發順眼，妳一個賞賜、我一個賞賜不斷，原本兩手空空而來的兩人，回去時馬車上全塞滿妃嬪們各種各樣的賞賜。

「玉姊姊，動動嘴皮子便能掙下這般多好東西，這生意做得過。」楊素問喜孜孜地摸著一疋華麗的錦緞道。

凌玉也是一陣感嘆。富貴人家隨隨便便一個賞賜，也夠尋常百姓之家好幾年的吃穿用度，莫怪那麼多人追逐榮華富貴。

自來上行下效，兩人不時進宮，自然也引起各府夫人小姐們的注意，再一打聽她們進宮的緣由，自然亦是好一番追逐。

如此一來，留芳堂的生意每日飛漲，與此同時攀升的，還有各府夫人、小姐對楊素問的無限追捧。

可憐楊素問初時還會為著她們的各種賞賜而喜不自勝，日子久了，不管再怎麼珍貴之物送到她眼前，她連眼皮子也都懶得動了。

而凌玉也好，凌大春等人也罷，均覺得這樣的日子持續下去可不是什麼好事，一來楊素問畢竟是訂親的姑娘家，如此頻繁地進出權貴之家，難免會惹來些不必要的閒話；二來也是因為她們畢竟不是神醫聖手，玉容膏與回春膏亦非萬能，如何能讓人人滿意？再一層，更是擔心她們萬一不經意地沾染上權貴後宅裡的是非，那才是真正的得不償失。

「那些個個都是貴人，咱們如何能拒絕得了？」楊素問苦惱地皺起眉頭。

凌玉有些心疼地拍拍她的手背。

也是難為這個心直口快的傻丫頭了，若不是因為心存顧忌，以她的性子，必然會像當初在青河縣那般，把客人懟得面紅耳赤、又羞又惱，卻又不能說半句反駁的話。

經過這段日子的磨練，這丫頭總算學會了什麼叫委婉，這也算是一件好事了。

「妳說，我爹生前在宮裡當太醫時，也是像咱們這般的嗎？」楊素問狐疑地問。

「這如何能一樣？妳爹生前是宮裡的太醫，太醫是有品級的，是官老爺，還是專門侍候宮裡貴人的官老爺，如何能與咱們一樣？」凌玉搖搖頭。

「這倒也是，歸根究柢，還是咱們家無權無勢，不敢得罪人之故。」楊素問又是一陣唏噓，末了揉揉正乖乖地坐在身邊吃點心的小石頭的腦袋。「只希望你爹能早早當上大將軍，這樣一來咱們家也有了依靠。」

小石頭眼睛一亮。「爹爹大將軍！」

「對，你爹爹日後必定能當個大將軍。」楊素問摟著他直笑。

凌玉笑嘆一聲。說起來，她已經許久不曾見過程紹禟了，也不知他在營裡過得怎樣？

此刻的太子府書房內，趙贇猛地一拍書案，驚得一旁正磨墨的太子妃險些打翻了墨硯。

隨即，她便聽到了趙贇的大笑聲。

「好、好、好！好一個程紹禟，孤果然沒有看錯人！鎮寧侯親自上的摺子，孤倒要看看何人還敢質疑？」

這段日子以來，太子妃還是頭一回見他這般喜形於色，再細聽他話裡之意，也不禁微微一笑。「可是程統領立了功？」

「妳說得沒錯，鎮寧侯上了摺子，相信再過不久，他便是六品昭武校尉了。鎮寧侯此人脾氣甚是古怪，但對入了他眼之人卻是諸多維護，也只有他，才會正兒八經地上摺子請求父皇賜官作賞。程紹禟原為孤府中統領，此番雖是連躍兩級，但也不算太過，父皇想來不會駁了鎮寧侯的面子。」提及近幾月來越發不理政事、一心一意修道的天熙帝，他不禁皺了眉頭，下一刻，他隨即又冷笑一聲。

趙甫以為把那麼一個裝神弄鬼的道姑送去迷惑父皇，便可以取代自己的位置了？簡直是天大的笑話！他趙贇能有今日此番勢力，憑的可不僅僅是父皇的寵愛，而是多年的經營。

他想了想，又吩咐人傳褚良。

太子妃見狀，體貼地朝他福身行禮，退了出去。

「太極宮那位最近可有什麼動靜？」待褚良到來後，趙贇便問。

「每日多是與陛下講道論法，偶爾還會在離太極宮最近的沁芳園走走，旁的倒是再沒做什麼了。」褚良回答。

「魯王、韓王、齊王送進去的所謂合生辰八字的侍衛呢？」

「韓王府送進去的那位已經被陛下遣回去，如今只剩下魯王府和齊王府送進去的。」

「還有人留下便好，既如此，孤便送這位玄月仙姑一份大禮。」趙贇輕敲著書案，忽地露出一個詭異的笑容。

沈寂了這段日子，趙甫還真以為可以借著那道姑之手拿捏住自己了？真是天真！

他低聲吩咐褚良幾句，褚良應聲領命，自去安排。

凌玉一家很快就得到了程紹禟升任昭武校尉的消息。

「雖如今只是小小校尉，可他進去才多久便能得到提拔，可見侯爺對他甚是看重，假以時日，必定也能統領一軍。」小穆興奮得手舞足蹈，不知道的只怕還以為升官的人是他呢！

「嫂子、凌大哥，程大哥回府了記得派人通知我一聲，我還有差事在身，便不多留了。」小穆是偷空前來留芳堂報喜的，自是不敢久留。

凌玉笑著應下。

凌大春親自把他送出門，回過身來見她臉上的喜色，不禁笑道：「才當這麼一個校尉夫人便高興了？」

「當年我當捕頭夫人時也是這般高興。」凌玉瞥了他一眼。

其實，官職高低倒不算什麼，她高興的是這輩子的不同，日子過得一日比一日好，她放心不下的相公，也漸漸闖出屬於他的天地。

「昨日還說著希望你爹爹能早日當上大將軍，今日便有他升官的消息傳來，說不定我再多說幾回，姊夫這官便能升得更快些。」楊素問摟著小石頭在懷裡，笑著打趣。

凌玉也笑了。「這還真是承妳貴言了！」

各地官員上的摺子雖然都被堆積在御書房內，可是卻沒有人敢按下鎮寧侯的摺子，更不敢輕易怠慢，故而過不了多久，摺子便到了天熙帝手上。

天熙帝嘣下口中的「仙丹」，隨手打開鎮寧侯的摺子。

雖說他早就得知此番剿匪頗是成功，但看著摺子上鎮寧侯詳細將剿匪經過一一道來時，還是忍不住拍掌大笑，再到後面鎮寧侯替有功將士請封，他二話不說便提著御筆落了個「准」字。

紫煙不經意地往摺子上掃了一眼，意外地在請封名單中看到一個熟悉的名字，啟唇正要說幾句，忽見宋超面無表情地走進來，便又將想要說之話嘣了下去。

「陛下，太子殿下求見。」

「太子？」天熙帝皺了皺眉，想了想還是道：「讓他進來。」

紫煙連忙起身告退，剛邁出門檻，迎面便見趙贇走了過來。

「原來仙姑竟也在？仙姑得父皇之恩寵，著實令孤意想不到。孤與諸位皇弟，還有宮裡諸位娘娘，對仙姑無名無分，卻又這般盡心盡力地侍候父皇表示十分感謝。」趙贇扔下這麼一番意味深長的話，這才邁著大步進門。

饒是紫煙自以為修行再高，此刻也被他這番話氣得俏臉發白，再一看到守在門外的宋超那毫不掩飾的輕蔑眼神，心裡便像是被針扎一般。

她死死地攥著雙手，眼中閃過一絲恨意。

天底下誰都可以嘲諷她、輕視她，唯獨他宋超不行！

此時此刻，她才發現自己是多麼可笑。當年便知道這個男人有多無情，可在三年之後，她居然還妄想著看看他後悔的模樣，甚至為此不惜冒著觸怒魯王的風險，把他調入宮中。

如今，他既然無情，那便不要怪她無義了！

御書房內，趙贇對天熙帝臉上明顯的疏離視若無睹，一如既往恭敬地向他行禮請安，末了才道明來意。「父皇，如今鎮寧侯再度立下大功，不如便趁著此番他回京，在宮中設宴招待有功之臣，如此一來，也能顯出父皇對有功之臣的看重，不知父皇意下如何？」

不久前，鎮寧侯派兵剿滅南江一帶水匪，徹底還了南江水路的安寧，也是切去了一顆讓朝廷頭疼了數十年的毒瘤。

天熙帝不自禁地想到方才鎮寧侯那份摺子，很快便點頭應下。「如此也好，便依你所言，自安排人去辦便是。」

對他的回答，趙贇絲毫不感到意外。

程紹禟歸來時，凌玉看著突然出現的他，久久不敢相信自己的眼睛。

眼前這個又黑又瘦、滿臉鬍鬚，偏一雙眼睛卻格外有神之人是誰？

便連小石頭，也眨巴著烏溜溜的眼睛盯著他，圓圓的臉蛋上盡是好奇。好一會兒，終於認出眼前此人是他的爹爹，立即便撲過去抱著他的腿脆聲喚：「爹爹！」

程紹禟在他的臉蛋上捏了捏，再看看凌玉怔怔的模樣，忍不住輕笑。「小玉，是我！」

凌玉揉了揉額角，沒好氣地嗔他。「若是不知道的，不會認為你去剿匪，怕是以為你去當土匪了。」一邊說，一邊把他迎進屋，又準備好熱水讓他洗去滿身塵土。

待程紹禟一身乾爽地回來時，凌秀才與周氏也已經坐在屋裡。

「爹、娘！」他恭敬地向二老行禮。

凌秀才一如既往地板著臉，聞言只是「嗯」了一聲。

倒是周氏一臉激動，連聲問著他在外頭剿匪時的情況。

小石頭的眼睛忽閃忽閃的，一臉期待地望著他。

程紹禟唯有挑了些無關緊要的跟他們講，對當中的凶險卻是隻字不提。

儘管如此，也聽得凌玉整顆心都快要懸起來。

小石頭則是震驚地張著小嘴，眼裡的光芒更加明亮了，充滿了對爹爹的崇拜。

凌秀才認認真真地品著茶，看似對他所言分毫不敢興趣，耳朵卻不知不覺地豎起來，聽到驚險處還不由自主地顫了顫。

待凌玉與周氏前去準備晚膳，小石頭一臉滿足地依偎在爹爹懷裡時，凌秀才終於道：「此番立下了功勞，固然有你的緣故，只是也離不開侯爺的提拔，你且記得要戒驕戒躁，切莫被眼前的小小成就迷了眼、糊了心。」

「爹教訓得極是，小婿都記下了。」程紹禟恭敬地回答。

到了夜裡，小石頭耍賴著想要與爹娘一起睡，可周氏哪會讓他打擾久別重逢的小夫妻倆？自然又哄又勸地硬把他抱出去。

程紹禟不得不感嘆岳母大人的體貼入微。

凌玉看得好笑，轉過身去整理床鋪，與他閒話著家常。

「……如今留芳堂生意大好，也早就上了軌道，大春哥本是打算回青河縣去，也是想著早些把素問娶進家門。可不只是他，便是素問又哪是能輕易走得開的？爹原也總是嚷嚷著住不慣京裡，想要回青河縣去，可前些日子卻是教小石頭唸書寫字上了癮，每日只盯著小石頭，如今小石頭誰也不怕，最怕的便是他了。」

不知不覺間，她便提到近段時間與楊素問不時進宮，為宮裡的貴人娘娘們解決皮膚上的煩惱。

程紹禟忽地問：「太極宮裡的那位玄月仙姑，已經確定是紫煙姑娘了嗎？」

「當然確定了，是宋超……宋大哥親自進宮確認的，如今他還在太極宮當差呢，每日跟在那玄月仙姑與陛下屁股後頭進進出出。」凌玉不在意地回答。

初時聽聞宋超進宮當差時，她還有些意外，以為那紫煙是不是想要乘機對付宋超，以報當年被他拋棄之仇？沒想到宋超進宮已經一個多月，卻一直平安無事，倒也讓她更加猜不透紫煙的心思了。

「宋大哥在太極宮當差？他怎會進去的？」程紹禟吃了一驚。

「這有什麼好奇怪的？如今陛下對那玄月仙姑言聽計從，連太子殿下都甚少見了，京裡已經隱隱約約有陛下想要廢太子之意的話傳出來，只是無人敢當面議論罷了。」

程紹禟心中如同驚濤駭浪一般。他不過離京數月，便已經有了翻天覆地般的改變，連素來深得帝寵的太子殿下也面臨失寵了嗎？

他皺著濃眉。「宮裡乃是非之地，宋大哥著實不該進去才是。若這一切都是紫煙搞的鬼，宋大哥豈不相當於羊入虎口？」

凌玉好笑。「誰是羊？誰又是虎口？瞧你說的這般。況那玄月仙姑有陛下當靠山，太極宮裡又全是她的人，難不成宋超還敢對她不利？」

程紹禟啞然失笑，卻沒有再說什麼，只是眉間顯現憂色。

凌玉想了想，壓低聲音又道：「其實我也覺得宋超……宋大哥進宮此事確實不妥當，那玄月仙姑對他就算沒有怨恨，必然也不會再樂意見到他的，更不必說還讓他每日在跟前晃。可偏偏宋大哥就是進宮當了侍衛，你說她心裡打的什麼主意？」不等程紹禟回答，她又加了句。「還有，她與宋大哥的關係，魯王、齊王他們可知道？」

「想來不知，否則，宋大哥又怎能進得宮去。」程紹禟眉間憂色又深了幾分。

太子府內，趙贇陰沈著臉，背著手在書房內來回踱步，片刻，止步再問褚良。「那綠兒果真是這般說？你不曾聽錯？」

「是，屬下確信自己不曾聽錯。」褚良的語氣相當肯定。

「那道姑在打什麼主意？她想要對付的又是什麼人？」趙贇百思不解，思忖片刻，乾脆道：「那便把東西給她，咱們的計劃暫且中止，孤倒要看看此女想要算計何人！」

褚良領命，自去安排不說。

待正式升任六品昭武校尉後，程紹禟也接到了需進宮參加慶功宴的通知。

慶功宴開始前一日，宮中的淑妃也召了凌玉與楊素問進宮。

「每回宮裡有什麼宴席，這些娘娘必要把咱們叫進去，彷彿咱們可以一夜之間讓她們變得比仙女還要仙女似的。」楊素問抱怨道。

便是凌玉也覺得有些煩，只是偏又拒絕不得，唯有耐著性子安慰她幾句。

程紹禟親自駕車把凌玉與楊素問送到宮門前，再三叮囑她們莫要久留，而他則留在宮外等她們。

凌玉雖然覺得久不久留此事實非她所能作主的，但還是順從地應下來。

程紹禟目送她們跟在前來引路的宮中太監身後進了宮門，而後又趕著馬車到另一旁，耐心地等候她們。

確實如凌玉所想的那般，對天熙帝突然降旨擺設慶功宴，宮中的妃嬪可謂歡喜至極，畢竟這段日子以來，除了太極宮那位玄月仙姑外，其他妃嬪想要見見天熙帝都不容易，自然也沒有什麼法子親近他。

如今這慶功宴可就是個天大的好機會，自是想方設法把自己收拾出最完美的模樣，力求可以從中脫穎而出，引來陛下注目。

淑妃身為宮中位分最高的妃子，率先便讓人把近來風頭正盛的留芳堂請進來，讓動作比她慢了幾步的妃嬪暗恨不已。

太極宮中，紫煙緊緊盯著手中那包藥，眼中盡是掙扎，抬眸透過窗欞望出去，卻見數名妃嬪衣袂翩翩，說說笑笑地陸續從太極宮門前經過。

「留芳堂的程娘子可是已經進宮了？」她握緊手中的藥包，忽地低聲問身邊的宮女綠兒。

「是，現今她們便在淑妃娘娘處。」

「妳去喚宋超進來，我有事要吩咐他。」紫煙輕咬著唇瓣，吩咐道。

綠兒回了聲「是」，便低著頭出去喚宋超。

宋超擰著眉，心中有些不悅，但還是跟著綠兒走進來。

「不知仙姑有何要事吩咐？」他沈著臉問。

紫煙死死地盯著他，待綠兒退出去後，輕咬了咬唇瓣，一字一頓地問：「這些年來，你可曾後悔過當年之事？」

「當年之事？」宋超的濃眉皺得更緊，冷笑一聲道：「老子從來不知道什麼叫後悔，也從來不會讓自己後悔。」

「好、好、好！好一句從來不知道什麼叫後悔！如今瞧來，後悔的應該是我，是我當年有眼無珠，看錯了人！」紫煙大笑幾聲，眼中恨意更深。

宋超又是一聲冷笑。「瞧妳如今這般自甘墮落的模樣！什麼出淤泥而不染，全然成了笑話！想來當初所謂的賣藝不賣身，也不過是因為還未遇到位高權重的大貴人吧？」

「你說得不錯。」紫煙輕捋了捋鬢髮，笑得嫵媚卻又帶著幾分說不清、道不明的悲涼。「只可惜我命不好，若是早些遇到大貴人便好了，也不至於會委屈自己跟了你一年。」

宋超眼中凝聚起怒火，終於冷冷地拂袖而去。「既然仙姑無事吩咐，恕宋某不奉陪了！」

紫煙寒著臉看著他頭也不回地離開，手中的藥包卻捏得更緊。

宋超，我已經給過你機會了，是你自己不珍惜，所以，一切都是你自找的！

凌玉和楊素問從淑妃宮中離開時，已經是一個多時辰之後的事了，兩人跟著宮女才出了淑妃的宮門，那廂便又有麗妃遣了宮女來請。兩人對望一眼，均從彼此眼裡看到無奈。

只是凌玉再轉念一想，這麗妃不就是齊王的生母，上輩子的太后娘娘嗎？這樣的人物，去見見倒也無妨。

許是多年來一直深居簡出之故，麗妃整個人瞧來相當平和，穿著打扮亦是頗為素淡，眉目溫柔，唇畔微微上揚著，見她們進來，免了她們的禮，並賜了座。

凌玉趁著起身的機會飛快地抬眸看她一眼，隨即又規規矩矩地謝恩落坐。

「原來她二人竟是在母妃宮中！」

麗妃還沒有說話，凌玉便又聽到從門口處傳來年輕女子的笑聲，回頭一望，就見一名頭戴嵌紅寶石金鳳冠，芙面柳眉，膚若凝脂，神采飛揚的年輕女子走進來。

「這是齊王妃。」身邊有宮女輕聲提醒她們。

凌玉一聽，連忙起身行禮。

原來她便是上輩子那個深為齊王所不喜，至死連個皇后之名都沒有的齊王妃。她有些納悶，單從容貌上看來，這齊王妃比那映柳倒還要更出色些，出身又是那樣高貴，為何竟會那般不得夫君心意？

「當真好模樣！妳倆這般走出去，便是留芳堂的活招牌，怪道連母妃也忍不住把妳們給召來。」齊王妃上上下下地打量她們一番，這才笑道。

「妳怎地這時候過來？」見兒媳婦到來，麗妃原本想要問的話倒不便出口了。

「聽聞留芳堂的楊姑娘在宮裡，我便急急忙忙地過來了，想著向楊姑娘與程夫人求幾盒回春膏，回頭賞給咱們府裡的映柳姑娘，好歹讓映柳姑娘縱是懷著身孕，也能維持著花容月貌，這樣殿下瞧著喜歡，我這心裡頭也高興不是？」齊王妃笑得一臉真誠。

縱是在京城貴婦圈中也算是轉過一圈了，可凌玉至今仍對這些貴人說一句話卻繞數圈意思的本領深感佩服。

瞧瞧，原本還是眉眼含笑的麗妃，一聽齊王妃這話，臉色便有些不怎麼好看了。

「此番奉召進宮，身上卻是不曾帶著回春膏，王妃娘娘若是要，待妾身回去之後再親自送到府上。」既然人家話裡提到了留芳堂，凌玉自然不好不說話，連忙表態。

「如何敢麻煩程夫人？回頭我讓府裡的丫頭去便是了。」齊王妃不以為然地道。

麗妃勉強壓下心中不悅，蛾眉輕蹙。「這畢竟是奕兒的頭一個孩子，將來也是要叫妳一聲母親的，妳也要多費些心思。」

「瞧母妃說的，我這還不夠盡心嗎？什麼吃的、用的不是先顧著她？只是……」齊王妃輕拂了拂裙面，漫不經心地道：「雖說是殿下的親骨肉，可這麼一個婢生子，將來那聲『母親』還是免了吧！」

「妳！」麗妃氣結，隨即冷冷道：「本宮也想抱嫡出的親孫，妳倒是給本宮生一個出來啊！」

早在齊王妃說出那句「婢生子」時，凌玉與楊素問便恨不得把自己縮成一團，真真是走也不是，留也不是。

凌玉也沒有想到，這齊王妃不但與齊王關係緊張，瞧著婆媳之間的相處亦不算好，怪道上輩子齊王登基後，她始終還在宮外的別苑頂著個王妃的名頭，而時為太后的麗妃也沒有替她求一句情。

麗妃到底是個愛面子的，不願在外人跟前洩漏太多，只是也沒有心情再與凌玉她們說什麼，揮揮手便讓她們退下了。

凌玉暗暗鬆了口氣，忙不迭地告退。

「妳說這麗妃娘娘到底叫咱們去做什麼的？」走出一段距離，楊素問終於沒忍住，壓低聲音問。

凌玉也是一頭霧水，只是貴人的心思卻不是她能猜得到的，唯有搖搖頭道：「我也不知道。」

兩人跟著引路的小太監，沿著出宮的宮道走了不到一盞茶的工夫，忽又聽身後有人在喚。

「兩位請留步！娘娘請程夫人回去，還有幾句話要吩咐。」

凌玉止步回身，見是一名約莫二十來歲的年輕太監，不解地問：「娘娘還有什麼話要吩咐？」

那年輕太監語氣頗有些不耐煩。「娘娘的心思，豈是我等所能隨意猜測的？快走吧！難不成還想讓娘娘等妳？」

「既然如此，那我與姊姊一同去。」楊素問插嘴。

「妳當這是什麼地方！沒有旨意，是隨妳想去便去的嗎？」那太監瞪了她一眼。

見她還想再說什麼，凌玉捏了捏她的手，微微搖頭示意她不可再多話。「妳先回去吧，我去看看娘娘有什麼吩咐？」

楊素問有些不樂意，只是也知道這皇宮內苑不是她想留下便能留下的，況且，負責帶她們出宮的那位小太監明顯已經相當不悅了。

「楊姑娘，既然娘娘沒有召妳回去，那咱們便走吧！我可不同姑娘，回來還有一大堆差事在等著呢！」

楊素問偷偷地瞪了他一眼，暗暗嘀咕一句「狗眼看人低」，這才依依不捨地拉著凌玉的手道：「那姊姊早去早回，我和程姊夫在宮外等妳出來後再歸家去。」

「也好，快走吧！」凌玉應下，這才跟著那年輕太監身後而去。

兩人一前一後沈默地走著，凌玉忽地發現，這並不是方才她從麗妃處離開時所走過的路。

她不禁起疑，但又想著這皇宮自己又不熟悉，說不定人家帶她走的是另一條近路呢！

這樣想著，她故作不知地問：「敢問公公，不知芳嬪娘娘可是有什麼話要吩咐？」

那年輕太監腳步一滯，隨即粗聲粗氣地道：「都說了，娘娘的心思，豈是我等所能猜測的？」

凌玉沒有錯過他臉上那瞬間的遲疑，心裡「咯噔」一下，趁著他不注意，偷偷拔下髮髻上的金釵藏入袖中，腳步也一點一點地放緩。

麗妃乃延福宮主位，芳嬪居延福宮西配殿，可她今日根本不曾見過芳嬪，芳嬪又如何會「還有幾句話要吩咐」自己？

她暗暗留意著周遭環境，發現對方專挑些人跡稀少的小路而行，這一路而來，她竟是半個人影也不曾見著！此時此刻，她約莫可以肯定自己許是上當了。她警惕地盯著那人，同時伺機尋找著可以逃跑的機會。

前方不遠便是一處岔道，那人率先往東側而行，見他止了腳步，彷彿在等著自己跟上前，她若無其事地邁開步子，亦往東邊走了幾步，趁著那人再度轉過頭去帶路時，她猛地轉身，朝相反方向飛奔而去。

哪想到才衝出一小段距離，途經一處拐角，突然有一隻手從她身後伸出，死死地摀向她的嘴！嗅到那陣若有似無的藥味時，她暗道不好，在黑暗即將襲來的一瞬間，用手上的金釵狠狠地刺向禁錮著自己的那條手臂。對方吃痛之下手一鬆，沾著藥的帕子便掉到地上，而凌玉也只來得及透了那麼一口氣便昏過去。

「這小娘兒們夠狠，老子的手險些被她給廢了！」男人踢了踢倒在地上的凌玉，確認她確實已經昏迷過去，這才恨恨地道。

「廢話少說，還不把人抬走！」那年輕「太監」低聲喝道。

太極宮中，紫煙面無表情地憑窗而立，直到聽見身後來人的回話後，這才「嗯」了一聲。

「妳這樣私自行事，若是殿下怪罪下來，只怕妳承受不起。」

「若是事事都要請示過殿下才行動，只怕不知耽誤了多少良機。你且想想，此人是齊王的心腹，那一位的夫君得太子大力提拔，如今又入了鎮寧侯的眼，若是他發現自己的妻子遭人欺辱，可會輕易饒過？一個是齊王府的，一個是太子府的，只要殿下好生運作，還怕得不到漁翁之利嗎？」紫煙冷笑。「還不動手?!難不成你還想著等他們清醒過來？」見那人還是站著不動，她喝斥道。

那人一咬牙，終於彎下身去，將同樣昏迷不醒的宋超扛起，緊跟在她的身後，進了一條密道。

第二十二章

宋超只覺得體內像是有一團火在不斷燃燒，又熱又燥。

恍恍惚惚間，他像是聽到有女子極輕、極柔，卻又帶著無比惡意的話語在耳邊響著。

「兄弟如手足，女子如衣服。宋超，若是你毀了你最好兄弟的妻子的清白，你說，這手足是不是就得斷了？我，拭目以待……」

什麼清白？什麼手足得斷了？是誰在胡說八道？老子、老子必、必定要宰了他！

紫煙緩緩起身，眸中盡是冷意，定定地注視著面紅耳赤，正被燥熱折磨得使勁撕扯著身上衣裳的宋超；再瞧了瞧另一邊床上照舊昏迷不醒的凌玉，良久，用力一咬唇瓣，猛地轉身離開。

她掩上門，將男子粗啞的喘息全然擋在門後。

「走吧！挑個適合的時候把宮裡的侍衛引過來，總不能白白浪費了這麼一場好戲才是。」她冷漠地吩咐著，好半天卻發現沒有人回應自己，微微蹙了蹙眉，正要轉過身看個究竟，忽地後頸一痛，她甚至來不及驚呼，眼前一黑，便軟軟地倒在地上。

「螳螂捕蟬，黃雀在後。不過，與妳欲毀去別人不同，我這是要送妳一場潑天富貴呢，日後只怕妳還得感激我。」小穆踢了一腳地上的紫煙，看著程紹禟飛腳把鎖上的門踢開後闖進屋，遲疑了一下，吩咐了下屬幾句，這才跟著他進去。

程紹禟鐵青著臉闖進屋裡後，目光落在正在地上翻滾著的宋超身上，隨後望向床上不知何時已經醒過來、正掙扎著想要起來的凌玉，他猛地衝過去，把她按入懷中。

凌玉整個人還有些昏昏沈沈，只知道此處不能久留，一定要想方設法離開，如今落入熟悉的懷抱，她頓時鬆了口氣，那股昏眩感卻更加濃了。

「程大哥，咱們還是趕緊離開吧！」小穆把手上一顆不知是什麼的藥塞進宋超嘴裡，又胡亂地替他整理好衣裳，這才催促程紹禟。

程紹禟一言不發地把凌玉抱起，看也不看已經昏迷過去的宋超，大步流星地往屋外走去。

小穆把昏迷著的宋超交給下屬，又讓人把現場的一切痕跡都抹得乾乾淨淨，這才帶著紫煙閃進一條小路，運氣疾行而去。不過片刻工夫，他便出現在太極宮中，出來迎接他的人，赫然是綠兒。

「都準備好了？」

「大人放心，都已經準備好了。」綠兒低聲回答，隨後與他一起把紫煙放到床上。

小穆看著她動作索利地替紫煙更衣，而後又點燃香爐裡的熏香，不過一會兒工夫，一種似有若無的誘人芬芳便從爐中散發出來。

「時辰剛剛好，這會兒陛下想來已經快要到了。」準備好一切，綠兒低聲又道。

小穆點點頭，與她迅速退了出去，順帶著將門窗掩好。

果然，不到片刻，他便聽到了天熙帝駕臨的聲音。掃了綠兒一眼後，他幾個箭步掩去自己的身影。

綠兒整整髮飾，如同往常一般迎出門。

「仙姑呢？」天熙帝習慣地去尋那個纖弱的身影，不見那人，隨口問迎出來的綠兒。

「仙姑在屋裡抄寫經文。」綠兒將頭垂得更低，恭敬地回答。

「朕去瞧瞧她。」天熙帝點點頭，邁著大步從她身邊走過，熟門熟路地朝紫煙往日抄經講道之處而去。

太極宮上下均知，陛下與仙姑講道時是不喜外人在旁的，故而也沒有宮女、太監跟上，與綠兒一起避到外頭。

天熙帝輕輕推開半掩著的房門，熟絡地走向東次間，見裡頭的長案上，確實擺放著整整齊齊的經文，方硯裡面盡是已經磨好的墨。他走了過去，把那抄寫一半的經文拿起，看著那娟秀字跡，含笑點頭。

「仙姑？」一陣誘人的、又似是有幾分甜香氣息的味道，絲絲縷縷地撲鼻而來，他深深地嗅了一下，只覺得此香竟是誘人至極，他不自禁地抬腿又往裡頭進去。「仙姑？」進得裡頭，那香味又濃烈了幾分，聞著卻是更沁人心脾，讓他不自覺地深深呼吸了幾下，感受那陣芬芳。

「仙姑？」沒有得到女子的回答，他不禁提高音量。忽見床上輕紗飄舞，隱隱透出裡面的起伏，不覺便笑了。「原來仙姑抄經倦極，已是沈沈睡去，怪道明明人在屋裡，卻是不應朕。」

他邁步上前，輕輕拂開紗帳，果然看到裡頭衣衫半解卻渾然不覺，仍舊好夢正酣的女子。目光落到那光潔盈潤如同上等美玉般的肌膚，他不自禁地嚥了嚥口水，視線緩緩上移，落在那微微張著的丹唇上。忽地又是一陣誘人芬芳撲鼻而來，恍恍惚惚間，他似是看到床上的女子緩緩地坐起來，動作撩人地把身上的衣裳一點一點往下褪，丹唇半啟，媚眼如絲，百般柔情地喚著。「陛下……」

「仙姑……」他終於再也忍不住，猛地撲了過去……

「事成了？」

「成了，一切如主子所料。」

「好，非常好！」小穆滿意地點頭，剛一轉身，卻對上了程紹禟有些複雜的眼神。「大哥，嫂子怎樣了？」小穆清清嗓子，硬著頭皮上前問。

「沒什麼要緊，這會兒已經睡去了。」程紹禟沈聲回答，薄唇微抿，終於問：「你們把紫煙送上了龍床？」

「是啊！」小穆毫不遲疑地承認了，不等程紹禟再說，他又忙道：「大哥，你不會同情那紫煙吧？她已經不是當年的紫煙姑娘了。瞧她今日所做之事，手段之狠毒，不遜於世間上任一男兒，這樣的女子，根本不需要任何人的同情。況且，我們可沒有像她那般用些下三濫的藥，若是她果真如同表面看來那般冰清玉潔，往日與陛下相處時處處守禮，那便不會有任何事發生。」畢竟他們可沒有辦法把陛下給推上她的床，更沒有辦法讓陛下察覺她在「歇息」時，仍不顧男女之防，主動迎上前去。最重要的是，他們可不希望陛下會因此懷疑有人膽敢算計到他的頭上。

程紹禟沈默片刻，終是緩緩搖頭道：「我沒有同情她，更沒有指責你們的意思。」他只是仍舊有些過不去心裡那關，他仍舊無法完全適應這種陰私暗鬥。或許這算得上是「以其人之道，還治其人之身」，可他始終無法接受用這樣的手段對付女子。但是，他也知道這樣的手段對多數女子而言是致命的。

「程大哥，你再想想，若不是殿下一早就察覺那紫煙的不妥，只怕今日遭殃的便是嫂子了。」小穆小聲又道。

「我知道。」程紹禟眼中頓時凝聚了一團怒火。

「程統領，太子殿下請你過去。」正在此時，一名侍衛走過來喚程紹禟。

儘管程紹禟已經不再是太子府的侍衛統領，可府裡的侍衛卻仍是習慣這般稱呼他。

程紹禟應了聲，轉頭叮囑正捧著藥過來的楊素問好生照顧凌玉，這才跟著來人去見太子。

「如何？今日此番遭遇有何感想？」太子高高坐在上首，居高臨下地望著他。

程紹禟呼吸一窒，想到發現只得楊素問一人從宮中出來，卻不見妻子蹤影，欲進宮探個究竟卻不得法的焦躁難安，不自禁地攥緊了手。

「當年鎮寧侯夫人病重，宮中太醫卻悉數被賢妃扣在宮中替其母診治，鎮寧侯怒闖皇宮，打傷宮中侍衛無數，硬是把太醫院正給帶回府。事後，不管賢妃如何哭訴告狀，父皇卻怎麼也不肯降罪鎮寧侯府。世人均道父皇對鎮寧侯寵信有加，孤卻以為，父皇對鎮寧侯固然信任，但何嘗沒有顧忌他在軍中勢力之故？只可惜如今軍中無人能抗衡鎮寧侯，而朝局不穩，民匪禍亂，各地紛爭不斷，加之邊疆各國虎視眈眈，父皇便是想要拔去這根扎肉之刺，也不能不替趙氏江山考慮。」一見他臉色陰沈，趙贇也恍如未覺，繼續道：「今日你無法孤身一人闖進宮中，不是你武藝不夠，而是你手中無權！而尊夫人縱是察覺不妥，亦不能拒絕那假太監，只因為她心中毫無底氣，不敢得罪宮中『貴人』。所有的一切，歸根究柢，還是你程紹禟心腸不夠狠，手段不夠硬，權勢不夠強！」

程紹禟額上青筋隱隱跳動，袖中雙手握得更緊，身體因為憤怒而微微顫抖著。

他知道這些話很難聽，可卻也是大實話。

是他不夠強，無法給他的妻子對權貴說「不」的底氣。

「程紹禟，你身已入局，再無回轉之地。前方是萬丈深淵，還是錦繡前程，全掌握在你的手中。大丈夫行事，唯需『狠』一字。你若不狠，他們必會對你更狠。若要闖一番事業，不能只是挨打後再反抗，而是要學會主動出擊，用盡一切手段，狠狠地給對方一記重擊，讓他再無還手之力。」

趙贇眸中微閃，說話時不疾不徐，甚至語氣還甚是輕柔，可他話中之意，便是一直守候在旁的褚良，也聽出了裡面的狠辣之意。

褚良飛快地抬頭望了臉色陰沈不定的程紹禟一眼，再瞅瞅身邊的主子，忽地產生一個念頭——如今的殿下，他怎麼瞧著極像早前遇到的金髮藍眼異國人所說的「魔鬼」，正引誘著程紹禟一步一步走向那名為「狠毒」的深淵？是他的錯覺嗎？

下一刻，他又立即驅去此等念頭，覺得自己著實大逆不道，竟敢如此曲解主子的意思。殿下的話雖不好聽，卻也是大實話。程兄弟雖有手段，這些日子也漸漸成長，但到底還是不夠狠，到底離殿下的期望還有些遠。

程紹禟用力咬著唇瓣，想著欲闖宮門而不可得的憤怒與焦急；想到看見凌玉昏昏沈沈躺在床上的無助；想到已中了藥、神志不清至下一刻便會侵犯妻子的宋超，深深地吸了口氣。是，歸根究柢，還是他不夠強大，不能給妻子拒絕權貴的底氣。

「謝殿下提點，屬下明白了。」他跪了下去，恭恭敬敬地向趙贇行禮。

趙贇輕撫著手上的指環，定定地注視著他良久，才又道：「西南郡一帶民匪頻起，近來更漸與邊疆勢力勾結，鎮寧侯早年便曾上摺欲帶兵平亂，只是後來被其他事情耽擱了。如今父皇雖不理政事，但若鎮寧侯再提此事，想必也不會不允，孤希望，到時你亦能跟隨而去。若此番你能再立大功，孤自會有法子把你的官職再提一提，屆時亦能有資格親率兵馬，四下平亂，小功積攢夠了，自然便成大功。如今世道正亂，卻亦是你大展拳腳的好機會，你需明白時不待人，機會稍縱即逝的道理。」

「殿下的教誨，屬下銘記於心！」程紹禟臉上一片堅毅之色，沈聲回答。

「好，你且下去吧！」

看著程紹禟離開後，褚良想了想，還是忍不住低聲道：「殿下如此鞭策程兄弟，固然能讓他快速成長起來，只是，此人雖屬忠厚，但實為一頭沈睡的猛虎，殿下不怕敲醒了他，日後會養虎為患嗎？」

趙贇漫不經心地拂了拂袍角。「孤不怕。他若是猛虎，孤便是那打虎的武松。孤既能捧得起他，若他生了異心，孤自然亦能把他打落塵埃。只如今人人均盯著鎮寧侯手中權勢，他若想從中脫穎而出，實非易事，但凡有半分心慈手軟，瞬間便能被人給打下去，白白浪費孤一番心血。」

褚良略思忖片刻，深以為然，遂不再多話。

程紹禟回到屋裡時，凌玉恰好服下楊素問為她煎好的藥，見他進來，明顯鬆了口氣。

「外頭天色已經暗下去，咱們也是時候該回去了。這般久不歸，爹、娘與小石頭必定會等急。」

楊素問拿著空空如也的藥碗出去，體貼地拉上門。

程紹禟一言不發地坐在床沿，眼珠子一眨也不眨地盯著她。

凌玉被他望得心生不安，努力回想一下，並沒有察覺身上有什麼異樣，又想起方才楊素問說的那些話，知道是程紹禟及時救了自己，故而她才沒有受到什麼傷害，這才放下心來。

「你這般看著我做什麼？」她摸了摸臉，不解地問。

「沒什麼，咱們這便回去。」程紹禟輕撫了撫她的額，替她攏了攏衣襟，再捋了捋鬢髮，又蹲下身子托著她的腿，一副打算親自替她穿鞋的模樣。

凌玉被嚇得連連想要把腳抽回來，可他握得著實太緊，她抽了幾下都抽不得，唯有急道：「你做什麼？快放開我！」

「穿鞋。」程紹禟簡略地回答，隨手撿起一隻做工講究的繡花鞋便欲往她足上套去。

見果真如自己所想，凌玉紅著臉掙扎。「我又不是不能動，自己來穿便好。」

程紹禟卻不理會她，固執地親自替她穿好鞋襪。

凌玉掙扎了幾下未果，便也隨他了。反正又沒有外人瞧見，乾脆當是閨房之樂得了。況且，讓這麼一個大老爺們侍候的感覺還挺有意思的。她不知不覺地彎了彎嘴角，雙眸亮晶晶的。

程紹禟剛一抬頭便對上她異常明亮的雙眸，怔了怔，忽地微微一笑，只覺得心裡頓時暖洋洋的，方才那股沈悶之氣已一掃而空。

突然，他探起身子，飛快在她臉蛋上親了一記，在凌玉愕然的表情中率先往門口走去，走出幾步又停下來，轉過身來朝她伸手。「還不過來？該回去了。」

「喔，好、好的！」凌玉回過神來，急急地朝他跑過去，在反應過來前，已經主動把手放入那隻溫厚的大掌中。

迎面便見楊素問掩嘴偷笑的模樣，她臉蛋一紅，用力掙了掙，想要掙開緊緊牽著自己的那隻大手，可程紹禟卻把她的手握得更緊了幾分。

「你做什麼呀？素問都瞧見了。」她小小聲地道。

「瞧見便瞧見，有什麼打緊的？」

哪知那個素來人前沈穩的男人居然滿是不以為然，一直牽著她出了門，親自把她送上馬車。

待楊素問也踩著小方凳上了車後，程紹禟才放下車簾，目光如炬地盯著不知什麼時候出現在對面街上的宋超。

驀地，他邁開大步朝宋超走去，一直走到他跟前，揮起拳頭，重重地往他身上揍。

宋超死死咬著牙關，任由那一下比一下重的拳頭落在身上，嘴角滲出血絲，卻始終一聲不吭，亦不曾還手。

程紹禟再一記重拳擊在他胸前，他悶哼一聲，再也支撐不住，倒在地上。

「夠了！你這是想打死他嗎?!」唐晉源終究看不下去，衝出來死死地抓住程紹禟的手，不讓他再打。

程紹禟用力甩開他的手，半句話也沒有說，頭也不回地朝正掀開簾子往這邊望來的凌玉走去。他接過馬夫手上的韁繩，用力抽在馬身上，駕著馬車而去。

唐晉源的臉色有些難看，再看看隨手抹去嘴角血跡的宋超，最終化作一聲長嘆，親自把宋超扶起來。「宋大哥，你不要怪他，此番嫂子雖然無恙，但始終卻是受你牽連。」頓了頓，他又苦笑著道：「或者在程大哥心裡，嫂子是受了他的連累，他這心裡如何能好過？」

「我明白，此番確實是我的錯。」宋超眸色幽深。

「只是此事恐還得瞞著殿下，否則若是讓殿下知道你與紫煙間的事，怕又是一場無端風波。」唐晉源皺眉道。

此番程大哥既能把人給救下來，想必是動用了太子的勢力，以程大哥的性子，必然會把此事給掩得乾乾淨淨，不會讓嫂子陷入遭受半分閒話指點的局面，所以，如今宮裡怕也仍是風平浪靜。

唐晉源能想得到的，宋超自然也能。況且，他此番遭人暗算，還想要親自報仇，若是讓齊王知道了他與紫煙的關係，想必再不會讓他進宮，他又如何報仇？

有仇不報非君子，他宋超縱然不是什麼君子，也絕對嚥不下這口氣！

那小娘兒們果然夠狠，竟然用這般歹毒的法子來對付自己，若是此番紹禟兄弟沒有及時趕到，他果真對弟妹做出了禽獸不如之事，教他日後如何面對往日的好兄弟？

太極宮中，紫煙臉色蒼白地望著身上青一塊、紅一塊的痕跡。她並非懵懂不知的閨閣女子，自然知道這些痕跡是怎麼回事。再看看以綠兒為首的一眾宮女，皆一臉喜色地跪在地上向她道喜，她用力在腿上掐了一把，才壓抑住想要尖叫的衝動。

當日答應魯王的提議時，她不是就想到會有這樣的情況發生嗎？如今事情真真切切地發生了，她應該鬆口氣才是，總算不用提心吊膽了。

「準備熱水，我要沐浴更衣。」她很快便冷靜下來，扯過一旁的外袍披到身上，冷冷地吩咐著。

綠兒立即上前扶她。

紫煙本是想要推開她，卻發現全身上下痠軟無力，唯有冷著一張臉，任由對方扶著自己進了淨室。

溫熱的水驅去身上的痠痛疲憊，她努力回想昨日發生之事，記憶卻只停留在她把宋超與凌玉關在屋裡那一幕。

她輕輕撫了撫後頸處，那裡還隱隱作痛。是誰？到底是誰偷襲自己？太子？韓王？還是陛下自己？而魯王派出來的那些人呢？難不成便任由自己被人襲擊？還有綠兒……

「妳昨夜在何處？」她陡然問著正侍候她沐浴的綠兒。

綠兒早就想過她會問自己，手上動作也不停，面不改色地道：「昨日姑娘不是讓奴婢退下的嗎？奴婢便一直在屋裡。後來陛下到宮裡來，奴婢生怕會引起他的疑心，便騙陛下說姑娘在屋裡抄經，哪想到陛下卻執意去尋姑娘。奴婢見他進了屋，也沒有喚人，便不敢跟進去。」

紫煙又在大腿上掐了一把，顫著聲質問：「妳見他進去久久不出，為何一直不進去看個究竟！」

「陛下沒有傳召，奴婢如何敢進去？況且，那時候陛下正在寵幸姑娘，若是奴婢突然闖進去了，豈不是——」

「滾！妳給我滾！」一聽「寵幸」二字，紫煙重重一拍水面，擊起的水花瞬間便把綠兒全身潑了個濕透。

綠兒不敢再多話，急急忙忙退出去。走至門外，她低著頭掩飾嘴角的冷意。

裝什麼冰清玉潔？當日肯進宮來，不就是為了侍奉陛下左右嗎？這段日子一直勾著陛下，為的不也是這個？

慶功宴上，看見跟在天熙帝身後、一身宮中妃嬪打扮的紫煙，在場朝臣均是心照不宣。什麼仙姑，只怕是陛下不知從哪裡瞧上的美貌婦人，借了個名頭納進宮裡，裝模作樣地充了修道之人一段日子，如今可總算扯下了遮羞布，露出真面目。

周遭的視線或是輕蔑、或是垂涎、或是厭惡、或是嫉恨，紫煙卻是面無表情，照舊不疾不徐地跟在天熙帝身後，在下首離他最近的位置上落坐。

本想要坐到那個位置的淑妃腳步一滯，正想要說什麼，天熙帝已經高興地向眾人宣佈——

「玄月仙姑，自此便是朕的月貴妃！」

貴妃?!淑妃的臉色驀地變了，看著周遭眾人已經跪下去向月貴妃請安，才心不甘、情不願地屈膝行禮。

鎮寧侯眉頭皺了皺，卻也沒有說什麼。

坐得離他不遠的程紹禟抬起眼簾，掃了一眼那睥睨著眾人的月貴妃，隨即又垂下頭去，認真地品嚐著膳桌上的佳餚。

趙甫臉色鐵青，不敢相信地望著眼前這一幕。這個賤人竟然瞞著自己勾著父皇給了她貴妃的位分?!能將人送到天熙帝身邊，他自然也是打著讓紫煙勾著天熙帝的心思，但這一切的前提是，紫煙的所作所為不能脫離他的掌控。

位分她可以有，甚至貴妃她也可以當，卻不能瞞著他私下行事！

如今只是瞞著他當了貴妃，下一步呢？是不是就想要瞞著他懷上龍嗣？待一朝生下兒子，就想方設法扶自己的兒子登上皇位？一想到這個可能，他的眼中頓時浮現殺意。

趙贇輕撫著手上的酒杯，並沒有錯過他臉上的每一分表情，見狀愉悅地勾了勾嘴角。只待下一步棋落下，這二人便是一時不能撕破面對立起來，只怕也是面和心不和了。

原本是為將士們所設的慶功宴，天熙帝頭一件宣佈的「喜事」，卻是冊封玄月仙姑為月貴妃，朝臣們心裡到底有些微妙感，但見鎮寧侯始終一言不發，倒也沒有人多話。

好在天熙帝還記得今日此宴的目的，正式降下嘉獎的旨意，一一冊封有功之士，而程紹禟也正式受了旨意，被提拔為正六品昭武校尉。

紫煙神色平靜地端坐著，對滿殿的喜慶恍若未覺，只當她不經意地對上宋超憤怒的眼神時，瞳孔微微縮了縮，但也不過那麼一瞬間便又回復平靜。

恨吧，恨也好，可那又怎樣呢？如今她是宮中一人之下、萬人之上的貴妃娘娘，他便是再恨，又能對自己怎樣？

如今她再也不是那個需要時時顧及他的青倌，她是月貴妃，有一國之君的寵愛，再無人敢當面輕賤於她！

待宮宴接近尾聲，她尋了個理由先回太極宮，天熙帝見她臉帶疲憊，想到昨日自己的不知節制，不禁有些心疼，連忙吩咐宮女好生侍候娘娘回宮。

回到太極宮，她屏退左右，一個人踏著清涼的月色緩步宮中，忽聽前方假山石後有細細的說話聲。她皺了皺眉，正想出聲發問，在聽到那熟悉的女子聲音時噤了下去。

「……你且回去告訴殿下，計劃相當成功，紫煙姑娘根本不曾懷疑到他的身上，估計是想著昨日之事不是太子便是韓王，甚至是齊王的手筆。放心吧！如今她是貴妃娘娘，深得陛下寵愛卻又毫無根基，除了更加依附魯王府之外，再沒有別的法子。」

她的身子顫了顫，在看到一個黑影從假山石後出來時，飛快地閃到一旁，讓自己的身影融入夜色中。緊接著，她看到綠兒也從假山石後走出來，四下看看，而後若無其事地攏了攏鬢髮，邁著碎步進了殿。

原來是魯王……難怪，難怪明明身邊有懂武藝之人護著，她卻依然能被人從背後偷襲，以致糊裡糊塗地侍寢，正式成了這後宮中的一員。

看來魯王需要的不是「玄月仙姑」，而是一個可以替他操控後宮、操控陛下的傀儡！一個「仙姑」如何能做得到？自然應該是名正言順的貴妃娘娘！

想來再過不久，魯王便會想法子讓自己不知不覺地服下絕子藥。

她用力掐著掌心，眸中盡是滔天的恨意。

最初答應魯王的計劃時，她便有會以身侍人的心理準備，只是進宮才發現，天熙帝對「修道之人」確實相當禮遇，漸漸地，她也就放下這樣的包袱，甚至因為天熙帝的寵信與禮遇，她覺得自己恍如重獲新生。她不是出身青樓的女子，沒有因為身分的低賤遭人拋棄，便是宮中那些出身名門世家的妃嬪，在她的跟前也得客客氣氣，因為她們千方百計想要見上一面的皇帝，每日均會主動前來尋自己。所有人都在討好的皇帝，只在自己跟前溫柔小意，體貼周到。

可這一切，卻在昨夜那場「侍寢」中戛然而止，也瞬間把她從幻想中打回現實。

無論她身處何地，爬得再高，依然還是百花樓裡那人人可以輕賤的賣笑女子！

趙贇將手中的密函點燃，隨手扔進火盆裡。

趙甫想藉著後宮婦人之力打壓自己？那便讓他自食其果！老天爺果然是站在自己這邊的，竟讓他意外發現趙奕送進宮裡的那人，與太極宮那道姑的關係，真真是一件天賜的大禮，如若他不好生利用，豈不是白白辜負了？

此女若是能一舉把趙甫和趙奕同時扯落泥潭便更好了。

以她早前所行之事，看得出是個狠得下心腸的，他只靜待著看場好戲便是。

這婦人的嫉恨之心果然厲害，狠下心來比見慣生死打殺的男子來也毫不遜色，當真不容小覷啊！

宮裡的玄月仙姑成了月貴妃，凌玉只是感覺片刻的唏噓便拋到了腦後。那日在宮中發生之事，她沒有追問，程紹禟自然也沒有與她細說，但不代表著她猜不到是何人算計了自己。

如今仙姑變成了貴妃，她隱隱也猜到當中或許還有太子的什麼謀算，只是也不願去追問。

「恭喜姊姊、賀喜姊姊，姊姊離一品夫人又近了幾步！」此時，楊素問裝模作樣地向她行禮。

一旁的小石頭看得有趣，也嘻嘻哈哈地拱手作揖道賀，樂得周氏笑彎了腰，便是凌秀才，嘴角也不自禁地微微上揚。

「就妳愛作怪！」凌玉沒好氣地伸手做了個要打的姿勢，楊素問笑著躲到周氏的身後。

周氏連忙伸手把未來兒媳婦護著，對女兒嗔怪道：「好了好了，不過是逗趣說笑，可不能隨便動手的。」

「兒媳婦還未過門呢，便先護上了，若是她過了門，只怕我在娘跟前再沒有半分地位了。」凌玉假意地委屈起來。

周氏哭笑不得，沒好氣地捏她。「盡會貧嘴！」

程紹禟含笑看著她們幾人笑鬧，卻聽凌秀才問——

「可曾去信告知親家母了？」

「已經去信了，這會兒旨意想必也在往青河縣的路上。」

「如此就好。親家母一人把你兄弟倆拉拔大不容易，如今你好不容易出了頭，母憑子貴，她也算是苦盡甘來。」凌秀才滿意地點點頭，又問：「還有多久你便要啟程？」

「侯爺定了下個月十六的日子。」

凌秀才掐指算了算。「那也沒剩多少日子了。」

「此番出兵，家中諸事還得煩勞爹您多費心。」

凌秀才頷首，忽地又皺眉道：「民匪民匪，西南郡早就亂成一鍋粥，如何分得清是民還是匪？許是家家皆有匪，匪中亦有民。縱有罪該萬死，怕也是情有可原，罪不致死。」

程紹禟如何不知這個道理？

若按前朝武宗時代的做法，估計是全部當成匪，一律斬殺了，便是如今，相信也有不少將領是這樣打算的。

這場仗，若是心腸夠狠，無須多想，直截了當殺了了事。太子讓自己無論如何也要跟去，是不是也是打著這個主意？或是說，這又是他對自己的一個考驗？

他猜不透太子的用意，也不願多花心思去猜測。

留芳堂的生意一日比一日好，店裡的人手漸漸不足，凌大春又請了幾個人回來幫忙，這才勉強解了當下的困境。

凌玉成了朝廷的六品安人，相公又是有著大好前程的，一般人家的夫人、小姐也不敢再似以往那般看待她，自然而然地，前來請她與楊素問上門之人便少了，但上門拜訪的人家倒是多了起來，尤其是與她品級相差無多的各府夫人們，不管懷的是什麼樣的心思，都相當樂意與她來往。

這些人當中，自然不乏想著通過程紹禟攀上太子府或鎮寧侯府。對這些拐著彎子探聽那兩府中之事的人，凌玉一律裝聾作啞、避重就輕地應付過去。

久而久之，那些人見從她身上探不到什麼有用的消息，便也漸漸歇了心思，或是少了上門，或是乾脆就一心一意只當尋常相識人家間的來往了。

程紹禟離開後不久，也不知是他私底下拜託了太子妃，還是宮裡的妃嬪們如今正忙著聯合起來對付獨得聖寵的月貴妃，凌玉好長一段時間再不曾進宮去，總算暗暗鬆了口氣。

經歷過一回暗算，對皇宮那個是非之地，她著實不願再踏進去半步。最重要的是，如今宮裡位分最高的是那月貴妃，而上回暗算自己的人，十有八九是對方，她又怎敢再輕易進去？

既然惹不起，那總能躲得起吧？

這日，凌玉一邊替小石頭擦著髒兮兮的臉蛋，一面虎著臉教訓近來越發搗蛋淘氣的他。小傢伙被她訓得眼淚汪汪，委委屈屈地應著，待見她臉色稍霽，立即討好地上前直往她身上蹭，一聲聲「娘」叫得軟糯糯、甜蜜蜜。

凌玉原本故意沈著的臉，在見到他這如同愛嬌小狗般的模樣時也忍不住笑了，疼愛地捏捏他的臉蛋。「你這搗蛋鬼！」

小石頭哼哼唧唧地在她懷裡蹭，奶聲奶氣地反駁。「人家不是搗蛋鬼……」

「你不但是搗蛋鬼，還是愛嬌鬼。都快長大了，還總愛膩著你娘。」楊素問恰好經過，聽到他這話便忍不住笑了。

小石頭扭扭捏捏了好一會兒，才噘著小嘴道：「人家還小呢！」

凌玉一聽也不禁笑了。「是是是，小石頭還小呢，還未長成大石頭。」

見娘親也贊同自己的話，小傢伙頓時便高興了，摟著她的脖頸又是一聲聲「娘」地叫得歡喜。

突然，急促的敲門聲傳進來，也打斷了母子的天倫之樂。

「我去瞧瞧。」楊素問主動前去開門。

凌玉牽著小石頭跟在她的身後，房門打開後，便看到門外站著一男一女，男的身著王府侍衛樣式的衣袍，女的則是大戶人家府上得臉嬤嬤的打扮。

「程安人、楊姑娘，我家王妃請兩位過府一趟。」那婦人看到她們，語氣還算客氣地道。

凌玉掃了一眼他們身後不遠處的馬車，沒有錯過馬車上刻著的齊王府印記，卻仍故作不知地問：「不知兩位是？」

「我們是齊王府的人。程安人、楊姑娘，便隨我走一回吧！」

凌玉自然瞧得出，她的話雖然客氣，但神情卻是截然不同，大有一股「妳們不同意便使強」的意思；再瞧瞧那名面無表情的侍衛，略想了想，道：「兩位請稍候片刻，待我交代家人幾句便隨你們去。」

那婦人遲疑了一下，倒也沒有再說什麼。

凌玉把小石頭交給一臉擔憂地望著自己的周氏，柔聲道：「娘，小石頭便交給您了，我和素問去去便回。」

周氏嘆了口氣，拉過小石頭到身邊來。「妳們快去快回。」

凌玉隨口答應，這才與楊素問出門，跟著那僕婦上了往齊王府的馬車。

一路無話。

到了王府，那婦人直接引著她們進了正院。

凌玉這才發現，偌大的屋裡頭，竟是站了不少人，上首處是臉帶薄怒的齊王，齊王妃一臉冷漠地坐在離他最近之處，還有兩名看打扮像是府中側妃、侍妾的女子，除此之外便是跪了幾乎滿地的侍女、僕婦。

楊素問下意識地抓著她的手，眉間可見憂慮。

凌玉倒還算是鎮定，上前向齊王夫婦行禮，楊素問緊隨其後。

「是妳們！是妳們在那玉容膏裡下了害人的藥，映柳才會無緣無故小產！是妳們，一定是妳們！」正在此時，一名跪在地上的侍女突然朝凌玉她們撲過去，尖聲叫著。

虧得她身邊的丫頭和僕婦們眼明手快，一下子便把她按住了。

凌玉此時方知道此回被喚過來的緣由。

「如今事情尚未有定論，妳便敢當著殿下與我的面胡亂攀扯別人，真真是好大的狗膽！墨秋！」齊王妃冷著臉喝了聲。

緊接著，侍立齊王妃身邊的墨秋便朝那突然發作的侍女走去，高高揚起手，重重地摑了對方一記耳光。

「曹氏！」趙奕欲喝止而不得，眼睜睜地看著那人挨了這一巴掌，氣得額上青筋頻跳。

「賤婢映荷敢對朝廷六品安人不敬，我身為一府主母，難不成還不能教訓她？」齊王妃絲毫不懼，迎著他憤怒的視線，冷冷地道。

齊王看了一眼左臉一片紅腫，眼中盡是不甘的映荷，又聽著齊王妃此話，臉色著實稱不上好看。

「殿下，一定是她——」

啪！映荷話音未落，臉上又吃了墨秋一記耳光，直把她打得仆倒在地。

「主子未曾說話，哪輪得到妳多嘴！」墨秋寒著臉扔下話來。

趙奕氣得一張俊臉都青了，卻又聽齊王妃不緊不慢地問——

「程安人，如今府裡的侍妾映柳突然小產，據她身邊之人指證，是用了妳們留芳堂所出的玉容膏所致，當然，她這玉容膏乃是本王妃賜予她的。」

凌玉還沒有說話，楊素問便憤怒地上前大聲道：「荒唐！玉容膏乃我親自調配，用料一切均由我親自試驗，絕不會對孕婦有半分傷害。自正式售賣至今已有多年，上自宮中娘娘，下至尋常百姓家婦人，不管有孕無孕，用了只會說好，從來不曾有過半分差池。必是貴府人心險惡，或是本身懷胎不穩，或是被府中人有心算計，可卻要把我的玉容膏拉出來當替死鬼！天子腳下，如此信口開河，簡直豈有此理！我們也不是毫無依靠，任人詆毀作踐的，便是豁出去，也定要討個說法！」

凌玉生怕她觸怒齊王夫婦，連忙上前一步把她擋在身後，不卑不亢地道：「舍妹魯莽，還請殿下與娘娘寬恕，畢竟事關重大，沒有任何人面對這無妄之災還能保持冷靜。玉容膏效用如何，對孕婦是否有害，朝野上下數不清的使用者能告訴殿下與娘娘答案，著實不用臣婦姊妹在此多言。」

「我自是相信二位，不過是府裡有人有賊心沒賊膽，想要攀咬我卻又不敢明目張膽地來，故而才把妳們拉進這渾水裡。程安人與楊姑娘放心，我雖愚鈍些，可眼睛沒瞎，心也沒瞎。」齊王妃冷笑著瞥了一眼神色莫辨的趙奕，不緊不慢地道。

「娘娘英明！」凌玉忙接了話。

「這場鬧劇到這地步也該落幕了吧？殿下可還有話要問程安人與楊姑娘？」齊王妃拂了拂裙面，漫不經心地又問。

趙奕臉色頗為難看，想要說些什麼，一名白著臉的纖弱女子便跌跌撞撞地闖進來。女子撲通一下跪到地上，懇求道：「婢妾不敢瞞殿下，早前太醫便曾對婢妾說過，此胎懷得不穩，怕是難以保存，婢妾這段日子處處小心謹慎，輕易不敢走動，想著不管如何總得保住殿下這點血脈。不承想……這一切全是因為婢妾福薄，與他人沒有半點干係。」

凌玉一下子便認出此人正是那映柳。

見她一張俏臉蒼白得嚇人，身體纖瘦得彷彿一陣風便能颳倒，如今跪拜在地悲訴，真真讓人瞧見了也不禁心生同情。

趙奕連忙讓人把她扶起來，責怪道：「妳身子未好，怎能隨意下地走動！」

「說清楚了便好，也不必牽連無辜，倒是讓程安人與楊姑娘白白受累。」齊王妃涼涼地又道。

趙奕想要起身去扶映柳的動作一頓，少頃，直接拂袖而去。

齊王妃又是一聲冷笑，輕蔑地睨了映柳一眼。「不管是否是柳侍妾本意，可此番程安人與楊姑娘確實因為妳而無端招來此禍，柳侍妾難不成便不用向她們賠個禮？」

凌玉張嘴想說「不必了」，可看了看齊王妃的臉色，又將此話給嚥下去。

映柳勉強勾了勾嘴角，溫順地應下。「是，王妃教訓得是。」說完，硬撐著走到凌玉與楊素問跟前，朝她們行禮。「此番令二位受驚，是我的不是，還請二位寬恕。」

「不敢。」凌玉虛扶了她一把，看著那名為映荷的女子頂著半張紅腫的臉走過來，把她給扶下去。

「程安人與楊姑娘難得來一回，不如便嚐嚐我這上等龍井。」侍眾人散去後，齊王妃命人奉上香茶，含笑道。

凌玉微微笑道：「王妃娘娘的東西，自然都是好的。」

「妳這話倒是不錯，我要的東西，必然要是最好的。」齊王妃眸中閃著精光，只很快便又斂了下去，道：「此番讓二位無端受牽連，奉上小小禮物當是賠罪，還請二位莫要見怪才是。」

話剛說完，那名為墨秋的侍女便捧著一個描金錦盒上前。

凌玉連道了幾聲「不敢」，可最後還是不得不收下那裝滿珍貴珠寶的錦盒。

「玉姊姊，妳說那映柳的孩子到底是怎麼掉的？當真是意外？還是人為？」回到家中，楊素問忍不住問。

「想來多是人為，只那又與我們有何干係？」凌玉回答。

她算了算，上輩子那映柳所出的齊王長子，可不是這一胎，足以見得，她懷著的這胎，上輩子也確實沒有保住。至於是意外還是人為，就今日所見，傾向於人為。

「人為？難道果真是那王妃所為？」楊素問嚇了一跳。

「這倒不清楚，是或不是皆有可能。」凌玉搖搖頭。

楊素問聽罷嘆了口氣。「可見妻妾多了就是麻煩。妳說那些男子為何要娶那般多呢？若是只娶一個，豈不是少了許多麻煩事嗎？」頓了頓，她又忙道：「姊姊妳可要硬氣些，將來不管姊夫有沒有當成大將軍，妳都不能讓他納新人！」

「這是自然，他若是敢納新，我……」凌玉做了個剁肉的動作，樂得楊素問掩嘴直笑。

「對對對，就應該這樣！他若是敢納新人，姊姊便這般對付他！」

兩人笑鬧著，很快便將今日此事拋之腦後。

齊王府內，趙奕陰沈著臉。

晏離勸道：「殿下今日行事確實有幾分魯莽了，僅憑那映荷一面之辭便喚來程凌氏。可知那程紹禟如今雖只為六品昭武校尉，但太子明擺著想要把他捧出來，而鎮寧侯瞧著亦對他有幾分賞識；況且那程凌氏絕不可能以卵擊石敢算計王府，如今忽刺刺把人請來，實非明智之舉。」

「先生教訓得是，今日確實是本王魯莽了。」趙奕揉了揉額角，嘆息著道。

「嫡親骨血突然便沒了，殿下的心情我能理解，只是……依屬下之見，柳姑娘此胎，生不下來也並非壞事。如今陛下膝下的成年皇子，除了韓王長子乃是嫡出，太子、魯王長子皆為庶出，只這兩人的庶長子，卻是上了玉牒的側妃所出，與柳姑娘的身分著實差得遠了些。」

便是庶出子，也是要分三六九等，一個從奴婢肚子裡爬出的庶長子，不說較之嫡子，便是比之側妃所出的孩子，也是要落了一層。

趙奕自然也能想到這層，只是因為對這個孩子寄予了太大的期望，如今突然沒了，心裡著實難受。

「還有一事。宮中的宋超，還是要想個法子調回來才行，我總覺得他最近行事有幾分急躁，不似往日那般沈穩。宮裡需要時時小心謹慎，他如今這般狀態，著實不適宜再留在宮中。」晏離皺著眉又道。

趙奕卻有幾分猶豫。「父皇身邊不是那般容易安插人手的，宋超好不容易插了進去，這時候把他調回來，是不是有些可惜了？要不先生先尋個機會勸勸他，讓他萬勿掉以輕心才是。」

晏離略思忖一下便同意。「如此也好。」

近來魯王漸得天熙帝寵愛，接連受了幾樁好差事，一時風頭無限；與之形成鮮明對比的，卻是原本勢頭大好的太子，越發行事低調。太子尚且如此，韓王、齊王自然更不必說了。

至於後宮當中，月貴妃一枝獨秀，萬千寵愛在一身，其他諸位妃嬪別說與之爭寵，根本連見天熙帝一面都不容易。人都尚且見不到，這恩寵自然無從說了，又如何爭？

而因映柳小產一事，去了齊王府一趟，凌玉便以為此事徹底過去了，哪想到過得數日，京城中漸漸起了關於玉容膏會導致婦人小產的流言，流言以難以想像之勢迅速傳開，待凌玉等人想要採取措施時，留芳堂的生意已是一落千丈，甚至有小產婦人的家人圍攻留芳堂，嚷嚷著要賠償，否則便要去見官云云。

楊素問氣得渾身顫抖，凌大春近日亦是忙得焦頭爛額。

凌玉緊抿著雙唇，果斷道：「報官！讓他們報官！」

「報官？那豈不是把事情鬧得更大了嗎？」凌大春不是很贊同。

凌玉搖搖頭。「你們想想，京城裡知道咱們與太子府關係之人並不在少數，便是衝著這層關係，輕易都不會想與咱們鬧翻臉，可如今事情嚷得這般大，可見背後必有人，此人甚至對太子殿下都毫無所懼。在這風頭火勢之上，咱們便是再怎麼澄清，怕也只會沾得滿身腥。」

凌大春陰沈著臉，恨得牙根癢癢，重重的一拳頭砸在桌上。「簡直欺人太甚了！」

「與太子府的這層關係，就是一把雙刃劍，咱們從中得利，使留芳堂得以迅速在京城站穩腳跟，同樣地，自然也免不了因這層關係吃些苦頭。」凌玉苦笑。

這世上哪有什麼百利而無一害的好事？占了便宜得了利，自然是要付出些代價的。不管他們是怎樣想的，在外人眼裡，他們家與太子就是一條船上的，只怕就連留芳堂，也會有人覺得是太子或太子妃的產業。

待再一次被圍攻時，凌大春寒著臉從店裡擠出來，怒聲道：「留芳堂從來不會昧著良心賺黑心錢！玉容膏自售賣以來，效用如何，早已得到無數人的認可，如今你空口白牙便是誣衊，嚷著砸店賠償，要是不見官，這盆髒水便要潑過來，我豈能容忍？報官！便是你不肯報官，我也是要報，必要請官老爺還留芳堂一個清白！」

那人許是沒有想到他的態度竟會這般強硬，明顯怔了怔，隨即大聲道：「誰人不知你們攀上了貴人，這會兒必是和官府勾結一起，只待咱們一進去，立即便被抓進大牢裡！」

「對對對，就是這樣！官商勾結，自來如此！」人群中有人當即附和。

凌大春冷笑。「說報官的是你們，你們既能先提出報官，可見必是認為官府會還你們一個公道，必不會偏袒。這會兒我同意報官了，你反倒說什麼官商勾結，敢情這話都是由你們說了算？我瞧著，你們這是存心訛詐！什麼家中孕婦用了玉容膏才導致小產，分明就是胡說八道！報官，必須報官！」

「就是！我家那口子用了這般久的玉容膏都沒事，孩子也生了兩個，個個聰明健康、活潑伶俐，怎地你們家出的事便要賴在玉容膏上？我瞧你們就是想借機訛詐錢財！」人群裡立即也有人大聲說起了公道話。

「對對，我家那婆娘也用了這般久都好好的，連懷我家三郎的時候也沒有停用過！」

「我去年就給懷了身孕的女兒買了兩盒，她一直在用，上個月才平安地生下一對龍鳳雙胎，若是這玉容膏當真對孕婦有害，這又該如何解釋？」

有人起了頭，自然便有人跟著說，不過片刻工夫，在場替留芳堂說話之人漸多。

那人見勢不好，脹紅著臉嚷道：「打量著我不知道呢！你們必是收了他的好處，這才昧著良心處處替他們說話！」

「呸！敢情只要不順著你的話說便是收了好處？我還懷疑你才是請了人到處壞人家名聲呢！」

「可不是嗎？我家就住在白馬胡同，你若覺得我是收了好處昧著良心說話，大可使人去那兒問問，看我所說的可曾有半句假話！」

「凌掌櫃，必須要報官！我瞧他們當真就是想訛詐錢財，說不定他家那婦人根本就沒有身子！」

「瞧他那見錢眼開的模樣，能捨得花十兩銀子買盒玉容膏？我可不信！」

「我也不信！」

前頭形勢逆轉，楊素問在後堂聽得分明，有些目瞪口呆，好一會兒才碰碰凌玉的手。

「玉姊姊，妳何時請了這般多人替咱們說話？」

「最初出聲的那一位，確實是我找來的，可後來出言相助之人，卻真的與我無干。」凌玉搖頭否認。

「那就是真的了？可見京城裡還是有不少公道人的。」楊素問眼睛一亮。

公道人多，也從側面說明了她的玉容膏確實得到不少人的肯定，於她這個製造者而言，實是再值得高興不過了。

凌玉笑著點點頭，眉間卻仍是聚著憂色。

不過是打打嘴仗而已，聲譽到底已經受損，店裡的生意也確實受了影響，最怕的是這一切不過是開始，隨即而來的將會是更大的危機。

看來她是不是要尋個機會到太子府探一探情況了？這個念頭剛一升起，她便又暫且打消。如今局勢未明，魯王勢大，縱是宮裡有個月貴妃相幫，可太子也不是個會輕易吃虧的性子，加上經營這麼多年，豈是會輕易被人打壓至此的？

凌玉思前想後，又與凌大春商量過後，決定還是照常營業，只是玉容膏與回春膏的產量暫且降低，先看看形勢發展，也當是給自己放個假，無須再整日忙著生意之事。

周氏聽罷便笑道：「這樣也好，要不要乾脆趁此機會回去把婚事辦了？」

凌大春一聽便咧嘴笑了。「娘這主意我瞧著倒是相當不錯。」

屏風後的楊素問羞紅了臉，一轉身便跑回了屋。

隨即便聽到門外的小石頭拍著小手又笑又叫。「紅臉蛋，羞羞羞！紅臉蛋，羞羞羞！」

眾人一聽，均忍不住哈哈大笑。

第二十三章

因牽涉到自己的生意，不管是凌大春還是凌玉，都不由自主地關注著朝堂之事，當他們接連聽聞太子在朝堂上被天熙帝訓斥的消息時，臉色一日比一日凝重。

「不好了、不好了！官差上門把咱們的店都給查封了！」店裡新請的夥計急急忙忙地跑來報信。

凌玉大吃一驚，凌大春已一陣風似地跑出去。

凌玉二話不說便要跟上去看個究竟，卻被凌秀才喝止。

「站住！妳哪兒也不能去！」

她正想要說話，周氏卻一把抓住她的手腕，語帶懇求地道：「聽妳爹的，不要去，讓妳大春哥去瞧瞧便好了。」

凌玉咬著唇瓣，最終還是順從地收回腳步，留在家中靜候消息。

一直到了點燈時分，凌大春才黑著臉回來。

「怎麼回事？好好的，官府怎封了咱們的店？」她衝上前去，迫不及待地問。

「有幾戶人家聯名把留芳堂告了，方才我也被請到官府問話，只因證據不足，那官老爺彷彿也有所顧忌，故而只是問了幾句話便讓我回來了，不過這店卻還是要封。」凌大春壓抑著怒氣回答。

「要不我去求見太子妃，看看到底發生了什麼事？」凌玉不死心。

「不必了，這會兒太子妃想來也沒有心情見妳。兩個時辰前，太子帶著人馬前往北岐賑災了。」凌大春揉了揉額頭，頗為頭疼地道。

「這……」凌玉也呆住了。換句話說，如今太子並不在京中？

「我觀那官老爺是個老滑頭，顧忌的怕是太子府，故而只是讓人封了店鋪，也不敢抓人。估計這會兒他也是在觀望，若是太子此趟順利，留芳堂便也無事；若是太子有個什麼差池，留芳堂的生意怕也到頭了。」凌大春又道。

「所以，如今咱們便只能等？」凌玉蹙著眉頭問。

「過兩日妳進府向太子妃請安，瞧瞧那府裡的情況如何，咱們再打算。」

「為今之計，也僅能如此。」

只是不等凌玉挑個適合時間到太子府去，宮裡又傳出一道驚雷——齊王意圖弒君，被天熙帝打入天牢，齊王府也被重兵包圍，任何人不得輕易進出！

齊王生母麗妃為了兒子之事觸怒了天熙帝，被打入冷宮，母子二人同一命運。

凌玉聽罷臉色大變，彷彿不過頃刻之間，太子失勢，齊王被囚，魯王形勢大好，追隨者眾，已是隱隱有幾分凌駕太子之上的勢頭。

再接著呢？會不會便是太子被廢？抑或是傳來太子在賑災路上意外身故的消息？

「娘，您瞧，我會寫自己的名字了！」小石頭得意地把他寫好的大字推到凌玉跟前，眼睛忽閃忽閃，一副等著娘親誇獎的模樣。

凌玉望了望他紙上那歪歪扭扭的「程磊」二字，再瞅瞅他臉蛋上的墨跡，縱是心裡正憂慮著，此刻也不禁彎了嘴角。

「竟是一個字也沒有寫錯，可見是認真寫了。」她忍笑著打濕帕子，替他擦了臉，又把那雙髒兮兮的小手洗乾淨，看著他因為自己的誇獎笑得眉眼彎彎，忍不住輕嘆一聲。

彷彿不過一眨眼的工夫，再過不了幾個月，這孩子便要五歲了……等等，五歲?!

凌玉陡然瞪大眼睛，隨即一拍腦袋。

她怎地就忘了，上輩子就是在兒子五歲這一年，魯王起兵造反，本就已經相當混亂的局勢，瞬間便亂作一鍋粥，百姓流離失所，四處逃命，不得安生。

這輩子因為太子沒有死，她便理所當然地以為戰事不會再發生，可在離上輩子魯王起兵之日漸近的節骨眼上，太子他再度離京了！

雷聲「轟隆隆」地乍響，驚得小石頭「嗖」地一下鑽進凌玉的懷裡，凌玉連忙摟緊他柔聲安慰著。

不過須臾的工夫，豆大的雨點「啪嗒」地砸落下來，白茫茫的一片，彷彿在天與地之間掛起了一道水簾。

「我還是頭一回在京城見到這般大的雨。」楊素問喃喃道。

凌玉也皺起了眉，心中頗為憂慮。

「姊姊，不知怎的，我心裡總有些不安。姊夫什麼時候才能回來啊？」楊素問又道。

凌玉也不知該如何回答她，便連懷裡的小石頭，聽到有人提起爹爹，也從她懷裡抬頭，巴巴地望著她，彷彿在等著她的答案。

「若是戰事順利，想必不會太久。」凌玉如何得知？唯有含糊道。

楊素問也不過是隨口一問，並沒有想過能得到什麼確切的答案。

倒是小石頭不滿意地脆聲問：「不會太久是多久？」

凌玉捏捏他的臉蛋。「小石頭想爹爹了是不？」

「想了！可是爹爹總不在家，也不陪小石頭玩……」小傢伙悶悶不樂地回答。

凌玉輕輕撫著他的背脊，並沒有再隨意說些話哄他。

小傢伙越長越大，已經不似以前那般容易哄了，每每你說一句，他便有十句話等著要問，讓人頗為應接不暇。

留芳堂被官府封了，生意做不成，凌大春便乾脆放了店裡夥計們的假，每人還給了一筆相當可觀的錢，只待什麼時候解封了再請他們回來。

所幸這些年下來，凌玉也好，凌大春也罷，甚至是楊素問都積攢了一筆不算少的錢財，故而便是暫時沒有留芳堂的生意，短期內也不必操心生計問題。

只是眾人都是忙碌慣的，如今乍一停下來無所事事，均覺得有些不習慣。

這場暴雨接連下了兩日，到了第三日，被困在屋裡哪兒也去不了的小石頭便撒開腳丫子，在院子裡到處瘋跑，一會兒駕起他的「竹馬」，一會兒又「嗖」地打著拳，一個人玩得不亦樂乎。

凌玉等人看著好笑，被他這般一打鬧，憋了好些日的心情彷彿也隨著這天而放晴了。

凌大春冒著大汗、喘著粗氣從外頭跑進來時，凌玉奇怪地望著他。「大春哥，可是有人在背後追你，跑得這般快做什麼？」

凌大春胡亂地抹了一把汗，待氣息稍稍平穩些後，才啞著嗓子道：「小玉，大事不好了！太子殿下在賑災途中出了意外，被捲入洪流中，如今、如今殿下的遺體已經在運送回京的途中了！」

「什麼?!」凌玉大驚失色。「太子殿下他、他……」

「死了！」凌大春接了話。

「此事可屬實？殿下會不會只是暫且失去蹤跡？」凌秀才不知什麼時候從屋裡走出來，恰好聽到兄妹二人的話，忙不迭地追問。

「不，當地官府已經找著了殿下的遺體，相信過不了幾日便會抵達京城。官府既然敢這般做，可見屍體確確實實便是太子殿下的。」

凌玉只覺得腦袋都快要炸開了。

所以，這輩子的太子只是比上輩子多活了不到兩年的時間，最終還是如上輩子那般死於非命？那接下來呢？是不是就如同上輩子那般，魯王、齊王之爭開始白熱化，天熙帝在二子當中選擇了齊王，齊王被冊立為新的太子……不對不對，如今的齊王因為弒君大罪而被打入天牢，王府也被宮裡派出的侍衛把守著，哪還有與魯王爭奪太子之位的能力？

「可知道官府如何確定尋到的屍體是太子殿下的？」凌玉還是有些不死心。

雖然對太子的感覺有些微妙，但不管怎樣，程家與太子府早就緊緊牽連在一起，而太子更是這當中最重要的核心，若是他出了意外，她著實不敢想像程氏的未來會是怎樣。

魯王被太子打壓多年，必是對太子一派深惡痛絕，若是他最終得勢，只怕他們家是絕對討不了好處。

這便是皇權之爭，一旦選錯人、站錯隊，等待著自己的，絕不僅僅是一個人的不幸。

「聽聞在死者身上找到太子的印鑑，且衣物被證實是太子失蹤前所穿的，身形亦是差不多，故而官府便肯定死者便是太子殿下。」凌大春將他好不容易探來的內情一一道來。

最後一絲希望都被打破，凌玉的臉色微微發白。

「如今只怕宮裡宮外都亂作一團了。」凌大春憂心忡忡又道。

「這朝廷的天，怕是要變了。」凌秀才長嘆一聲，亦滿是憂慮。

太子的死訊傳回來，朝野上下一片譁然，朝臣人心浮動，原本追隨太子的那些人，不少已經開始重找出路，或是投向魯王，或是投向韓王，或是乾脆誰也不靠，盼著只當一個純臣。

雖然近段日子處處瞧太子不順眼，可到底是自己唯一的嫡子，如今乍一得知沒了，天熙帝一口氣提不上來，當場便暈倒在月貴妃的身上，驚得宮女、太監們四處喊太醫。

侍眾人合力上前，將天熙帝抬到偌大的龍床上躺好，紫煙才鬆了口氣，望向那個彷彿瞬間便蒼老不少的一國之君，眼神有幾分複雜。

「娘娘，太醫來了！」總管太監急引著太醫進來。

她起身把位置讓給太醫，自己則靜靜地站於一旁等候結果。

太醫的臉色越來越凝重，而她也不知不覺地揪緊手上的帕子。

縱然她一點也不愛這個男人，可這個男人卻給了她最大的寵愛、無上的尊榮與地位，所以不管出於什麼樣的心理，她都希望他能活得長久些。

「怎樣？陛下龍體怎樣？」見太醫終於收回診脈的手，她忙不迭地上前問道。

「陛下早前服用丹藥過多，加之陽氣大泄，龍體已經遭損，如今急火攻心之下，招致暈厥，情況不甚樂觀。」診脈的是去年方升上來的太醫院正，醫術相當高明，為人卻最是端方不過，故而便是對著這後宮第一人，亦是直言直說，絲毫沒有顧忌她的顏面。

服用丹藥過多、陽氣大泄……紫煙只覺得臉上被人狠狠抽了一巴掌，火辣辣的，又羞又惱又恨。

天熙帝到底年邁，心有餘而力不足，而她既然已經貴為宮中貴妃，自然也要為自己的將來多打算，故而無論如何都要想方設法把天熙帝留在她身邊。

這自然而然的，便是要拿些丹藥盡興，如此方能維持那床笫之歡。

她並非修道煉丹之人，自然無法煉出這樣的丹藥來，全靠了魯王在宮外替她尋來。至於用了會不會對身體有損害，她著實不清楚，也不願去探清楚。因為便是她自己也不知道，縱然知道丹藥有害，她是不是就真的不會給天熙帝服下了？她想，大概還是會給的吧。

很快地，得知消息的後宮妃嬪與皇子們急匆匆地趕來了，偌大的屋裡頓時便爆出一陣陣哭叫聲，紫煙也被人推擠到殿外；只是她也不在意，面無表情地聽著裡頭此起彼伏的哭聲，良久，一言不發地轉身離開。

不知不覺間，她走到宮中某處的大牢裡，守門的侍衛認出是她，連忙上前行禮，她視若無睹地走去，踏下昏暗的石階，很快便看到了被囚在大牢裡的宋超。

「妳來做什麼？來瞧瞧老子是不是死了？呸！老子有九條命，是絕對不會這般輕易死去的！」宋超滿身血污地靠坐在地上，聽到腳步聲抬頭，見是她，立即啐了她一口。

「宋超，你後悔了沒有？」她恍若未聞，再度重複問起了這個問題。

「呸！老子便是後悔，也是後悔當年把妳從百花樓帶出來！」

「是嗎？」紫煙冷笑，隨即又道：「你還應該後悔，後悔沒有早些把我們之間的關係告訴齊王，讓他多防備，否則，此番他便不會受你所累，堂堂皇子成了階下囚。」

「賤人！是妳和魯王那廝算計老子，算計齊王！妳最好祈禱老子死在這大牢裡，否則一旦老子出去，必然不會放過妳！」宋超目眥盡裂，憤怒地大吼道。

紫煙冷漠地轉過身去。「那你便死在這裡吧！反正你縱是出去，齊王若是大難不死，也必然不會放過你的。」

而她，也不會放過所有傷害過自己的人！

太子的遺體很快便運抵京城，本就身體極為虛弱的天熙帝接過侍衛呈上的太子印鑑，身子晃了晃，險些又要昏厥過去。

「父皇務必保重龍體，皇兄九泉之下若是知道父皇為了他如此傷懷，只怕再是難安。」以魯王為首的一眾皇子連忙勸道。

正扶著天熙帝的紫煙微不可見地瞥了他一眼，連忙又低下頭去，掩飾眸中的冷意。

天熙帝到底是愛惜自己的，很快便從太子之死中回轉過來，每日更加沈迷於修道中，幾乎除了太極宮，哪兒也不去。

前朝當中，因為太子之死及天熙帝的不理政事而越發混亂，冊立新太子的呼聲越來越高，擁立魯王的朝臣也越來越多。

韓王自然也不落後。太子沒了，齊王完了，成年皇子就只剩下他與魯王有一爭高下之力，此時再不爭，更待何時？

相比之下，如今掛起了白布的太子府便清靜許多。

凌玉終還是瞅了個空去了一趟太子府。雖是府中沒了男主子，可太子妃竟也能把裡裡外外打理得井井有條，下人們有條不紊地辦著自己的差事，彷彿對外頭的混亂全然不在意。

凌玉不得不佩服，到底是高門大戶人家精心教養的嫡姑娘，這般臨危不懼的魄力、果敢的處事手段，實非尋常人家女子所能與之相提並論的。

「難為妳有這份心，府裡一切皆好，只早前聽說留芳堂被官府查封，不知現今情況如何？」太子妃好不容易得了空招呼她，彩雲忙上前替她揉著太陽穴，明月則掌握著力度捶著她的雙腿。

凌玉苦笑。「如今還是封著，具體要封到何時也沒有個章程。」其實她也知道，太子這一死，留芳堂便是重新開張，只怕日後的生意或多或少會受些影響，也必然不會再如早前那般順利。

太子妃輕嘆一聲，臉上難掩疲累。

凌玉也不便打擾，很快便起身告辭了。

「程安人！」

離開太子妃所在的正院，踏著青石小道走了片刻，忽見金巧蓉從竹林那處走出來，喚著她。

「蓉姑娘。」她依規矩行禮。

金巧蓉同樣給她還禮，而後以眼神示意引著她離開的侍女退後一段距離。

「妳又想與我說什麼？」凌玉有些無奈。當初說彼此要當陌生人的是她，如今不時主動來尋自己的也是她。

金巧蓉沒有理會她一臉的無奈，壓低聲音問：「程大哥那邊可有消息回來？」

「他是去剿匪，又不是外出遊歷，如何會有消息傳回來？」

金巧蓉蹙起了眉。「太子這一死，魯王必然會上位，到時候曾經追隨太子的那些人，只怕難有好下場。所幸程大哥身後還有個掌握兵權的鎮寧侯，魯王對他必然有所顧忌，自然也不敢輕舉妄動。妳能不能想個法子勸程大哥，讓他說服鎮寧侯支持韓王？畢竟於咱們而言，韓王上位比魯王上位更有利。」

凌玉如同見鬼一般地望著她。「妳這是替自己尋求後路嗎？」

「我是只為了自己嗎？我還是為了這座府邸的所有人，也是為了你們！」金巧蓉瞪她。

凌玉搖搖頭。「別說我無法聯繫上他，便是能，也不會這般勸他。」天熙帝膝下存活至今的皇子中，除了意外身死的太子、囚禁天牢的齊王、風頭正盛的魯王，以及欲與魯王爭上一爭的韓王外，還有其他小皇子，又不是只能二選一，做什麼要投向那個色慾薰心的韓王？

「好了，妳不必再多說，我勸妳也別多事，這些事也不是妳我所能決定的。」見她還欲再說什麼，凌玉直接打斷了。

金巧蓉不甘不願地瞪她，見她要走，連忙又拉住。「妳且等等，我還有話要問妳。」

凌玉無奈。「蓉姑娘，妳還有什麼話便請問吧！」

「宮裡頭的那位貴妃娘娘，當真是出身青樓，並且已經嫁過人的？」金巧蓉壓低聲音問。

「妳如何得知？」凌玉不答反問。

「我自是有我的法子，妳且回答我，是或不是？」金巧蓉催促。

這畢竟是事實，估計知道的人也不在少數，故而凌玉也沒有什麼好隱瞞她的，遂點頭道：「確實如此。」

金巧蓉拖長聲音「哦」了一聲，神色若有所思。

凌玉本不想再理會她，可想了想，還是忍不住低聲勸道：「妳的事……」她本是想勸她尋個機會向太子坦白自己嫁過人之事，可再一想太子已經不在人世，勸說的話又嚥了下去。

離開太子府返回家裡的路上，忽聽對面街上一陣喧譁，她好奇地止步，細一聽，彷彿聽到一個有幾分熟悉的女子聲音。

「我乃朝廷親封的王妃，先靖安侯之女，你們膽敢碰我一下，我便一頭碰死在門前，讓天下人瞧瞧，你們是如何逼死忠臣之後、皇室內眷！」

齊王妃？凌玉這才想起，太子府與齊王府相隔不過一條街。

她急急循聲而去，果然便見齊王府大門前，一身素淨的齊王妃柳眉倒豎，滿臉怒容，正大聲斥責著舉起長劍，想要把她攔下來的侍衛。

那幾名侍衛明顯被她的話唬住了，倒真的怕她會一頭碰死在眼前。只是宮中有命，要死守著齊王府，不放任何人進出，故而他們也不敢真的放她離開。

「滾開！」齊王妃見他們仍舊攔著，徒手便去推那長劍。

持劍的侍衛嚇得連連退後幾步，生怕她會當場抹了脖子。

「王妃娘娘，並非屬下不肯讓您去見齊王殿下，這著實是——」

「我竟不知，做妻子的想要見一見正受苦的夫君，倒還要旁人允許！」齊王妃厲聲喝道，直接便打斷他的話。

為首的侍衛頓時進退兩難。放吧，命令不允許；不放吧，她若當真一頭碰死，只怕麻煩更大。

正在僵持之際，一個身材高瘦的侍衛急急走了過來，對著他一陣耳語，那侍衛首領總算鬆了口氣。

「去準備轎輦，送齊王妃前去見齊王殿下！」

齊王妃冷笑，毫無所懼地坐上轎輦。

凌玉怔怔地看著那轎輦漸漸遠去。倒是個烈性女子，只怕這滿府之人，也就一個齊王妃敢衝出來，強硬地表示要去見天牢裡的夫君了。

本以為太子死後，皇室的紛爭與自己再無瓜葛，不承想過得幾日後，官府便解封了留芳堂，准許他們繼續營業。

看著並不見喜色的凌大春，凌玉便知道此事並不是簡單地解封繼續營業，忙問道：「難道官府還有別的什麼要求？」

「有，日後咱們的營利所得，需上交給魯王府七成！」凌大春壓抑著怒氣道。

「七成?!」凌玉不可思議地瞪大眼睛。「咱們的生意與他魯王府無干，他們這樣做，豈不是想把留芳堂收成魯王的產業？」不費一分功夫、不花半文錢，便想要留芳堂改成魯王的產業，這魯王打的真是一手好算盤，這與強搶有何不同？

凌大春也是滿腹怒火。「魯王欲爭那個位置，畢竟欠缺大量資金，留芳堂早前日進斗金，怕是早就引得他垂涎三尺，只是忌憚太子，不敢有所行動。如今太子一死，他便再無所忌。如此德行，他日若為一國之君，實乃百姓之禍。」

「好了，需知禍從口出之理。樹大招風，我早就說過你們，黃白之物夠用便好，何必再花費大量心思搞什麼生意？趁如今尚能脫身，不如便把那留芳堂關了了事，隨我返回家中，從此安安分分地娶妻生子。」聽凌大春惱怒之下說了不該說的話，凌秀才隨即低斥道。

凌大春忙斂下怒火，勉強道：「爹，娶妻生子與我經營留芳堂並無衝突。」

凌秀才一想，自己的未來兒媳婦也是留芳堂的一分子，眉頭不由擰得更緊了，還想要說什麼，凌玉便打斷他的話。

「爹，事到如今，只怕不是咱們想脫身便能脫身的。魯王既然使人傳話，咱們棄店而逃，這不亞於駁他的顏面，他能放過咱們嗎？」

雖說並沒與魯王有所接觸，但從他平日行事所知，此人心胸狹窄比之太子更甚，如何會容許他們拒絕？只怕在他心裡，還能給他們留個三成利便已是天大的恩賜了，他們若是不答應，那便是不識抬舉。

凌秀才細一想，也覺得有些道理，一時眉頭擰得更緊。「如今豈非進也不是，退也不是？」

「哪有什麼進也不是，退也不是？魯王給咱們的就只有這一條路——答應下來！」凌玉恨恨地道。這是根本毫無選擇的餘地！

「應下了魯王，自此之後，留芳堂再不姓凌，而是姓趙，只怕日後如何經營，也不是咱們能抓主意的。真真是可惡，這幫強盜！」凌大春還是忍不住破口大罵。

數年心血一朝付之流水，教他如何不氣、如何不恨？

這一晚，一家人誰也沒有心情用膳。

小石頭拿著小勺子戳著小木碗裡的米飯，圓溜溜的眼睛四下望望，見沒有人注意自己，便偷偷地把碗裡切成小塊的蘿蔔剔出來，再一點一點地把它推到凌大春的碗邊，假裝成是舅舅扔掉的。

「事到如今，再多想也無用，咱們還是先用膳吧，說不定一切會否極泰來呢！」凌玉首先道。

眾人不約而同地低嘆一聲，陸續起筷。

「小石頭，不許挑食。嗯？你的蘿蔔呢？」凌玉習慣地給兒子挾菜，見小傢伙只挑肉吃，蔬菜一類都是不碰的，遂板起臉道。

「吃完啦！妳瞧妳瞧，都沒了！」小石頭撲閃撲閃著眼睛，脆聲道。

凌玉見他碗裡的蘿蔔果然不見了蹤跡，正奇怪這回他怎地這般聽話，不經意地掃到凌大春碗邊，當下便明白了。「你這小壞蛋！」她好氣又好笑，虎著臉又接連挾了幾塊放進他的小碗裡。

小石頭見還是逃不過，頓時委屈地癟癟嘴，倒是老老實實地吃掉了。

不管心裡再怎麼不願意，留芳堂既然已經解封，生意還是要繼續開始做的，而唯一讓凌玉覺得慶幸的是，魯王許是根本沒有把他們放在眼裡，又或是已經將留芳堂視為囊中之物，故而根本沒有讓他們簽協議合同一類的文書，只是簡單地指了一個人過來，說是每隔一段日子，此人便會前來收取店裡的七成收益。

凌大春忍氣吞聲地招呼著那人，看著他以一副睥睨的姿態對店裡的擺設、商品指指點點，縱是心裡再不痛快，但還是忍住了。

「此人乃是魯王府上郭側妃娘家的遠房親戚，論起來與青河縣的郭騏郭大人還是遠親。不承想郭大人那樣的人物，竟也有這麼一個親戚！」待凌大春好不容易探明那人身分後，便對凌玉訴苦道。

凌玉也頗為意外，忽又想起程紹禟曾經告訴過她，郭大人的親妹便是魯王的側妃，不禁嘆了口氣。這輩子郭大人官途不暢，更多的怕是受了他們一家所累。

「罷了罷了，誰家沒有幾個鬧心的親戚，何必放在心上？對了，今日重新營業，這生意卻是如何？」凌玉關心地問。

凌大春頓時更加頭疼了。「受早前所累，這生意是一落千丈，別說及不上出事之前，便是比在青河縣初開張時還不如。」

凌玉略思忖片刻後，壓低聲音道：「如此倒也不完全算是壞事。此番引來魯王，何嘗不是樹大招風之故？在這局勢未明的情況下，低調些卻是更好。」

凌大春一想，正是這個道理。雖說有幾分傷敵一千，自損八百的意味，不過在如今這般局勢，低調些確實更好。反正魯王便是不滿收入過低，也只能怪他前段時間太過不擇手段，以致留芳堂聲譽受損，這才使得生意跌至谷底。

天牢裡的趙奕沒有想到，第一個前來見自己的，竟然是他的王妃，一時有些不敢相信，只怔怔地望著她，久久無法回神。

齊王妃更是頭一回看到他這般不修邊幅的模樣，忍不住多望了幾眼。

素來愛潔到近乎潔癖的齊王殿下，如今滿臉鬍碴，一身衣袍也是縐巴巴的，與平日的形象大相徑庭，倒是髮冠還戴得穩穩當當。

「妳……妳怎會到此處來？」趙奕終於出聲問。若他沒有記錯的話，王府應該是被包圍住，不准人進出才是。

齊王妃冷笑。「但凡我想，這天底下便沒有我去不得的地方。況且，齊王殿下淪為階下囚，如此千載難逢的機會，我怎麼也得過來瞧瞧才是。」

「妳！」趙奕被她氣得險些一口氣提不上來，唯有恨恨地瞪她。「如此說來，妳來就是為了看本王笑話的？」

「不，我是來瞧瞧你還有沒有命出去？若是沒有，我也好另外打算，總不能你都死了，我還得替你養著你那些姬姬妾妾。」

趙奕氣得滿臉通紅，勉強壓抑住，冷冷道：「妳放心，本王沒有做過之事，任誰也別想嫁禍到本王身上來！」

「說得倒是比唱的還好聽，那齊王殿下請告訴我，你如今身在何處？」齊王妃嗤笑。

趙奕覺得，他若是再與她多說一句話，只怕下一刻便會被她活活氣死！

幾位兄弟的王妃，包括太子妃，哪個不是端莊溫柔得體，侍奉夫君細緻體貼入微？偏他這一個，刻薄無情、行事狠辣、我行我素，更是從不曾將他放在眼裡。

偏這是父皇賜下的元配正妃，他動不得，也不能動，唯有遠著些，眼不見為淨。

齊王妃又道：「如今太子已死，魯王與韓王為著那太子之位爭得你死我活，估計一時半刻也沒有空理會你。你若是想要從此處出去，便得在他們爭出個結果之前想法子洗清罪名，否則一旦他們回過頭來，再加上宮裡頭的月貴妃吹吹枕邊風，只怕你便再無活著出去的可能。」

趙奕有些意外地望著她，沒想到她竟還能想到這一層上來。

「你瞅著我做什麼？可有什麼法子能解開眼前困局？」齊王妃見他只是盯著自己，卻是一言不發，不悅地沈下臉。

趙奕沈默良久，終於緩緩地道：「解鈴還需繫鈴人。」

齊王妃蹙眉。「我明白了，我會想個法子與宋超取得聯繫。」

趙奕見她聞弦歌而知雅意，更覺意外。夫妻多年，此時此刻，他竟覺得自己像是從來不曾認識過她一樣。

齊王妃也不在意他心裡是怎樣想自己的。她是不愛這個男人，可無論再怎麼不愛，他們已經成了密不可分的夫妻，一榮俱榮，一損俱損，而她暫時還沒有想當寡婦的打算，故而還是希望他此番能保住性命。

鎮寧侯請求增兵的摺子遞上來後，朝臣們才驚覺，西南郡一帶局勢已經亂至如此地步，竟連常勝將軍的鎮寧侯也快要支持不住。

更禍不單行的是，各地流寇頻起，燒殺搶掠、無惡不作，聚集起來時，連官府都敢搶，匪禍連連，民不聊生，滿目瘡痍。

各地官府告急文書如雪花般飛至御案上，可是，天熙帝每日都在太極宮中潛心修道，早就不理政事，連鎮寧侯的摺子都隔了大半個月才能遞到他的案前，更不必說其他官員的。

「亂臣賊子，人人得而誅之！著鎮國將軍領兵十萬與鎮寧侯會合，務必一舉將西南郡平定！」天熙帝大略掃了一眼奏摺，正要提筆批覆，一旁的趙甫突然插嘴。

「父皇不可！」

天熙帝停下手中動作，皺眉問：「有何不可？」

「父皇且細想想，假若朝廷大軍都聚於西南郡，固然可以平定西南，可其他各地的亂寇豈不是更加猖狂？依兒臣之見，不若讓鎮國將軍領兵一舉掃平各地流寇，那些都不過小打小鬧，以鎮國將軍之能，想必不出半年便能一掃而清。」趙甫一臉誠懇認真地建議。

鎮國將軍乃是趙贇的心腹將領，如今自己尚未能收伏他，故而絕不能讓他與鎮寧侯匯合，否則這二人聯合起來反對自己，他只怕是討不著好。倒不如把他遠遠地支開，待自己徹底掌握了京城局勢再讓他回來，免得他留下來壞了自己的大事。

天熙帝略想想也覺得有理，看到紫煙捧著每日必服的丹藥進來，隨手合上摺子。「朕自有主張，你且退下吧！」

趙甫知道他如此便是打算要應下自己了，也不多留，只是在轉身離開時瞥了紫煙一眼，卻也沒有說什麼。

看著天熙帝就著溫水服下丹藥，紫煙才恍若不經意地道：「魯王殿下方才那番話，妾身覺著不大妥當。」

天熙帝輕撫她嫩滑的手背，越發消瘦的臉上浮現寵溺的笑意。「莫非妳另有高見？」

「妾身是覺得，鎮寧侯領兵在外，若鎮國將軍也帶兵而去，那誰來保護陛下？誰來護衛京城？」

「妳所說的不無道理。」天熙帝點頭。

紫煙見狀又道：「方才魯王殿下不是說過了嗎？各地流寇不過是些小打小鬧，既是小打小鬧，何須鎮國將軍出馬？只怕當地官府也能召集人馬平定了。」

「愛妃言之有理。」天熙帝再度頷首。「既如此，那便隨他們去吧！」

紫煙微微一笑，知道自己這番話奏效了。魯王想把鎮國將軍遣離京城，她就偏偏要讓他留下來！

趙甫左等右等，不但沒有等來派兵援助鎮寧侯的旨意，連讓鎮國將軍領兵掃平各地流寇的旨意都沒有，一時心中狐疑。

明明他離開前，父皇明顯已經應了自己的話，為何事到如今卻仍不曾降旨？這是忘記了，還是改了主意？

他思前想後，生怕趙翊從中作梗，瞅了個機會攔下御花園裡的紫煙，問起她此事緣故。

紫煙冷笑道：「我不過是一後宮婦人，陛下心裡是怎樣想的，我又如何得知？魯王殿下著實是高看我了。」說完，也不再去看他，娉娉婷婷地離開了。

趙甫被她這副態度氣得額冒青筋。這賤人真把自己當一回事了不成？只待他當上太子，頭一個便要先處置了這賤人！

紫煙走出好一段距離才止步，藉著花枝的遮掩回身望去，沒有錯過他臉上的憤恨殺意，整張臉頓時也變得陰沈。

「娘娘，宋侍衛想見您。」正在此時，宮女綠兒快步走到她跟前，小聲稟報。

宋超想見自己？紫煙有些意外。

這可真是破天荒頭一回了，往日她過去，那人要麼冷漠以對，要麼破口大罵，從來不曾給過好臉色，更是一副完全不想見自己的模樣，這回竟是想要主動見自己？

「他是什麼身分，想見本宮，本宮便要去嗎？」很快地，她又是一聲冷笑。

綠兒似是沒有想到她會拒絕，明顯愣了愣，隨即快步跟上她，本是想要再勸，想了想便又作罷。

回到太極宮，天熙帝服完丹藥後仍舊沈睡未醒，紫煙獨自一人憑窗而坐，良久，終於又忍不住問：「他見我想要說什麼？」

綠兒好一會才反應過來，這個「他」指的是宋超，忙搖頭道：「奴婢不知。」

紫煙沒有再說話，也不知過了多久，她終於按捺不住地起身。「本宮倒要瞧瞧，他這回打的什麼主意！」

綠兒只一聽便知道她是打算去見宋超了，頓時鬆了口氣，連忙侍候她更衣。

西南郡的一座小城裡，趙贇翻看著密函，身邊的軍醫替他處理左手臂上裂開的傷口，鮮血很快便滲透包紮的白布，趙贇卻是眉頭也不皺一下，順手把那密函扔進火盆裡頭，看著它瞬間化為灰燼。

「一切如殿下所猜測的那般，陛下沒有派兵前來增援鎮寧侯，此仗侯爺只怕是要吃些苦頭了。」褚良道。

趙贇冷笑。「父皇自來便是個耳根子極軟的，前朝有趙甫，後宮有那月貴妃，兩人合力，自然能把他哄得暈頭轉向，哪裡還顧得上鎮寧侯的死活？只怕父皇如今還不知道，西南郡不但有民匪，還有入侵國界的外敵。不過父皇不派兵增援也好，如此一來，鎮寧侯便無暇他顧，自然也抽不得身干涉孤的大事。」他略頓了頓，又問：「程紹禟那邊情況如何？」

「紹禟兄弟基本上肅清了莫城一帶的匪亂，相信過不了多久便會領兵與鎮寧侯會合，共同抵禦西戎人。」

「鎮寧侯估計是打算藉此機會給西戎一個痛擊，一舉解決西戎問題，這才會上摺請求增兵。如今援兵一事泡湯，加上西戎王廷亦不太平，這場戰事相信不會持續太久，到後面大抵會不了了之。」趙贇輕撫著下頷分析道。「讓綠兒想法子勸服月貴妃把八皇弟推上太子之位，當然，在此之前先讓趙甫嘗嘗甜頭，只有在即將攀上高峰那一刻被人推下來，那滋味才會更痛、更恨！」片刻後，他陰惻惻地道。

褚良自然明白他的意思，立即著人去辦。

天熙帝不再上朝，可不少朝臣對冊立新太子一事卻無比熱情。陛下不上朝不要緊，那便往後宮想法子，一時間，不時有各府誥命夫人進宮向娘娘請安。

而太極宮，便成為這當中的重心。只是太極宮的月貴妃並無娘家人，眾人便是想要與她拉拉關係也不知從何下手？

對各誥命的迎合討好，紫煙心裡甚是受用。這些出身高貴、往日最是瞧不上自己的婦人，如今又怎樣？那巴巴地湊上前來各種奉承討好的模樣，較之百花樓的老鴇又有什麼不同？

看著這些人匍匐在她的腳下，她心裡便有一股扭曲的快意。

不過，她不知不覺地想到前些日子綠兒的勸說。要想長長久久地富貴榮華，最好便是讓自己的孩兒日後登基繼位，再不濟也要選一個容易拿捏的。

而她很清楚自己的身子，這輩子是不可能有孕了，那便剩下唯一的選擇——挑一個容易拿捏的皇子。這個皇子絕對不可能是魯王或韓王，尤其是魯王，只怕他得勢之日，便是自己命喪之時。

最佳之選當數八皇子。他乃陛下幼子，如今未及九歲，生母江貴人出身低微，娘家又不是什麼得力的人家，最是容易拿捏不過。

只是為免魯王從中作梗，她還不能透露這個意思。

她心中暗暗有了主意，言談間有意無意地附和那些誇讚魯王的話，諸位誥命都是人精，很快便明白她的意思。

看來這貴妃娘娘果如傳聞中那般，乃是魯王送至陛下身邊之人，自然便也希望魯王能登上那個位置。

一時間，有人失望，有人暗喜，有人嫉恨。

宮外的趙甫很快便也知曉了月貴妃的態度，心中得意。

看來那賤人還算識趣，知道沒有自己便沒有她今日的榮華富貴。

至此，對那太子之位，他便又添了幾分把握。卻是沒有想到紫煙心中另有打算，她已經慢慢地把八皇子推入天熙帝視線裡，並且成功挑起了天熙帝冊立八皇子的心思。

在有心人的推動下，關於陛下即將冊立魯王為太子的傳言迅速傳開，半個時辰不到，大大小小的官員都收到這個消息，原還想著繼續觀望這儲位之爭的朝臣，迅速向魯王表起了忠心，一時間，魯王府門前車水馬龍，來來往往的官員絡繹不絕。

而魯王，儼然已是準太子之勢。

趙珝氣得牙根發癢，可無論他在前朝還是後宮中的勢力都不及趙甫，如今天熙帝又已經定了主意，他便是再想垂死掙扎一下，怕也是難了。

終於，天熙帝這日上朝了，朝臣們均激動不已，猜測著陛下想來是打算正式下旨冊立魯王為太子了。

趙甫挺直腰板，臉上帶著若有似無的淺淺笑容，一副謙和有禮的君子模樣，只是眼中的得意之色，卻看得趙玥暗恨不已。

呸，裝模作樣！

果然，天熙帝主動提起了冊立新太子一事。

周遭不少視線齊刷刷地向自己投來，趙甫面上越發謙和，嘴角卻再也抑制不住地彎了起來，直到那「皇八子」三字傳來時，他臉上的笑意當即便僵住了，簡直不敢相信自己所聽到的。

便是朝臣們也愣住了，竟是相當不敬地抬頭直視天顏。

只見天熙帝半合著眼睛，緩緩道：「著欽天監擇定黃道吉日以行冊封之禮，皇八子遷往太極宮，由月貴妃撫養。」

朝臣頓時一片譁然，可天熙帝已經拂袖而去，不願再多說。

皇八子？父皇他竟然選擇冊封一個黃毛小兒為太子?!不對，這必定不是父皇的本意，一定是那個賤人從中作梗，否則好端端的，父皇怎會讓八皇弟遷居太極宮？

趙甫不是蠢人，只一想便明白這當中彎道，登時大恨，殺氣頓現。

「哈哈哈哈，竟是八皇弟，原來是八皇弟！二皇兄，真是抱歉了，讓你空歡喜一場！」殿上突然爆發出一陣大笑聲，眾人回頭，便見趙玥幸災樂禍地衝著趙甫道。

趙玥心中痛快至極，他得不到的，趙甫也別想得到！

冊立太子之事何等重要，況且早前魯王府門前的熱鬧，也讓朝野上下認定了這太子之位是他的囊中之物，可不過瞬間，關於陛下冊封八皇子為太子的旨意瞬間便傳遍京城大街小巷。

凌玉自然也聽聞了這個消息，久久回不過神來。

所以，這輩子魯王還是當不成太子，而且是被一個不到九歲的八皇子搶走大位？

她又想到了上輩子魯王錯失太子之位後的舉動，心中一凜，立即喚來凌大春，急急讓他把家裡的貴重財物收好，連留芳堂也要緊閉大門，不再營業。

凌大春不明所以。

凌玉自然不能告訴他，上輩子魯王起兵造反，唯有斟酌著道：「魯王錯失太子之位，怕不會善罷甘休，如今正是多事之秋，不怕一萬，便怕萬一，多做些準備總是好的。」

凌大春凝望著她沈思片刻，深以為然，當下也動手收拾，把貴重之物一一收好。

凌玉甚至讓他藏了好幾袋大米、地瓜之類的食物，還偷偷從東街西市各處買回來不少，讓凌大春滿頭霧水，但也沒有多問，一一照辦。

「你們這是做什麼？怎地一副像是鬧饑荒的模樣？」周氏看罷不解。

倒是凌秀才若有所思地望著他們兄妹忙活，並沒有多問，亦不曾阻止。

待把東西都收拾好後，凌玉不放心地又來回看了好幾遍，確信不會引人懷疑，才微微放下心來。

「大事不好，魯王造反了！」這日，凌大春滿頭大汗地從外頭回來，連額上的汗也無暇去擦，迫不及待地道。

終於來了……一直提心吊膽之事終於有了結果，凌玉反倒是鬆了口氣。

好在這輩子她早有準備，而青河縣因為有郭騏的關係，匪亂暫未曾波及。

魯王這輩子竟然未曾回到封地便起兵，怕也只是打算逼宮。

正在此時，大門被人從外頭重重砸響，凌玉一驚，摟住了嚇得往她身邊鑽的小石頭。

凌大春則上前一步，把他們母子，以及聽聞異響從屋裡出來的凌秀才夫婦、楊素問全護在身後。

大門被重重砸了數下，外頭更是傳入了男子氣急敗壞的罵聲，可久砸不開，那罵聲便漸漸遠去，良久，砸門的響聲也停了下來。

只是，眾人豎起耳朵一聽，遠處隱隱約約還傳來罵聲、哭聲、哀求聲……

「這是趁火打劫啊！」凌秀才長嘆一聲。

凌玉緊緊抿著雙唇。

趙甫不忿太子之位旁落，當下便持劍闖入太極宮，意圖刺殺月貴妃與八皇子，不料誤傷天熙帝，倉皇逃出宮去後，思前想後，決定逼宮。

而趙贇，第一時間也得知了內情，冷笑一聲扔下密函。

「孤倒是小看趙奕了，本以為他被囚於天牢是必死無疑，沒想到他卻還能有此手段反擊。看來婦人終究是婦人，表面再怎麼狠，終究還是逃不掉一個『情』字！倒是難為那宋超，堂堂男子漢大丈夫，竟也要施展那『美男計』迷惑人心。通知程紹禟，準備回京，也好教那些不長眼的東西看清楚，誰才是天命所歸！」

鎮寧侯擦拭著長劍的動作微頓，而後緩緩地把長劍放在案上，定定地凝望著跪在地上的程紹禟，良久，沈聲道：「既是太子之命，你便回京吧！本將雖未必能踏平西戎，但擋住他們北上之路卻是十拿九穩。只一條，此番你們回京，無論如何都要以保護聖駕為首任。程紹禟，本將便將陛下的安危交託予你了！」

程紹禟朝他拱手行禮，鄭重應下。「將軍放心，末將必定以陛下安危為首任！」

鎮寧侯深深地望了他一眼。「你去吧，只盼著你記得自己說過的話。」

陛下終究還是老了，這江山總也是要交給年輕一輩的，不是太子，也會是別的皇子。如若由魯王此等忤逆不孝的畜生奪過去，倒不如交由名正言順的太子。

看著程紹禟離開的身影，他發出一陣若有似無的嘆息。

陛下所出的這幾名皇子，哪個又是省油的燈？便是那「名正言順」的太子，不也一樣把眾人玩弄於股掌上？便連陛下，同樣是他的局中棋，更不必說自己這個區區侯爺。

皇家人到底是皇家人，骨子裡的狠勁，實非常人所能比啊！

程紹禟很快便帶著一隊兵士前去與趙贇會合；鎮寧侯則改變戰略，不再與西戎軍正面對戰，而是以守為主，輔以突襲。只是，當軍中糧草漸漸開始短缺，而補給卻久久未至時，他也不禁生出幾分憂慮來。

京城大亂，自然顧不上前線，如今只希望太子盡快平定京城之亂。否則，時間一久，莫說盜賊匪禍更甚，就連周邊本就虎視眈眈的小國們，也要蠢蠢欲動了，到時候朝廷才真是危矣！

「如今糧草緊缺，諸位將士們怕是要勒緊褲帶，能省則省，儘量多熬些日子。我已經著人八百里加急將西南郡之困報以太子殿下，相信再過不了多久，太子殿下自會安排補給。」此刻，他召來諸將，將目前的困境細細道來。

「說起節省，早前程校尉俘獲的那批民匪，每日開銷用度不算少，末將以為，這些都是不必要的。」有將領沈聲道。

鎮寧侯沈默了。

程紹禟俘獲的這些人，是民，亦是匪，雖有罪，但未至死，本是打算待戰事平息後統一交由官府處置，該如何判決便如何判決，只如今……

「既然是燒殺搶掠、無惡不作的匪徒，自然當殺！」片刻之後，他冷漠地下令。

「是，末將這便去處置了他們！」很快便有將領得令而去。

有將領嘴唇動了動，似乎想要勸說幾句，可再一想到如今軍中困境，那些勸說的話又嚥了下去。

第二十四章

天熙帝不理政事久矣，鎮寧侯領兵在外，中原各地匪禍不斷，不少災民湧入京城，如今魯王起兵逼宮，事出突然，宮中御林軍竟然一下子抵擋不住，眼睜睜地看著魯王帶著人馬闖進宮門。

眼看著京城大亂，盜賊惡匪伺機而起，在京兆尹、五城兵馬司等官府反應過來前，迅速在京中搶掠一批財物退去。

凌玉仍舊緊閉大門，為防萬一，更是把家中厚重之物全部搬來擋在門後，生怕那些惡賊撞破大門闖進來。

一家人提心吊膽，夜裡也不敢全然睡去，輪流看著大門。尤其是凌大春，身為家中唯一壯年男子，整日整夜不敢合眼，還是周氏心疼不過，強硬地把他扯回屋，逼著他睡了一覺養養精神。

所幸程紹禟當日命人打造的這扇大門還算牢固，加上盜賊惡匪也不敢久留，見闖不進門便迅速換下一家，如此幾回，京中守衛也反應過來了。

「也不知外頭如今怎樣了？還有咱們青河縣，只盼著賊人莫要打過去才好。」周氏憂心忡忡。

凌玉安慰道：「娘放心，咱們青河縣如今還好，未曾受到波及。」

上輩子青河縣遭受戰亂，大抵是因為離魯王封地不遠，這輩子魯王並未回封地起兵，故而青河縣算是逃過一劫。

不過程家村到底還有王氏及程紹安在，凌玉也不曾完全放得下心。

雖然趁火打劫的匪徒退去不少，但是京中畢竟仍亂，家家戶戶也多是閉門不出，生怕被這場劫難所波及，只盼著這場禍亂盡快過去才是。

「好在玉姊姊機靈，曉得提前準備好糧食，否則這會兒便是有錢，只怕也未必能買得到這般多的米糧。」楊素問吃著烤得香噴噴的地瓜，感慨道。

凌玉笑了笑，並不好告訴她自己不過是因為多了一輩子的經驗，只是將手上那隻已經剝好皮的地瓜，遞給巴巴地望著自己的小石頭。

小石頭「啊嗚」一地咬了一口，香香甜甜的味道，吃得小傢伙眼睛都高興得瞇起來。

待小傢伙吃完一根地瓜，又喝了一碗米粥，凌玉摸摸他脹鼓鼓的小肚子，打濕布巾替他擦擦嘴，又洗了洗小手，這才拍拍他的肉屁股，讓他到院子裡找凌大春玩去了。

看著小傢伙蹦蹦跳跳地朝凌大春撲過去，灑下一陣陣無憂無慮的歡笑聲，不知不覺間，她心底的那些陰鬱也被吹散了幾分。

她覺得，其實目前的日子已是相當不錯，哪怕是戰亂再起，她也不用再逃難，更不必擔心兒子會餓肚子，只待尋個適合的機會把程家村的婆母接過來，一家子便算是真正團圓了。

卻說趙甫帶兵闖進皇宮，二話不說直接便往太極宮殺去，只是御林軍很快便反應過來，從四面八方湧出來，與他們拚殺一起，霎時間，兵器交接聲、慘叫聲響徹宮中。

天熙帝得知趙甫帶兵殺進宮來，意圖謀反逼宮，氣得臉色都青了，身體不停地抖啊抖，好幾回他身邊的總管太監都以為下一刻他便會急火攻心，從而昏厥過去，可偏偏這一回他卻硬是撐著沒有倒下去。

「豈有此理！這個逆子，朕饒不了他！鎮寧侯呢？立即著鎮寧侯前來護駕！」天熙帝怒吼著吩咐。

「陛下，鎮寧侯還在西南郡平亂呢！」終於，有小太醫小小聲地回答道。

「混帳！」天熙帝朝他踢出一腳，身子一個不穩，終於「啪」地一下跌坐到地上，他身邊的宮女、太監慌得急急湧上前來，七手八腳地想要把他扶起。

「月貴妃呢?!」天熙帝憤怒地推開欲來扶自己的手，四下看看不見紫煙，遂問道。

宮女、太監們彼此望望，均搖頭表示不知。

而此時，已經有一批御林軍急促而來，牢牢地把屋內眾人護在當中。

「逆子如何？可把他擒下了？」天熙帝再顧不得什麼月貴妃了，忙不迭地追問。

「回陛下，魯王帶兵與鎮國將軍、李統領等交戰，屬下奉李統領之命前來保護陛下！」

「好，好好好！只要護駕有功，朕必重重有賞！」聽聞鎮國將軍也帶著人馬趕進宮護駕，天熙帝大喜，一時又慶幸當日聽了月貴妃的話，沒有把鎮國將軍遣出京去，否則，今日逆子只怕便要得逞了。

此時的紫煙正急急命人把牢門打開，一把衝進去抓起宋超的手便往外走。「快走，離開這兒！魯王逼宮，此時已經殺進宮來了！」

宋超大吃一驚，用力掙開她。「我要去救齊王殿下！」

紫煙一時不察被他掙脫，又氣又急，跟在他的身後罵道：「齊王身邊又不是只有你一個，難道他們不會去救，偏要等著你去嗎？快隨我離開這兒，若是魯王的人殺過來，你我性命必然不保！」

宋超不理她，足下步伐越來越快。

紫煙追得氣喘吁吁，急得眼淚都快要冒出來，眼看著宋超的身影越來越遠，突然，一個侍衛打扮的男人殺出，舉劍便朝她刺過來。

「啊！」她嚇得大聲尖叫，險險地避開這一劍，而後拔腿便跑，一邊跑，一邊哭叫。「宋超救我！」

忽地，腳下也不知踢中了什麼，她一個不穩，整個人便仆倒在地，而追殺她的那侍衛此刻也提著劍殺到，手臂一揚，她只覺得眼前寒光一閃，長劍眼看著便要刺入她的喉嚨！說時遲那時快，驟然一聲男子的暴喝聲響起，她還沒反應過來，那侍衛已被人踢出數丈，隨即，她便看到折返回來的宋超與那人纏鬥一起。

約莫幾十個回合，宋超一記重拳擊往那人胸口，趁著那人連連後退時奪去他手上利器，反手一揮，頓時鮮血飛濺，那侍衛一聲悶哼，隨即倒地斃命。

「快走！」宋超把她從地上拉起來，不敢久留，拉著她便往天牢方向跑去。

也不知跑了多久，忽見前方有兩方人正打鬥著，當中的一道身影，他一眼便認出正是唐晉源，而唐晉源揮劍護著的那人不是別個，正是趙奕。

他登時大喜，再也顧不上紫煙，提著長劍便加入戰局。

紫煙又氣又恨，只是也毫無辦法，只能眼睜睜地看著他把自己撇下。

太極宮中，天熙帝身邊保護他的侍衛一個接一個地倒下，終於，趙甫的長劍指著他，一步一步把他逼坐在長榻上。

「逆子！」天熙帝何曾這般狼狽過？咬牙切齒地罵了一句。

「父皇，你已經老了，不中用了，也是時候退位讓賢了！若不是父皇偏心太過，兒臣也不會走這麼一步。趙贇倒也罷了，他命好，占了嫡又居長，兒臣縱是不忿、不滿、不甘，也只能忍著受著。可八皇弟一個黃毛小兒又算什麼？父皇偏聽婦人之言，竟然想要冊立他為太子，這是要置兒臣於何地?!父皇，你不仁在先，便怪不得兒臣行此一著了！若是乖乖寫下傳位聖旨，兒臣便允你在此太極宮頤養天年，否則……」說到此處，趙甫手中長劍往天熙帝脖頸上逼近一寸，嚇得他臉上的血色都快要褪盡了。

「你你你……」天熙帝又怕又恨卻又不甘，怎麼也不肯如他所願。

趙甫的臉色也不甚好看，若非怕在後世留下一個弒父的罪名，他只怕當下便要手起劍落，直接抹了天熙帝的脖子。

「父皇，你一向不理政事，潛心修道，這朝廷有你不如無，你瞧瞧如今都成了什麼世道？匪禍、兵亂、外敵、流離失所的百姓、入不敷出的財政，在你的統治下，中原早已是滿目瘡痍、民間怨聲載道。這一切，均因為你是個昏君！如此昏庸無道的你，為何還要占據這皇位？」

天熙帝被他此番話罵得臉色一陣紅、一陣白，煞是好看，終於也忍不住破口大罵。「逆子必遭天譴！朕如何，自有後世評說，輪不到你在此大放厥詞！朕之皇位，可傳於任何一名皇兒，唯獨就是不能傳給你這個大逆不道的畜生！」

趙甫一聽，頓時惡從膽邊生，想著他既如此口硬，要不乾脆一不做，二不休！反正歷史就是勝利者所書，前朝太宗皇帝弒兄殺弟，不一樣被稱為明君？

這般想著，他手腕一動，正欲揮劍將天熙帝殺於當場，忽聽身後又是一陣打鬥。

「殿下，齊王帶著人殺過來了！」有兵士急急進來稟報。

「來得好！本王便一起把他殺了，也免得到時還要再處置一遍！」趙甫冷笑，立即傳令格殺勿論。

透過敞開的大門，他看到趙奕身邊只帶著包括宋超、唐晉源在內的十餘名侍衛，正奮力揮著長劍，且戰且往太極宮這邊來。

「當真是孝感動天啊！父皇，四皇弟竟連自己的安危都不顧，帶著區區幾個下屬便想來救駕呢！」他輕蔑地瞥了胸口中劍的趙奕一眼，這才不緊不慢地道。

「畜生！」天熙帝氣得渾身顫抖，只盼趙奕能迅速殺進來救駕，可當他看到趙奕身邊的人一個接一個地倒下去時，這點希望終於漸漸熄滅了。

「父皇，我再問你一回，這傳位聖旨你寫還是不寫？」趙甫耐著性子又問了一遍。

天熙帝抖著雙唇，自然看到了他臉上毫不掩飾的殺意，知道這一回若是再不從，下一刻倒地而亡的便會是自己。

趙甫一見他只是抖著唇，怒罵或拒絕的話卻是再也說不出口，便知道他這是妥協了，冷笑一聲，立即便有侍衛將早就已經準備好的空白聖旨呈給他。他收起長劍，接過「聖旨」，將它擺在長案上，親自動手磨了墨，抓起御筆塞進天熙帝手中。

天熙帝的手不停地顫抖著，蘸了墨的筆卻是怎麼也無法落下去。

「父皇，兒臣的耐心是有限的。」見他還在拖延，趙甫不耐煩地道。

天熙帝恨極，但更清楚形勢逼人，他再無其他選擇，唯有顫著手，終於緩緩落了筆。

「父皇不可！」趙奕殺掉一名亂兵，抬頭一看，便看到被趙甫提劍逼迫的天熙帝，登時大急，如何會不清楚他的打算？

又一名亂兵刺殺過來，他咬緊牙關揮劍將其斬殺，奮力拚殺著往正殿這邊去。

眼看著趙奕突然迸發出無比的力氣，竟是勢如破竹一般將自己的人接連斬殺，再一看不知什麼時候停下動作的天熙帝，趙甫勃然大怒，長劍陡然指著趙奕，厲聲下令。「誰殺了趙奕，便是本王的護國大將軍！」

重賞之下必有勇夫，一時間，數不清有多少亂兵朝趙奕殺過去。

雙拳難敵四手，趙奕便是再勇猛，此刻也抵擋不住，身上又接連中了好幾劍，急得宋超與唐晉源等人一邊奮力殺敵，一邊死命往他身邊退去。

眼看著趙奕的人一個接一個地倒下，天熙帝終於絕望了。

見他終於死心，識趣地又開始書寫那傳位聖旨，趙甫眸中一片精光。很好，今日一過，這天下便是他的了！到時候，那些曾經與他作對的，他一個也不會放過，必要教他們領教自己的手段！

終於，天熙帝落下最後一個字，趙甫看得分明，臉上因為激動而迅速泛起微紅。

「玉璽呢?!」見只是手書，遲遲不見天熙帝按上玉璽，趙甫大急，一把揪著他的領口便問。

「玉璽在……」

咻——咚！

突然，一陣凌厲的破空聲傳來，隨即一枝利箭險險地從趙甫的髮冠上飛過，直直插入對面的紫檀木櫃上，驚出他一身冷汗。

「誰?!誰在背後偷襲？」他猛地轉頭，厲聲喝道。利箭雖然沒有射中他，卻是擊落他的髮冠，瞬間，他的長髮散落下來，那布滿殺氣的臉、狠厲的眼神，讓他整個人瞧來如同瘋子一般。

「趙甫，就憑你也敢妄想登上皇位？孤允許了嗎？」

一道不疾不徐的聲音從門外傳進來。

趙甫的瞳孔猛地收縮，不敢相信地瞪著從門後轉進屋來的身影。「趙、趙贇！你沒死?!」

「贇兒！」滿是絕望之色的天熙帝乍一見到死而復生的趙贇，先是一怔，隨即大喜。

「父皇。」趙贇淡淡地朝他行禮，而後望向臉色甚為精采的趙甫。「二皇弟還好好活著，孤又如何敢死？」

「不、不可能！你、你怎會還活著?!」趙甫不敢置信。

他派出去的殺手明明回覆自己，已經把人擊落洪流，必死無疑。而實際上，他暗中遣去尋找趙贇下落的人，也的確尋著了屍體，那屍體身上的太子印鑑、所穿的衣物，已經清清楚楚地顯示他的身分啊！

趙贇冷笑。「孤只用一具死屍、一個印鑑、一身衣裳便騙過了你們。趙甫，你何時竟變得這般天真了？」

「殿下，逆賊已經全部拿下，等候殿下發落！」正在此時，程紹禟大步流星地走進來，單膝跪下向趙贇道。

趙甫此時才發現，屋外的打鬥不知什麼時候竟然停止了，當下臉色大變。

趙贇是什麼時候殺進來的？又是什麼時候控制場面的？他竟是毫無所覺！

他望望一身太子儀服、面容冷漠的趙贇，再瞧瞧他身後肅然而立的將士，看到了鎮國將軍手上滴血的長劍，程紹禟沾血的盔甲。

便連趙奕，也帶著他僅餘的幾名侍衛，捂著傷口憤怒地瞪著自己。

不知不覺間，他退了幾步。

「贇兒，殺了他！殺了這個逆子！」天熙帝見形勢瞬間扭轉，眼中頓現瘋狂殺意，大聲嚷著。

趙甫驀地回過神來，陡然出手，長劍頃刻間便架在他的脖子上。

「別別別，別殺朕！」天熙帝嚇得大叫，喉嚨處已經感覺到逼人的寒意，只要對方輕輕一劃，他的喉嚨便會被割斷。

「放了父皇，孤還能留你一條狗命，否則，孤會讓你後悔來到這個世上。」趙贇神色不改，冷漠地道。

「呸！饒我性命？你趙贇是個怎樣心狠手辣的主，難不成我會不知道嗎？落到你的手裡，那才是真正的生不如死！」趙甫啐了他一口，心裡卻知道，事到如今，真正是已然大勢已去。

「你既清楚孤的性子，那便不該找死招惹孤！孤再給你一個機會，到底放不放人？別想與孤講條件，你沒有資格，更沒有任何條件能講！」趙贇一揮手，立即便有數名兵士押著十餘名婦孺而來，一字排開。

待看清來人時，趙甫只覺得渾身上下的血液都倒流了。

那一字排開的人當中，最左側的是魯王妃，魯王妃身旁則是他五歲的長子，接著便是一個又一個抱著各自孩兒的側妃、侍妾。

「放了父皇，孤還能給你留下幾滴血脈；若是父皇有個什麼三長兩短，孤便血洗魯王府，教你趙甫真正成為孤魂野鬼！」

程紹禟也沒想到趙贇居然還準備了這麼一齣。看了一眼離自己最近的那位雙腿打顫的侍妾，見她懷裡那個孩子皺巴巴、紅通通的，分明才出生沒多久，他一時不忍地別開視線。

趙甫雙唇微抖，握著長劍的手也不知不覺地跟著顫起來，劍刃有好幾回觸及天熙帝的脖頸肌膚，劃出了淺淺的一道血痕。

天熙帝嚇得渾身僵硬，一動也不敢動，生怕一個不小心，那長劍便會劃破自己的喉嚨。

趙贇見趙甫沒有反應，揚手做了個動作，立即便有侍衛用長劍指著懷抱新生嬰孩的那名侍妾。

「不不不，別殺我、別殺我，我什麼也不知道，什麼也沒做！殿下！求殿下救救婢妾、救救小公子……」那侍妾嚇得險些暈死過去，帶著哭音向趙甫懇求道。

趙甫握著長劍的手抖得更厲害了。事到如今，他自知在劫難逃，更不懼死亡，但卻怕死後連一點血脈都保不住，真真切切地成了孤魂野鬼……

趙贇見他仍舊拖延，不耐煩地一揚手。

那侍衛手起劍落，眼看著長劍就要刺入那侍妾的心口，趙甫終於出聲阻止。

「慢著！」

侍衛應聲止了動作，那死裡逃生的侍妾直接便嚇得軟倒在地，緊緊地抱著懷裡大哭不止的兒子，無聲地落淚。

嬰孩的哭聲傳遍殿中每個角落，亦同樣嚇哭了趙甫的其他兒女，一時間，孩童此起彼伏的哭聲久久不絕，當中還夾雜著女子哽咽的輕哄聲。

「統統給孤閉嘴！」趙贇被這些哭聲吵得不勝煩擾，陡然厲聲喝止道。

話音剛落，除卻年紀最小的那嬰孩外，其餘孩童均一下子把哭聲嚥了下去，抽抽噎噎的，卻是再也沒有哭出聲來。

「我放了父皇，你不要傷害他們，他們都不過是無知孩童……」趙甫終於緩緩地收起長劍，立即便有侍衛上前把嚇得臉色一陣青、一陣白的天熙帝扶下去。

「倒是個識趣的。」趙贇冷笑。

趙甫面無表情地聽著，目光一一往他的妻妾兒女身上掃過，看著那一張張如出一轍的驚恐面容，心底湧出無比的不甘。就差那麼一點點，只差了這麼一點兒，若是……

「畜生！」那邊的天熙帝終於從恐懼中回轉過來，立即推開身邊的太監，衝上前就往趙甫臉上狠狠抽了幾巴掌，直打得他偏過頭去，嘴角也滲出了點點血絲。

趙甫卻彷彿感覺不到痛楚，任由他一下又一下地發洩著，眼神始終直直地盯著趙贇。

「魯王趙甫大逆大道，意圖弒君，著貶為庶人，暫關押天牢，不日處斬！追隨之黨羽一律以同罪從重處置！」天熙帝直到感覺勉強算是出了心中惡氣，這才下旨。

趙甫卻對他的話毫無反應，眼睛照舊緊緊地鎖著趙贇，彷彿在等著他的話。

趙贇挑眉，終於，在侍衛即將把他拖下去前緩緩開口了。「趙甫自是罪該萬死，只念著這幾個孩子身上終究也是流著父皇的血脈，倒不如免他們一死，只將他們囚禁起來，無召不准外人輕易進出，父皇意下如何？」

經此一回，天熙帝對他正是最信任之時，加上又瞧瞧那最大不過五歲，最小也才出生沒幾日的魯王府小輩，終於還是應下了。「那便如你所說，把他們都囚禁起來，無朕主意，不准任何人輕易進出。」

趙甫這才垂下頭去，任由侍衛把他押下去，沒有再回頭看趙贇一眼。

程紹禟的感覺有些複雜，他自然瞧得出魯王後來一直盯著太子，無非是在等著他的承諾，一個可以讓他的兒女活下去的承諾。可見，一個人無論再怎麼強悍、再怎麼凶殘，也是會害怕死後無後人供奉，徹徹底底淪為孤魂野鬼。

待敵兵們一眾均被押下去後，天熙帝高坐在御案前，眼睛往跪在地上的眾人掃去，最後將目光落到趙奕身上。「奕兒，你既然能從天牢裡逃出，如何不趕緊逃命去，何故又要折返回來救朕？」

「明知父皇有難，兒臣又豈能只顧自己逃命，而枉顧父皇安危？」趙奕將頭垂低，態度恭謹地回答。

「你可知，私自從天牢逃走，亦是不可饒恕之大罪。」天熙帝寒著臉又問。

跪在趙奕身後的宋超不滿，正欲反駁，他身邊的唐晉源急急忙忙拉住他。

在宋超不解地回頭望自己時，唐晉源朝他做了個「不可」的嘴形。

「不過念在你此番亦算是救駕有功，功過相抵，朕也不願再與你計較了。」天熙帝擺擺手，片刻，終於想到某個關鍵點。「此番你不顧自身安危堅決前來護駕，為何當日又要命那宋超刺殺朕？」

「父皇明察，兒臣絕不曾讓人做出這樣大逆不道之事！此事必然有詐，還請父皇徹查真相，還兒臣一個清白！」趙奕見機不可失，忙道。

趙贇雖然有落井下石之意，但趙奕方才拚力護駕的所作所為早就落到將士眼裡，故而唯有掩嘴佯咳一聲道：「父皇，依兒臣之見，不如下旨徹查。孤亦不相信四皇弟會做出如此大逆不道之事來。」

「陛下，屬下絕無弒君之意，當日不過是……」宋超終於上前分辯，可話說了一半又噤下去，神色難得地有幾分遲疑。

當日之事全是紫煙所設計，他奮起要殺的也是她，只是沒想到天熙帝竟也在內，他持劍闖入時恰恰便對上了從夢中醒來的天熙帝，如此一來，他便是百口莫辯了。

更因為他的大意，魯王伺機挑撥，把髒水潑到齊王頭上，齊王根本連分辯尚且不能，便被盛怒中的天熙帝打入天牢。

如今齊王護駕有功，正是洗清罪名的最好時機，可這樣一來，便要把紫煙所做之事一一現於人前，若是早前，他必會毫不遲疑，可如今……

想到前段時間在大牢裡紫煙對自己的小意溫柔，彷彿讓他回到當年二人關係最融洽之時，那時候他甚至有好幾回想過娶她為妻。

見他關鍵時候又不說話了，跪在他身旁的唐晉源大急，不停對他使眼色。

可宋超卻渾然不覺，視線不知不覺地投向不知何時走進來的紫煙身上。

紫煙平靜地邁過門檻，目不斜視地從他身邊經過，最後在天熙帝帶著幾分驚喜的視線中盈盈跪下。「當日一事，全不過是妾身的有心設計，宋超想要殺的不是陛下，而是妾身。」

宋超沒想到她竟是自己坦白，一時眼神複雜，張張嘴想要說些什麼，可最後卻是一句話也沒有說。

在場眾人臉色各異，趙贇微微勾了勾唇，略帶嘲諷；趙奕臉上怒氣清晰可見。而程紹禟緊抿薄唇，在宋超與紫煙身上來回地看了看，微不可聞地嘆了口氣。這二人，終於還是走到了這一步。

天熙帝臉上的笑意當即斂下去，狐疑地望望宋超，又看看她，沈聲問：「他為何要殺妳？妳與他可是有什麼關係？」

「他痛恨妾身，妾身亦深恨於他。至於我與他的關係……」紫煙頓了頓，轉過身深深地望著神情複雜難辨的宋超，一字一頓地道：「他是妾身前夫主。」

此話一出，便連趙奕也不禁驚訝地望向宋超。

天熙帝剛經歷一番死裡逃生，整個人難得地清明幾分，只略一想便明白了，當下大怒，猛地衝上前去，用力甩了她一記耳光，一下子便把她打倒在地。「賤人！可惡！」

宋超下意識地想要伸手去拉她，可眼角餘光掃到了緊抿著唇的趙奕，伸出去的手又一點一點地縮回去。

「來人，把這賤人打入冷宮，賜三尺白綾！」下一刻，天熙帝大怒著下旨。

「月貴妃乃是得道仙姑，父皇如此待她，難不成便不怕觸怒上仙嗎？」趙贇忽地不緊不慢地問。

天熙帝被他這話噎住了，臉色青紅交加，煞是好看。

趙贇微不可見地撇撇嘴。

紫煙自知必死，心裡卻是前所未有的平靜。她輕輕拭去嘴角的血跡，淡淡道：「什麼潛心修道，不過是為自己的無能尋的一個完美藉口。」當真是潛心修道的話，如何又會被美色所惑？

見她事到如今居然還敢觸怒天熙帝，可見是已經豁出去了。趙贇挑了挑眉，毫無意外地看到天熙帝的怒火又盛了幾分。

她這番話，如同狠狠地抽了天熙帝一個耳光，狠狠地扯下他的遮羞布。天熙帝勃然大怒，手指指著她一抖一抖的，正想下令立即處死這賤人，忽地一口氣提不上來，竟直挺挺地一頭倒在地上，嚇得他身邊的太監立即上前扶起他。

程紹禟低聲吩咐侍衛立即前去請太醫，看著太監、宮女們合力把天熙帝抬進內室，片刻的工夫，又見趙贇與趙奕一前一後地從裡頭走出來。

「貴妃娘娘好大的膽子，妳這是淫亂後宮。還有那宋超……二皇弟……不對，庶人趙甫對父皇用的是美人計，難不成四皇弟竟是施展美男計對付貴妃娘娘？真真是好手段，當真難為你們了。」趙贇似笑非笑地道。

趙奕與宋超被他這話說得臉色一陣紅、一陣白。

倒是紫煙恍若未聞，定定地盯著宋超，緩緩地啟唇問：「我且問你，宋超，你可曾後悔過？」

見她事到如今仍執著此話，宋超惱了，壓低聲音道：「悔與不悔，事已至此，還有什麼用！」

「貴妃娘娘，本王不管妳與宋超有何恩怨，只是妳千不該、萬不該聯合魯王，暗中給父皇服用有損身體的丹藥，父皇此番若有個什麼三長兩短，妳便是死一萬次亦難贖其罪！」趙奕壓抑著怒氣道。

紫煙忽地拔下髮上的金釵，突然朝趙奕衝過去！

「不好，她要對殿下不利！」有眼尖的侍衛大喊一聲。

離趙奕最近的宋超下意識回身，拔劍刺出。

只聽一聲刀劍入肉的悶響聲，他臉色倏地大變，扔掉長劍，伸手去抱心口已是一片血跡的紫煙。「妳……」他抖著手想要去捂她的傷口，卻又怕弄痛她。

程紹禟急步上前查看她的傷口，良久，緩緩地鬆開手。一劍穿心，便是大羅神仙也救不得了。

「這一根小釵，與其說她是想行刺，倒不如說她是故意以此迷惑你們，刻意尋死。」趙贇不知何時走了過來，掃了一眼掉落在地上的那根金釵，慢條斯理地道。

宋超呼吸一窒，抱著紫煙的雙手抖得更厲害了。

「兄、兄弟如手足，女、女子如衣、衣服。宋、宋超，你、你可曾後悔？」

半晌，他聽到了懷中血人艱難地問。他顫著雙唇，唇上血色全無，想要說些什麼，卻老半天說不出話來。

紫煙眼中閃過一絲失望，只很快地，眼神漸漸渙散，聲音越來越低，越來越輕。「不要緊，如今我……死在你手上，這輩子你……你也不可能忘得了我……我沒想殺齊王，我又如何能殺得了齊王……」終於，她的手無力地垂落下去，一滴晶瑩的淚水從她眼中滑落，滴到地上，融入那灘鮮血裡。

宋超恍若未覺，死死地抱著已經沒了氣息的她，啞著聲道：「我後悔了，我早就後悔了……紫煙，我後悔了……」他後悔了，後悔當年不該招惹她，既招惹了，就不該枉顧她的意願，情濃之時把她轉手送人。她不是物品，是活生生的人，有血有肉，縱是出身低微，淪落風塵，也不該得到如此對待。往日恩愛一幕幕地浮現腦海中，他再也壓抑不住，痛哭出聲。

程紹禟雙眸微紅，用力一咬唇瓣。兄弟如手足，可女子又怎會如衣服？這一切，從一開始就錯了。

「倒是個狠角色，臨死前還要算計一番。」趙贇冷冷地望著眼前這一幕，神色有幾分不以為然。

以性命來換取對方一輩子的後悔又有何用？人都已經死了，可時光悠長，再多悔恨也會漸漸在歲月裡化為虛無，待到悔恨淡去，自是換得重生，到時嬌妻愛子在身側，誰還記得有這麼一個人，為他付出了生命？當真是愚不可及的婦人！

片刻後，趙贇不疾不徐又道：「月貴妃雖犯了大罪，但侍衛宋超先是意圖刺殺當朝貴妃，後又刻意引誘淫亂後宮，其罪當誅。」

程紹禟猛地望向他，雙唇動了動，還沒來得及說什麼，唐晉源已經跪著懇求。

「請太子殿下開恩！請太子殿下開恩！」

趙奕怔了怔，隨即言辭懇切地道：「宋超雖有罪，但念在其並未鑄成大錯，又曾護駕有功的分上，請皇兄開恩。」

程紹禟沈默良久，終於也緩緩地跪下去，無聲地請求著。

趙贇高坐上首，有一下沒一下地輕敲著寶座扶手，並沒有回答他們。

而此時，正在內室替天熙帝診治的太醫走了出來。

「父皇的病情如何？」趙贇忙問。

太醫嘆息著道：「陛下本就龍體有恙，正是需靜心休養之時，如今急火攻心，暴怒血蘊，引發舊疾，致半身不遂，恐怕……」

趙贇皺眉，大步流星地進了內室，見龍床上的天熙帝面紅目赤，口舌歪斜，發出一陣似嗚咽、似怒罵的「嗚嗚」聲，右邊手腳因為憤怒而到處踢打著，偏偏左邊手腳卻是安安分分地搭在床上，一動也不動。他暗地吃了一驚，快步上前抓起他的左臂，感覺軟綿綿的，竟是半點力道也沒有。

趙奕此時亦走進來，見狀臉色一變，不敢相信地上前。「父、父皇？」

天熙帝更加劇烈地揮舞著右邊手腳，口中「嗚嗚啊啊」的叫得更起勁。

太醫在一旁忙勸道：「陛下息怒、陛下息怒，保重龍體啊！」

在外頭的程紹禟聽到裡面的動靜，心裡「咯噔」一下，看到不時有太監、宮女進進出出，不到一會兒工夫，又陸續有數名太醫揹著藥箱匆匆趕來，心知天熙帝此番病發必是不妙。

他凜然。看來還是要做好萬全之策，若是陛下有個萬一，朝野上下必然有一番動盪。內憂外患，太子縱是順利登基，想要將那位置坐穩，只怕也要花費一定心思。

他又不由自主地望向神情木然，緊緊抱著紫煙的宋超，心中更是一陣憂慮。

陛下若駕崩，宋大哥怕也是性命不保，以太子的性子，必是不會放過他的。就連晉源，甚至是齊王，只怕或多或少亦會受他所累。

也不知過了多久，裡面的響動才漸漸平息。約莫一盞茶的工夫，趙贇陰沈著臉從裡頭走出來，他的身後，則跟著臉色同樣相當難看的趙奕。

「並未鑄成大錯？趙奕，你來告訴孤，父皇如今這般模樣，算不算是鑄成了大錯?!」趙贇忽地一聲怒喝，眸光森然地盯住趙奕。

趙奕沈默不語。

趙贇也不在意，沈著臉又道：「宋超以下犯上，淫亂宮廷，賜死！」

趙奕等人正欲求情，卻又聽到他繼續道——

「但是，念在他此番救駕有功，死罪可免，活罪難逃，拖下去執行宮刑，自此之後留於太極宮中侍奉！」

「皇兄！」

「殿下！」

殿內當即響起一陣陣驚呼聲。

趙奕頭一個道：「皇兄，執行宮刑於男子而言，比之取他性命更甚，還請皇兄開恩，饒恕於他！」以宋超的性子，與其受宮刑，只怕更願意赴死！

「殿下，宋大哥雖然有錯在先，但這一切都非他的本意，只怪天意弄人，況他後來竭盡全力為齊王殿下洗脫冤屈，又不顧自身安危對抗叛兵，救駕在後，還請殿下寬恕於他！」唐晉源亦跟著求情。

「皇兄，我願以自己救駕之功，換取宋超的安然無恙！」趙奕又道。

在場眾人不禁望向他，便連程紹禟也多望了他幾眼。

以自己的救駕之功換取一個險些害了自己性命的下屬安然，趙奕果然如同傳聞那般仁厚寬容。

聽到此處，宋超終於有了動作。

他輕輕地把早已氣絕多時的紫煙放到地上，深深地望著跪了滿地正為自己求情的眾人，良久，緩步行至趙奕跟前，「撲通」一下跪了下去，朝著他「咚咚咚」地連叩了幾個響頭。

「宋超原不過一江湖草莽，蒙殿下不棄，得以追隨左右。殿下之恩，宋超永誌不忘，來世必當結草銜環，當報此恩。」說完，又跪向趙贇道：「太子殿下，宋超自知罪孽深重，更不敢居救駕之功，今陛下之疾、貴妃娘娘之死，皆由宋超所起，宋超願以命償之！」

一言既了，他猛地朝侍立一旁的侍衛衝去，「噌」地一下拔出對方腰間長劍，架在脖子上用力一抹，在眾人的驚呼聲中，血濺當場，而後「咚」的一下，倒在紫煙身邊，氣絕而亡。

「宋大哥！」程紹禟飛身上前，指尖只來得及觸及他的衣袍，眼睜睜地看著他飲劍而亡，再也動彈不得。

趙贇眸光微閃，面上卻無甚表情，冷然地望著地上那兩具屍體，良久，意味深長地瞥了趙奕一眼，起身拂袖而去。

天熙二十五年，魯王逼宮失敗，被貶為庶人，三日後自絕於天牢。天熙帝突發腦疾，半身不遂，口不能言，朝政大事交由太子趙贇全權處理。

趙贇執掌朝政後，頭一件事便是執行天熙帝曾經下的旨意，從重處置參與魯王逼宮謀反的黨羽，一時之間，數不清多少朝中大臣鋃鐺入獄。

抄家、流放、處斬，京城西市口每日都有參與謀反的官員被處置，血流成河。

與此同時，趙贇命定遠將軍程紹禟領兵十萬，前往西南郡支援鎮寧侯，驅逐西戎外敵，掃清西南郡匪亂；再命鎮國大將軍率兵平定匪禍最嚴重的西北一帶。

接到晉封定遠將軍及率兵支援鎮寧侯的旨意時，程紹禟剛剛與唐晉源辦完宋超與紫煙的身後事。

待傳旨的宮中內侍離開後，唐晉源冷笑一聲道：「恭喜程大哥終於當了將軍，咱們兄弟幾個，就數你官運亨通，短短兩年時間不到，連晉數級，滿朝只怕也數不出幾個來。」

程紹禟迎上他的眼神，沒有錯過裡面一閃而過的惱怒，少頃，平靜地指出。「你在怨我。」

「是！我是在怨你！假若當日你肯代宋大哥向太子求情，他何至於會連性命都保不住？

我知道，你是怕開罪了太子，從此毀了自己的大好前程！人不為己，天誅地滅，我明白，我了解！」唐晉源深深地吸了口氣，恨恨地道。

「那紫煙姑娘呢？她又犯下了何種不可饒恕的大罪？為何你不肯替她求情，也好讓她留得一命？」凌玉冷漠的質問聲突然在屋裡響起來。

唐晉源呼吸一窒，正想開口反駁，可凌玉卻打斷他的話。

「我自是明白，在你的眼裡，紫煙姑娘的命如何能及得上你們的宋大哥？只是，你卻莫要忘了，這一切悲劇的源頭，正是在於你們的好大哥！當年假若他肯回報紫煙姑娘半分真心，肯尊重她的意願，一切何至於會落到今日這般下場？如今他自絕，除了是不願連累你們，不願連累齊王外，何嘗不是因為心中有愧，何嘗不是意識到自己當年大錯特錯！」

唐晉源的臉色有幾分發白，張嘴欲說些什麼，可卻老半天說不出話來。

「歸根究柢，害死了宋超、害死了紫煙的，是你們這些忠義弟兄們對女子的輕視、對女子的無情！」凌玉深深地呼吸幾下，以平復心中怒氣。經過上回宮中之事後，她對紫煙再無好感，可這不妨礙她更痛恨宋超之流對女子的冷漠輕視。

程紹禟下意識握著她的手，似是安慰，又似是無聲地表示自己的委屈。他沒有輕視女子，沒有對自己的妻子冷漠無情，所以，她不能將自己歸於「你們這些忠義弟兄們」。

凌玉想要掙開他的手，可他抓得太緊，她掙脫不得，唯有恨恨地瞪了他一眼，便也隨他了。

也不知過了多久，唐晉源才苦笑一聲，無力地跌坐在太師椅上，雙手摀臉。

下一刻，他用力抹了一把臉，衝著程紹禟道：「程大哥，對不住，方才我並非有意怪你，只是心中著實難受。當年若不是宋大哥救我一命，我早就不在這世上了。」

「我明白。」程紹禟輕拍了拍他的肩膀。

「程大哥，有一句話，不管你聽後會有什麼想法，我還是想對你明言。太子，實非明主！此人心狠手辣，睚眥必報，心思深沈。當日他先言明宋大哥其罪當誅，引來咱們驚懼，再以一句『死罪可免』，讓人對他感恩戴德，最後的『執行宮刑』，明為寬恕，實則仍是想要置宋大哥於死地。以他的聰明，如何會看不出宮刑之於宋大哥而言，更甚於死亡？這明為饒恕，實則逼之自絕，心思一環扣一環，可謂陰險至極、狡詐至極！這樣之人，又怎會是明主？」

程紹禟靜靜地聽著他的話，良久，才一字一頓地道：「若依你這般說法，當日齊王那句『願以自己救駕之功，換取宋超的安然無恙』，豈不是更甚於逼他赴死？以齊王的聰明，如何會不了解宋大哥的性子？宋大哥本就對他心懷愧疚，又如何會眼睜睜地看著他好不容易得到的天大功勞，因為自己而白白失去？」

唐晉源愣住了，下意識地反駁。「齊王殿下又豈是這樣的人！」

程紹禟搖搖頭道：「晉源，你許是沒有察覺，在你說出方才這番話時，已經說明你對太子殿下存在了偏見。同一件事，幾乎相差無幾的做法，可是，太子殿下在你眼裡便是陰險狡詐，齊王則是寬和仁厚。正如我不了解齊王其人，故而不便對他的為人多點評，你待太子殿下亦應如此。」

心中存了偏見，別人的一舉一動，哪怕是完全的善意，落在他眼裡也是別有用心，談何公平公正？

齊王寬和仁厚人盡皆知，可皇室貴族，身處權力核心之人，誰沒有幾張面孔？便是行事狠辣如太子，自己也曾見過他幼稚至極、讓人無奈的一面。

故而，對一個人公正的評價，怎能單憑片面？

此時此刻，他終於意識到往日一同出生入死的兄弟們，不知不覺間已經越走越遠，有著不同的立場，各為其主，再不復曾經的親密無間。

正如此刻，唐晉源維護著齊王，而他維護著太子。

「我不過出自一番好意，才會多說兩句，你又何苦扯到齊王殿下頭上？罷了罷了，便當是我枉作小人！」唐晉源有幾分賭氣地放了話，轉身離開。

程紹禟沒有挽留他，看著他的背影很快地消失在眼前，久久說不出話來。

「心裡不好受？」忽地，凌玉涼涼地問。

他終於回轉過來，聞言苦笑一聲，倒也沒有否認。「確實不怎麼好受。」

「如今只是第一步，待時間久了，你們之間的距離只會越來越遠，假若將來太子與齊王有個什麼，說不定你們還會有拔刀相見的一日。各為其主，便是如此了吧！」凌玉不緊不慢地道。

程紹禟心裡「咯噔」一下，臉色有幾分不好看，低斥道：「說話越發沒個忌諱了，這樣的話也是能混說的？」

如今太子監國，代掌政事，不出意外便會是板上釘釘的下任君王，什麼「太子與齊王有個什麼」，這不是暗示著齊王將來會謀反嗎？

凌玉撇撇嘴，暗自嘀咕了一句。

程紹禟沒有聽清，但料定必不會是什麼好話，故而也不再問，只是瞪了她一眼，隨即又在她的臉蛋上輕輕掐了一把。「不許再說這樣的話！」

「知道了、知道了！」凌玉拍開他作惡的手，終於又忍不住問：「你們不會把宋超與紫煙合葬一處吧？雖然他們曾經也算是夫妻，但鬧得如今這般下場，何苦讓他們縱是在九泉之下也還糾纏不休呢？」

程紹禟搖頭。「並沒有合葬，只是尋了兩處相隔不遠之地讓他們入土為安了。」

紫煙雖貴為貴妃，可卻是被天熙帝下旨賜死的，自然入不得皇陵；而宋超亦是戴罪之身。兩人死後，趙贇便讓人把他們的屍首扔出宮去，程紹禟與唐晉源自是把他們尋回，好生安葬。

「如此還好。」凌玉對這樣的處置還算滿意，隨即又激動地問：「太子殿下果真賞了咱們一座宅子？在何處？環境怎樣？夠不夠大？咱們什麼時候可以搬過去？」

見她興奮得眼睛亮晶晶的，程紹禟忍不住微微一笑，牽著她的手往裡頭走，耐著性子一五一十地回答。「太子殿下確實賞了咱們一座三進的宅子，就在離太子府不遠的南街處，宅子還是嶄新的，乃是魯王生前命人所修建，本是打算賞賜給有功之臣，只後來出了事，宅子便沒有賞下去，一直空置著，那處的環境想來不會差。如今太子發話，咱們隨時可以搬進去。若是妳不喜歡它現有的佈置，咱們重新找人佈置過後再搬進去亦可。」

升了定遠將軍，自然該正兒八經地擁有自己的定遠將軍府，如今這小宅子倒也不錯，只是略小了些。以趙贇的話，就是這座小宅子配不上定遠將軍府這幾個字。

不但要換新宅子，家裡還得添置些下人，雜雜碎碎之事數不勝數。趙贇也難得體貼地給了他幾日假，讓他在出征前有時間陪著妻兒收拾新家。

可以搬新家，小石頭可是高興極了，一整日便跟在他的將軍爹爹屁股後頭，吱吱喳喳地問個沒完沒了，一會兒讓爹爹給他買匹馬，一會兒讓爹爹給他修個練武場。

而程紹禟愧疚自己越來越抽不得空閒時間陪伴兒子，有心補償，對小傢伙幾乎是有求必應，待凌玉發現時，他已經答應了兒子好幾個荒唐的要求。

凌玉哭笑不得，沒好氣地瞋了他一眼。見過寵孩子的，卻沒見過寵成這般模樣的。

兩張一大一小甚為相似的臉均討好地衝她直笑，笑得她忍不住一人敲了一下額頭。

小石頭捣著額頭，望望與自己一般待遇的爹爹，傻乎乎地樂開了。

「爹爹也一樣！爹爹也一樣！」

程紹禟啞然失笑，順手在膽大包天取笑老子的兒子屁股上拍了一記，笑著跟在凌玉身後進了屋。

太子代掌政事，又是大肆處置魯王黨羽，又是大力賞封「有功之臣」，鎮寧侯麾下一個小小的昭武校尉，又是連升數級而為定遠將軍，又是賞賜府邸，可朝中卻無人敢置喙半句。

太子雖仍為太子，可實則上卻與新皇無異，甚至比新皇更甚。

若是新皇，行事多少會顧及名聲，頒下的旨意亦會仔細斟酌，可太子卻毫無顧忌，因為聖旨是以天熙帝的名義頒下的。

當然，下旨之前，太子必是想方設法徵得了天熙帝的同意。

至於他如何徵求天熙帝的意見，又是如何讓口不能言、半身不遂的天熙帝同意的，朝臣們便是再怎麼忖度也無用。

此時，趙贇甚是體貼地輕拭去天熙帝額上的汗，絲毫不理會他憤怒的神情。

「太醫都說過了，父皇此疾最忌動怒，需得靜心休養，如今朝廷大事有兒臣為父皇分憂，父皇又有什麼好放心不下的？反正這江山遲早也是要交到兒臣手上的，不是嗎？」

天熙帝喉嚨發出一陣「嗚嗚啊啊」的異響，右邊手腳掙扎得更厲害了。

可趙贇卻恍若不見，繼續道：「父皇如今身邊離不得人，兒臣已經請麗妃娘娘過來侍奉父皇，麗妃這麼多年來潛心禮佛，身上自帶一股可讓人安神息怒之氣息，最是適合侍奉父皇左右不過了。」話音剛落，身後便響起女子的腳步聲，他抬眸掃了來人一眼，淡淡地喚道：「麗妃娘娘。」

「太子殿下。」麗妃穿著打扮相當素淨，神情亦頗為平和。

「孤自小便聽聞麗妃娘娘最會照顧人，當年母后懷有孤之時，也是多虧了麗妃進宮陪伴，便連彼時的父皇，麗妃娘娘亦能一併侍奉妥當。此番父皇染疾，想必以娘娘之能，必能好生侍候，父皇病情能否好轉，全然要看娘娘了。」趙贇似笑非笑地道。

麗妃呼吸一窒，垂下眼簾，低低地道：「不敢當太子殿下此話。」

趙贇意味深長地望了她一眼，也不再多話，一拂袍角便離開了。

趙奕很快得知了趙贇此番安排，一時惱怒至極。

母妃深居簡出多年，從不與人爭寵，亦不主動往父皇跟前湊，只安安靜靜地禮佛。

如今父皇出事，趙贇喚哪個不好，偏要打擾母妃清靜，這打的是什麼主意，難道還當他不知道不成？

倒是晏離頗為憂慮地道：「太子得權，如今又拿麗妃娘娘作筏，只怕意在殿下。」

魯王倒臺，韓王素來又是根牆頭草，早已迫不及待向太子表了忠心，成年皇子當中，便只餘下一個齊王。

趙奕自然不會對他明言當年先皇后與麗妃之間的那些往事，只含含糊糊地應付過去。

所幸晏離也沒有太過在意，只皺著眉又道：「殿下如今應想法子回到封地，京城是個是非之地，實不宜久留。」

趙奕有些遲疑。

「如今母妃……本王一走了之，又豈能放心得下？」

「有那樣一層名分在，太子殿下自是不敢對娘娘不利，殿下如今最重要的還是想法子保存自己。」晏離又勸。

「怕只怕，太子未必會同意讓本王離開。」良久，趙奕才一聲長嘆。

這倒是個重要的問題。晏離的眉頭擰得更緊了。

第二十五章

卻說凌玉特意挑了個黃道吉日，一家人搬到新家，看著大門橫匾處「定遠將軍府」幾個蒼勁有力的大字，凌玉恍如夢中。

在此之前，她從來沒有想過程紹禟會走到這一步，從來沒有想過自己有朝一日真會成了將軍夫人。

「在想什麼？怎不進去？」程紹禟抱著興奮得臉蛋紅撲撲的小石頭，見她怔怔地站著，止步不解地問。

「沒什麼，進去吧！」凌玉衝他抿嘴笑笑，輕握著走到身邊來的楊素問的手，跟在那對父子及凌秀才夫婦身後，邁進了定遠將軍府大門。

小石頭一到了新家便掙扎著要從爹爹懷裡下來，程紹禟才將他放到地上，小傢伙便「哧溜」一下跑開了，遠遠地傳來他驚喜的歡笑聲。

「你給他準備了什麼，竟讓他這般高興？」凌玉好奇地問。

程紹禟笑笑，解釋道：「我拜託褚大哥尋了匹性子溫順的小馬。」

凌玉恍然。難怪兒子高興成這般模樣。

當日修建此座宅子的工匠確實花了不少心思，亭臺樓閣，假山曲流，奇花異草，每一處都是精心佈置，讓凌玉生出一種誤闖了富貴權勢人家府邸之感。

可是，看著小石頭撒歡地四處瘋跑，周氏在他身後不停大聲喊著「跑慢些，小心摔著」，她終於生出幾分真實感來。這不是別人的府邸，是她的家。

左手忽地被包入一隻溫厚的大掌中，她側頭望去，便對上程紹禟溫和的眼神。

「留芳堂之事你們也不必擔心，明日開始便可以正常營業，再沒有人敢打你們的主意。」

隨即，她便聽到他在耳邊低聲道。

「你都處理好了？」她不放心地問。

「放心，我都處理好了。但早前留芳堂畢竟聲譽受損，生意多少會有些影響，這些卻是要靠你們了。」

「這不要緊。只是，早前因為魯王一事，京城大亂，如今可好了？」凌玉還是有幾分不放心。

「太子豈會容許他的地方被人打擾？早就命五城兵馬司全力緝捕盜匪，同時加強了京城的守衛。」

凌玉這才算是放下心來。

太子掌權後以雷霆手段處置了魯王一干亂黨，又連下幾道命令，迅速平復了京城的混亂，處事強勢，手段狠辣，更不容旁人置喙哪怕半分，與天熙帝溫和無為的風格大相徑庭，朝臣們懼於他的手段，縱是有不贊同之處，但誰也不敢多言。

三日後，凌玉迎來了風塵僕僕的王氏與程紹安母子。

凌玉又驚又喜地把他們迎進屋，親自接過王氏手上的包袱，略有幾分不贊同地道：「娘要來怎地也不提前讓人報個信，也好讓紹禟親自去接啊！如今世道正亂，若萬一在路上有個什麼不測，豈不是讓人一輩子也難安嘛！」

王氏略有幾分歉意。

一旁的周氏聽罷，沒好氣地瞪了女兒一眼，拉著親家母的手道：「老天爺保佑，這會兒平平安安地來了，妳偏要說那些有的沒的。」

「此番確實是我的疏忽，怪不得她。」王氏好脾氣地道。

得到消息的程紹禟也急急忙忙地趕回來，母子、兄弟相見，自然又是好一番別後重逢的喜悅。

小石頭躲在楊素問身後，好奇地探出半邊身子，望著喜極而泣的大人們。

王氏拭拭淚水，瞧見許久未見的寶貝大孫子，高興地直朝著他招手。「小石頭，快來讓阿奶瞧瞧，可長高了許多！」

小石頭撲閃撲閃著眼睛，仍是緊緊揪著楊素問的裙襬，並沒有往她身邊而去。

「小石頭不記得阿奶了嗎？早前不是說要買許多許多好吃的，給家裡的阿奶和小叔叔嗎？」凌玉彎下身子捏捏他又長了些肉的臉蛋，笑著提醒。

小石頭苦惱地皺起小眉頭。

眾人都忍不住期待地望著他，等待他記起來。

終於，小傢伙眼睛忽地一亮，脆聲喚：「阿奶！小叔叔！」

「可總算想起來了。」周氏笑道。

那廂小石頭已經親親熱熱地窩在王氏懷裡，和她說著悄悄話，一會兒又奶聲奶氣地拉著程紹安的手，得意地告訴他，自己有了一匹很漂亮、很漂亮的馬。

凌玉終於將視線投向程紹安，見他比記憶中瘦削許多，也壯實許多，膚色黝黑，面容隱隱似有了幾分堅毅之色，乍一望去，倒真的有幾分程紹禟的模樣。

此刻，他正彎著腰，笑咪咪地聽著小石頭的童言童語，不時伸手去捏捏小傢伙肉嘟嘟的臉蛋，如此幾回，終於引得小石頭不高興地揮著小手拍開他的手。

「壞蛋！」

哪知程紹安卻哈哈一笑，語氣頗為懷念。「當真是許久沒聽到這聲壞蛋了。」

王氏好氣又好笑。「敢情這是存心想找罵的呢！」

眾人又是一陣大笑。

程紹禟含笑地站在一旁。生母與親弟的到來，可算是解了他的後顧之憂，雖說如今青河縣仍是一派平靜，可誰也不能保證，日後烽煙燃起時，會不會波及到那裡？

他原本也是打算在出征前派人前去將他們接到京城，倒沒有想到他們竟自己找了來。

再看看明顯已經成長不少的程紹安，他不禁有幾分欣慰。

終於，那個只會躲在兄長身後，凡事得過且過的少年，已經成長到可以支撐起一個家了。

當晚，程、凌兩家吃了一頓難得的團圓飯，也算是提前為兩日後便要領兵出征的程紹禟送行。

酒過三巡，程紹安已有幾分醉意，開始喋喋不休地訴說著別後種種，關於經營成衣鋪子的種種不易、關於村裡那些他剋死娘子的流言，也有關於王氏整日念叨小石頭的。

末了，他打了個酒嗝，搖搖晃晃地起身去翻他的包袱，一邊翻，一邊含含糊糊道：「大、大哥，你、你瞧，我、我也有、也有很、很多錢了……都是、都是我自己、自己攢下的，夠咱們、咱們一家子衣、衣食無憂好長、好長一段日子了……」

凌玉挾菜的動作微頓，隨即又若無其事地給王氏布菜。

程紹禟快步上前扶著站立不穩的弟弟，難得地哄道：「好好好，大哥知道這段日子你過得不容易，也攢下了不少銀子，東西改日咱們再瞧。」

程紹安聽話地任由他扶著自己坐下來，再度打了個酒嗝道：「如今、如今可好了，大、大哥當了將軍，日後、日後再沒人敢、敢小瞧咱們家。」

「爹爹是大將軍！」小石頭忽地抬頭，清脆響亮地叫道。

程紹安又是哈哈一笑，朝他張開雙臂。「來，小、小叔叔抱抱。」

小石頭歡快地從他的專屬椅子爬下來，一溜煙朝他跑過去，正想要撲進他的懷裡，卻嗅到一陣濃烈的酒味，當即皺著小鼻子嫌棄道：「臭，不要抱抱。」說完，又「咻」地跑回去。

被小姪兒嫌棄，程紹安愣了愣，好一會兒才略帶委屈地望向強忍著笑意的兄長。

周氏忙起身道：「這酒可不能再喝了，飲酒過量容易傷身，我到後頭煮些解酒湯給紹安解解酒。」

「哪能煩勞妳呢，我去便是。」王氏連忙拉著她道。

凌玉替兒子擦擦嘴，這才道：「解酒湯都準備好了，我這便端去。」

待夜裡夫妻二人回到正屋，凌玉對鏡梳著滿頭如瀑青絲，看著銅鏡裡的程紹禟正翻著兵書，不禁放下梳子，回身朝他皺眉道：「我觀紹安醉後所言，似乎仍舊放不下那一位？」

程紹禟放下書卷，少頃，揉了揉額角，嘆息道：「恐怕確實如此，不但沒有放下，反而對她當日的絕情耿耿於懷，以致連性子都改變不少。我聽娘說，這些日子咱們不在家中，他拚了命般掙錢，掙了也不亂花，只好好地攢起來。」

「如今他到了京城，而那一位……萬一他們遇上，豈不是橫生枝節嗎？要是太子殿下知道紹安與那位曾經有過夫妻關係，會不會怪咱們對他隱瞞？」凌玉最擔心的便是這一層。

如今他們一家人的性命與榮辱全繫在太子身上，若是因此事惹惱太子，只怕日後這日子可不好過了。

程紹禟皺眉想了想後，搖頭道：「妳放心，若是殿下對她有意，咱們卻隱瞞她那段過往不說，殿下想必會怪罪。可是如今她雖為府中侍妾，卻不是因為入了太子之眼，而是以背棄家族為代價得到一個容身之處，這只是場交易，不牽涉其他，太子殿下縱然知道她的過往，也不會太過放在心上。只是妳所顧慮的卻也有道理，此事著實不能再瞞著太子。改日妳便進府探探她的口風，若是她有意向太子坦白，此事咱們便只當不知；若她僅是打算一輩子安安分分，不妄想其他，便是想要瞞著倒也隨她。然而，若是她想要更進一步，此事必不能再瞞著太子，她便是不說，我也會尋個機會向殿下言明個中內情。妳將我此番話告訴她，且看她如何選擇？」

凌玉想了想，覺得他這決定倒也頗為適合，遂應了下來。

「對了，還有一事。今日彷彿聽娘說，郭大人要回京了？」她忽地又想起此事，忙問。

郭騏之妹乃是魯王側妃，而魯王在天牢自絕後，他的妻妾、兒女一律被囚於昌順宮，這其中自然也包括那郭側妃。

聽她提及前上峰，程紹禟沈默下來。

凌玉並沒有留意，自顧自地繼續道：「你說郭大人在這個節骨眼的時候回京，卻是為了什麼？升職？罷官？還是受郭側妃所累？郭大人為官多年，青河縣一直太平無事，何嘗沒有他的功勞？只盼著此番他回京不會有什麼事才好。」

這個時候，人人對「魯王」二字均退避三舍，但凡與這二字沾邊，十之七八沒有好下場。

凌玉不懂這些黨派之爭，也不清楚魯王逼宮此事當中有沒有郭騏的身影，只是覺得在如今這官員貪墨腐敗、不理百姓死活的世道，似郭騏這種還會為百姓辦些實事的官員著實不多了。

程紹禟仍是沈默不語。

待到次日一早，凌玉便帶著小石頭進了太子府。

一來是因為她打算或買、或雇些傭人回來幫忙；二來也是想要尋個機會見一見金巧蓉，將昨日程紹禟的意思轉告她。

侍女引著她母子二人往正院而去，哪想到剛經過荷塘，便見太子妃與金巧蓉坐在涼亭裡說話。

「我遠遠瞧著便像是妳，果真沒有看錯。好些日子不見，小石頭又長高許多，瞧著倒是更壯實了。」待她牽著小石頭上前行禮，太子妃便笑道。

「娘娘的氣色倒是越發好了，瞧著像是又年輕了好幾歲。」凌玉亦笑道。

小石頭乖巧地依偎著娘親，偶爾好奇地望向金巧蓉，直看得她提心吊膽，就怕小傢伙又會衝她喊「嬸嬸」。

所幸小石頭只是偶爾瞅她幾眼，倒不曾有別的什麼話，也讓她勉強鬆了口氣。

凌玉正要道明來意，忽聽小石頭脆聲叫喚。

「殿下！」

她怔了怔，便見小傢伙撒開腳丫子，往不遠處出現的那挺拔的身影追去。

太子妃與金巧蓉也被他這響亮的一聲嚇了一跳，待回過神時，已經瞧見小石頭屁顛顛地繞著趙贇跑前跑後，灑落滿地得意的清脆響聲。

「我跟你說，我娘烤的地瓜可好吃了，又甜又香，我一下子吃了好大的兩個呢！

「我爹爹給我買了一匹馬，很快我便可以騎馬跟爹爹一起去打壞蛋啦！」

聽著小傢伙如數家珍地說著他最近得意之事，趙贇終於停下腳步，嗤笑一聲道：「黃毛小兒不知天高地厚，區區幾個地瓜、一匹沒用的馬，也好意思在孤跟前賣弄？」

小石頭咬著手指頭，眨巴眨巴烏溜溜的大眼睛，忽地指著他咯咯地笑。「你沒有，你肯定沒有！你沒有吃過地瓜，也沒有和我那匹一樣漂亮的小馬！」

趙贇被他笑得有幾分羞惱，凶巴巴地瞪他。「孤才不吃那等賤民才吃的東西！孤也不需要那等跑不了幾里路的廢馬！」言畢，一拂衣袖，大步流星地往前走。

小石頭不知死活地跟上去，繼續繞著他跑前跑後，咯咯的笑聲響亮又得意。「你就是沒有、就是沒有……」

「……」

「你就是沒有！啊！紅臉蛋，羞羞羞；紅臉蛋，羞羞羞……」

「……來人，把這以下犯上的混帳扔出府去！」

急急趕過來的凌玉，迎面便遇上把小石頭夾在胳肢窩、準備扔出府去的侍衛。

那侍衛認得她，佯咳一聲，把滿臉無辜的小石頭「扔還」給她。「嫂子，這『以下犯上的混帳』便交給妳了，煩妳離開時順便幫忙把他扔出府去。」

凌玉呆了呆，一時竟不知該作何反應？

倒是跟過來的太子妃聞言，「噗哧」笑出聲來。「你放心回去向殿下覆命吧，程夫人離開時，我必定會提醒她把這『以下犯上的混帳』扔出府的。」
那侍衛沒想到自己的話被太子妃聽了個正著，神情略有幾分尷尬，連忙行禮問安過後，這才急急離開了。
凌玉這下總算回過神，訕訕地抓著兒子的小手，生怕他又不知天高地厚地追著趙贇的身影而去。
太子妃瞧得有趣，忍不住在那圓圓的肉臉蛋上輕輕戳了戳，笑著問：「小傢伙，你怎地膽子這般大呀？」
那是何人？是朝臣們聞之膽寒的太子殿下，基本上就是個活閻王般的存在，闔府中便沒人不怕他的，就連她這個太子妃，在他跟前也是不敢亂說話，生怕一個不小心觸怒了他，從而惹來一堆不必要的麻煩。
可這個小傢伙偏是不同，竟是自己硬湊上去，嘰嘰咕咕地說個沒完沒了，而太子殿下居然也由得他，當真讓人意外。
只是，看著臉蛋紅撲撲、正笑呵呵衝著自己笑的小石頭，她又忍不住心生歡喜。
這般活潑大膽的孩子，別說太子，便連自己也忍不住添了幾分喜歡。
可見太子殿下更喜歡活潑伶俐的孩子，而他唯一的孩子趙洵，雖是已經比以前有了不小的進步，再見到太子時也不會畏畏縮縮，偶爾在她的鼓勵下還敢主動與太子說兩句話，但與這個大膽的小石頭相比，只怕還要再努力些才行。
金巧蓉若有所思地望著小石頭，想到方才他與太子的相處，足以見得這一大一小兩個人早就相識，而且瞧來相處得還不錯。

小石頭無辜地衝她直笑，笑得太子妃心中發軟，忍不住拉他到身邊來，輕輕捏捏那肉嘟嘟的臉蛋，又吩咐侍女端些孩子愛吃的點心來。

待侍女們過來的時候，身邊還帶著趙洵。

小石頭一見趙洵，眼睛便亮了，立即掙脫太子妃，「咻」地跑過去拉著趙洵的手，脆聲喚：「大公子！」

趙洵同樣反握著他的手，白淨的小臉蛋上盡是歡喜。「小石頭！」

兩人握著手、彼此笑呵呵的模樣落到在場眾人眼中，均是忍不住直笑。

「一瞧便知，這兩個孩子確實久別重逢了。」太子妃笑道，乾脆吩咐侍女把他們帶到一旁。看著那兩個小傢伙親親熱熱地挨著坐在一起，說著些童言童語，她臉上的笑容不知不覺便又深了幾分。

終於，凌玉抽了個空道明來意，末了笑道：「這挑人是門學問，又是頭一回，許多事都不懂，想著求娘娘指派位嬤嬤幫幫眼，也免得到時候府裡進了些不好的。」

太子妃微微一笑。「妳那裡確實需要些人手，總不能日後還得要妳堂堂一個定遠將軍夫人忙進忙出的，這成了什麼樣子？便是出門，身邊也不能離了侍候之人，這是代表著妳的身分，也不教旁人輕看了去。」

「娘娘說得極是。」凌玉虛心受教。

太子妃又道：「便讓陳嬤嬤隨妳回去吧，她曾經教導過妳一陣子，如今讓她幫妳過過眼，最是適合不過。待什麼時候妳那裡的人都選好了，再讓她回來便是。」

凌玉大喜，連忙起身道謝。

這偌大的太子府，她也就與當年教過自己規矩的陳嬤嬤相熟些，若是此回能再得陳嬤嬤提點，那可是再好不過了。

不過一會兒工夫，太子妃派去請陳嬤嬤的人便回來了，身後還跟著同樣穿著打扮得一絲不苟的陳嬤嬤。

待太子妃道明她的打算後，陳嬤嬤也沒有推辭，當下便答應下來。

金巧蓉安安靜靜地坐在一旁，看著眼前這一切，眼神很是複雜。

所以，如今程紹禟成了定遠將軍，太子不但升了他的官位，還賞賜了新宅子為定遠將軍府？凌玉一個鄉野婦人，妻憑夫貴，搖身一變當了將軍夫人？

她只覺得心裡有些異樣的感覺，彷彿自她離開後，這程家的日子倒是越來越好，甚至好到已經超過自己。

她甚至忍不住生出絲絲縷縷的悔意，難得地開始反省，自己當年的選擇是不是錯了？若是她當年沒有選擇離開，此刻藉著程紹禟的關係，想必也能過些不錯的日子。

可是，當她再看看雍容華貴的太子妃，想到太子府的如日中天，再想想最近又不時託人前來討好自己的生父，意圖憑親情打動她，也好藉著她再攀上太子府，她又立即打消了這個念頭。

那程紹安如何能與當朝太子相提並論？太子雖仍為太子，可早已與陛下無異，日後更是名正言順，將來自己的前程又哪是一個將軍夫人所能比的？

想到這兒，她又不知不覺地挺直腰板。

凌玉終於瞧準了機會，將程紹禟的意思向金巧蓉一一道來。

金巧蓉聽罷，心裡一個「咯噔」，連忙抓著她的手，低聲懇求道：「求夫人再給我一些時間。此事我也一直記在心裡，想著向殿下坦白過往，只是一直沒有尋到適合的機會……」

「妳且想想前頭那月貴妃與那宋超的下場，便明白，這些事妳是再隱瞞不得的。萬一將來受寵，卻被人挖出妳這些過往，不但紹安，只怕妳也是性命不保。」凌玉生怕她有意拖延，壓低聲音威脅道。

「妳放心，我也是想到了月貴妃，才決定找機會向太子殿下坦白的。」金巧蓉緩緩地道。

也是從月貴妃的身上，她受到了啟發。為何月貴妃出身青樓、又曾遇人不淑，可卻從來沒有人拿這一點攻訐她？她覺得，這一切都是因為月貴妃一早就坦然地表明這一點，把柄不再是把柄，又有陛下護著，旁人除了私底下說幾句酸話外，人前卻是半句話也不敢亂說。

所以，想要走得平穩，就要讓那些把柄成不了把柄！

凌玉仔細地盯著她良久，不放過她臉上的每一分表情，見她不似作偽，才又道：「三日，我便再給妳三日時間。若是三日內妳沒有向太子坦白，我便將這些事如實告訴太子妃，只怕太子妃比太子更不容忍府裡有不潔之人。」

道。

「七日，七日時間！妳且再寬限幾日，七日後我一定給妳一個滿意的答覆！」金巧蓉忙

凌玉本想不允，可看到不遠處有侍女出來尋自己，終於應下來。「七日便七日，妳且記得自己的話才是。」說完，忽匆匆地朝著前來尋自己的侍女而去。

如今世道混亂，窮苦人家連頓飽飯都吃不起，賣兒鬻女之事時有發生，凌玉有了買人的意思，很快便有牙婆子帶人上門了。

凌玉有些不適應地望著一字排開，年紀最大不過十四、五歲，最小不過八、九歲的「待售」小姑娘，那一個個瘦得彷彿一陣風便能將人颳倒，只是每一個來之前都已經收拾過，頭髮梳得整整齊齊，衣裳雖已被洗得發白，但也是乾乾淨淨。

此刻，陳嬤嬤正讓她們攤開雙手，仔細地檢查著。

「從一個人的雙手，可以看出她們是懶惰還是勤快，是否愛乾淨？府裡要請的是幹活的下人，那些懶惰的自是不要，可那些搔首弄姿、不安分的，更是不能要。您且瞧瞧左側數來第四位，雖是模樣最齊整，可她的眼睛一直到處瞄，不斷打量著屋裡的一切，可見就是個不安分的，這樣的人是萬萬不能要的。」

挑選下人也是一門深學問，凌玉虛心地聽著，陳嬤嬤低聲教了她一通，又將自己看中的兩人一一指給她看，並且說明挑中她們的緣由。

凌玉聽罷，哪有不許的？新家太大，只憑她自己是絕對忙活不過來，需要的就是手腳勤

快的。

「這兩人可以安排她們在府裡辦差，只若是夫人要出門，這兩位不能跟著去，得另選兩位才是。」陳嬤嬤又道。幹活的與侍候人的又是不同，尤其是侍候人的，跟著主子進進出出，是府裡的顏面，自然挑選的要求又更高些，而眼前的這批丫頭卻沒有能讓她滿意的。

凌玉受教。

那牙婆子見狀便明白她們瞧不上餘下的了，忙笑道：「不瞞夫人與老姊姊，我那兒還有幾位相貌一等又勤快、安分的丫頭，稍後……明日再帶來與妳們仔細瞧瞧？」

「帶來仔細看看方知道是真是假。」陳嬤嬤道。

那牙婆子連連稱是，收下那兩名丫頭的賣身錢後，帶著餘下的離開了。

「這都是從爹娘身上掉下來的肉啊，怎地就捨得賣掉了呢？若是落到不好的人家手上，這輩子可就完了。」周氏是個軟心腸，看著那些瘦巴巴的小丫頭們就心疼不已。

「可不是？前頭我村裡有戶人家，就把大丫頭給賣掉了，聽說大丫頭後來落到一戶黑心肝的人家裡頭，過沒半年便被折磨死了。」王氏也忍不住嘆息。

凌玉如何不明白這個道理？只是世道如此，她顧不了別人，也沒有那個能力可以替別人操心。

而陳嬤嬤已經開始訓練新買下的那兩個丫頭，恩威並重，讓那兩個丫頭誠惶誠恐地連連稱是，片刻後又是一陣感恩戴德。

凌玉嘆為觀止，只覺得自己到底還差得遠，這「御下」也是門深學問啊！

當太子府上的蓉姑娘，奮勇站出替太子擋刀而傷重的消息傳來時，凌玉正皺眉地望著陳嬤嬤剛剛替她挑中的另一名，據說是能帶出府的小姑娘，沒有錯過小姑娘臉上的不甘不忿。

這一位當真適合嗎？她心中懷疑。

只是，下一刻，聽到「蓉姑娘傷重」的消息時，她便立即顧不上對方了。

「這是出了什麼事？好好的怎會受傷？」她皺眉問帶消息回來的楊素問。

「彷彿是有位被太子殿下處置了的官員狗急跳牆，欲對太子殿下不利，也是巧了，恰好蓉姑娘經過，便替太子殿下擋下這一刀，如今受了傷，我回來的時候，太醫還在診治呢！」楊素問道。

「什麼蓉姑娘？」凌玉還來不及說什麼，正抱著小石頭的程紹安忽地問道。

她心口一跳，隨即若無其事道：「太子府上的一名侍妾，寧大人府裡的姑娘。」

「哦，原來如此。」程紹安也說不清是怎麼一回事，只是對這個「蓉」字特別敏感。

可聽凌玉這般一說，他便又暗地苦笑。別說那是大戶人家出身，如今又是太子的侍妾，便當真是那人，與自己又有何關係？

凌玉見他沒有懷疑，只是眼神有幾分黯然，心裡琢磨一通，到底不敢再提了。

楊素問也被程紹安的突然出現嚇了一跳，待發現他並沒有懷疑時，這才暗暗鬆了口氣，自然也不敢再多話，老老實實地回了屋。

而那牙婆子卻仍在等著凌玉的決定。

「夫人，您瞧，這丫頭如何？」牙婆子笑著問。

凌玉這才將注意力重又投向被陳嬤嬤選中的小姑娘。

那小姑娘約莫十三、四歲，容貌確實較之其他人要出色得多，膚色白淨，十指纖纖，怎麼看也不像是出身窮苦人家；再加上她臉上的不甘不忿之色，眸中那毫不掩飾的不屑眼神，凌玉的雙眉不知不覺地蹙得更緊。

「嬤嬤確定要選她嗎？」她不緊不慢地問。

陳嬤嬤臉上有幾分不自在，只是仍堅持道：「我覺得她確實不錯。」

「是嗎？一個滿心滿眼充滿了對主家的不屑、性子桀驁不馴的丫頭，會是一個適合的人選？」凌玉深深地望著她，一字一頓地問。

陳嬤嬤解釋道：「這些都可以慢慢調教，只這丫頭的見識卻是別的丫頭所不能相比的。夫人如今出入來往的都是大戶人家的夫人、小姐，有這麼一個見多識廣的丫頭跟著侍候，卻是最重要的。」

凌玉搖搖頭。「嬤嬤此言差矣，問題不在於可否調教，而是她根本毫無身為下人的意識，這是從骨子裡透出來的，並非一朝一夕可以改變。定遠將軍府需要的是忠心的下人，不是一位認不清時勢的大小姐，小廟難留大佛，還是再換一位吧！」

話音剛落，便見那姑娘用力掙開牙婆子的手，氣勢洶洶地衝她道：「妳算個什麼東西？我——」

「閉嘴！給妳幾分臉面，妳倒還真把自己當個人物了不成？」見她居然敢頂撞貴客，那牙婆急得隨手甩了她一記耳刮子，隨即誠惶誠恐地向凌玉告罪。「都怪小的沒有調教好，衝撞了夫人，還請夫人大人有大量，好歹饒過小的這一回！」

凌玉瞥了捂著紅腫的半邊臉，卻是敢怒不敢言的那丫頭一眼，淡淡道：「罷了，我便要這一位吧！」她指指站在最右側，身著粗布藍衣，瞧著不過十三、四歲的姑娘道。

見她不但不怪罪，反而還繼續幫襯自己的生意，那牙婆子鬆了口氣，知道自己今日是遇上了好性子的貴人，連忙喚了那姑娘上前，讓她向凌玉行禮。

「這丫頭叫招娣，今年十四歲，別瞧她不聲不響的，只不管做什麼都索利得很，學東西上手也比別人要快上許多，夫人當真是好眼光。」

陳嬤嬤望望被打的那丫頭，又看了看凌玉，似是想要說些什麼，只到底還是沒有開口。

當陳嬤嬤回到太子府，將今日發生之事一五一十地稟明太子妃後，太子妃冷笑道：「我以為嬤嬤是個懂分寸的聰明人，不承想也是個倚老賣老的糊塗人。」

陳嬤嬤何曾被她這般下過面子？臉上青紅交加，頗為難堪。

「那丫頭原是青州知府之女，前不久青州知府因受魯王一事牽連，成年男子皆被斬首，婦孺悉數被賣為奴。若我沒有記錯，青州知府夫人當年曾對妳有恩，妳想要回報她的恩德自是無礙，只是妳卻不該把那程凌氏當成傻子。報恩是一回事，利用她對妳的信任卻又是另一回事。當然，經此一事，只怕這信任估計也碎了。」

陳嬤嬤哪想到她居然一清二楚？嚇得「撲通」一聲跪到地上，連連請罪。

「以程凌氏的性子，妳若是對她明言，她或許未必會將那丫頭留在府裡，但想必也會有個妥善安排，可妳卻自作聰明。也許不該說妳自作聰明，而是妳壓根兒便不把她放在眼裡，以為她出身寒微，便是個容易糊弄之人。別說她腦門子清得很，便當真是個愚蠢的，衝著殿下對定遠將軍的看重，我也絕不容許妳將她玩弄於股掌上！」

「娘娘恕罪、娘娘恕罪……」陳嬤嬤嚇得渾身顫抖，哪還有半分往日的從容不迫，只不停地磕頭請罪。

太子妃冷冷地望著她，接過彩雲遞來的香茶細細地品嚐一口，時間一點一點過去，眼看著陳嬤嬤額上冒出冷汗，一張老臉也幾乎快丟光了，她才緩緩道：「起來吧！回頭收拾了東西便到定遠將軍府去，程夫人若肯留妳，妳自有個去處；若是不肯留，嬤嬤打哪兒來，自往哪兒去吧！」

陳嬤嬤老臉一白，卻是半分也不敢再反駁，知道自己的性命前程已經落到凌玉的手上。她這樣的人，身上雖有些積蓄，可是無兒無女，別說如今世道正亂，她能否帶著這些錢財平安回到原籍；便是真能回去，那些如狼似虎的族人還不生吞了她？

如今那定遠將軍深得太子看重，自有一番大好前程。想必是這段日子那府上人人奉她如上賓，對她敬重有加，讓她不知不覺地飄飄然起來，故而才會做下那等糊塗事。

想明白了這一點，她重重地又向太子妃磕了幾個響頭。「多謝娘娘提點！」

「去吧。」太子妃垂著眼簾繼續品茶。

一直到她退下去，侍女明月才道：「娘娘待那程夫人也太好了些吧？還特意把陳嬤嬤給她。」前頭對陳嬤嬤的震懾，只怕也是為了讓她從此安安心心地跟著那程夫人吧？

太子妃不置可否，問：「蓉姑娘的傷勢如何了？」

「太醫說沒有傷及五臟六腑，也是不幸中的大幸，只好好調養一陣子便可無礙。」彩雲回答，遲疑一下又加了一句。「太子殿下如今便在蓉姑娘那處。」

「沒有性命之憂便好。」太子妃不在意地道。

此刻，金巧蓉不顧身上的傷，執意跪在地上向趙贇請罪，硬著頭皮，將她自小流落在外，在回歸寧府本家前曾被養母許人之事一一道來。

至於她為何會明知自己已是不潔之身，卻仍要到太子府上來，她自是不動聲色地推到前寧側妃頭上，說她事前並不知道嫡姊的打算，只以為是單純到府上來陪伴嫡姊，哪想到嫡姊竟是打著讓她當生子工具的主意。反正寧側妃已死，死無對證。

趙贇有一下、沒一下地輕敲著扶手，良久，才淡淡道：「妳身上有傷，起來吧。」

金巧蓉猜不出他的心思，忍不住偷偷朝他望去，見他臉上一片平靜，讓人瞧不出半分喜怒，一時心中不安，竟是抓不準自己此番坦白是做對了，還是做錯了？

「多謝殿下。」她輕聲道，隨即掙扎著想要起來，卻不小心觸及身上的傷口，痛得她不禁低呼出聲，額上也冒出冷汗。

趙贇皺眉，隨即揚聲吩咐侍女進來，把她扶到床上重又躺上。

待覺那痛楚稍褪，又見趙贇起身似是要離開，她急得忙叫住他。「殿下！」

趙鑽止步。

「殿下是惱了婢妾嗎？婢妾當真不是有意隱瞞，只是、只是一直尋不著機會向殿下坦白，故而才會一拖再拖，直至今日才……」金巧蓉有些不安地揪著袖口。

久久等不到趙鑽的回答，她暗暗後悔，覺得自己今日或許真的是做錯了，還是不應該坦白的……

趙鑽低沈的嗓音在屋裡響起來。「孤為何要惱？妳嫁過人與否，與孤又有何關係？」

她當即愣住了，一時不明白他話中之意？

趙鑽到底還是感念她今日挺身為自己擋刀，難得地解釋道：「當日妳的條件便是可以名正言順地留在府裡，孤答應了，不管妳早前是否嫁過人，孤既答應了妳，自會兌現。這太子府，妳想留便留，若是哪一日另有了去處，也不必告訴孤，稟明太子妃後便可以走了。」

金巧蓉僵住了，看著太子邁步離開的身影，久久無法回神。

此時此刻，她終於意識到，她從一開始就把自己的路堵死了。

太子只是視她如一個可以長留府上的「客人」，想留便留，想走便走，甚至走的時候也不必特意向他打招呼，只稟明太子妃便可……

此時的凌玉，毫不意外地看到去而復返的陳嬤嬤。

陳嬤嬤若無其事地道：「娘娘擔心夫人一時湊不著人手，再命我前來襄助夫人。」

她微微一笑。「娘娘的好意，妾身心領了，只新買的三個丫頭都是能幹的，家中幾位長輩又是個閒不住的性子，凡事還是習慣親力親為，故而家中之事已慢慢有了章程，便不敢煩勞嬤嬤了。」

太子妃是個什麼樣的性子，凌玉即便不十分清楚，也有幾分了解，如何會說出這樣的話？必是這陳嬤嬤回去之後沒有得到什麼好，甚至還吃了排頭，偏她拉不下臉面，或者說她習慣了與自己相處時滋生的優越感，自是不肯屈就。

對她當年的用心教導，凌玉一直心存感激，也始終對她敬重有加。可是，這不代表自己會樂意請一個祖宗回來。

定遠將軍府一切都在起步階段，她需要的是全心全意為府裡著想之人，著實沒有那個閒心與另懷心思之人鬥智鬥勇。

一個人若是連在自己家裡都不能全身心放鬆，那這個家還能叫做家嗎？

陳嬤嬤到底也是個聰明人，一聽她含笑說出此番話，便清楚她已經瞧出自己那點心思，當下也不敢再托大，誠懇地道：「早前是我豬油蒙了心，只想著好歹還了當年那份恩情，又欺夫人年輕、臉皮子薄，故而才做出那樣的事來。太子妃娘娘訓誡得是，是我自作聰明、倚老賣老，只求夫人大人有大量，好歹再給我一個改過的機會。」

她此番話說得真摯坦然，並不藏著、掖著，凌玉聽著也覺得心裡好受了些。

若是這陳嬤嬤能自此一心一意留在府裡，時時提點自己，於她而言，當真是一件幸事。但她這個人便是這樣的性子，要就要全心全意，否則，她寧願不要，陳嬤嬤自然也不例外。

她靜靜地坐著，既不說好，也不說不好。

久等不到她的反應，陳嬤嬤終於有幾分急了。若是留不下來，太子府自然也絕對不會再留自己，而若得知她是被太子妃攆出府的，京城裡只怕也沒有人家再敢收留她。人情冷暖自是如此，這些年藉著太子府的關係，以及太子妃的看重，她在京中貴婦圈中也算是小有名聲，自然受到不少夫人、小姐們的追捧，一旦沒了這層關係，她又要如何立足？

畢竟從宮裡頭出來的教養嬤嬤可不止她一個，再加上最近太子遣了不少上了年紀的宮人出宮，這裡頭自然也有如她這般專門教導宮中女眷禮儀規矩的教養嬤嬤，這些人必也是會受到各府夫人的追捧。

「求夫人垂憐！」她忍不住低聲道。

凌玉終於緩緩起身，親自把她扶起來，柔聲道：「嬤嬤言重了，快快請起。我年輕，有許多不明白之事，日後還得煩勞嬤嬤多加提點。」

陳嬤嬤總算鬆了口氣，一聽她這話卻也不敢接下，忙道：「夫人言重了，這都是我分內之事。能為夫人效勞，是我的榮幸。」

凌玉微微一笑，倒也不再與她過多客氣。

陳嬤嬤偷偷打量她一眼，那張相當年輕的臉，明明含笑，卻又讓人再不敢輕視。還有方才下馬威的手段，竟與當日的太子妃一般無二。

陳嬤嬤終是明白，自己確實小瞧了這個小戶人家出身的將軍夫人。短短兩年時間，她便已經成長至此，再不是當初那個初到京城、禮儀規矩甚是欠缺，對高門大戶人家裡的彎彎繞繞亦不了解的年輕婦人。

凌玉既然有心留下她，自然也不會在意多給她一個恩典，遂又問起當日那個小丫頭之事。得知對方竟是前青州知府之女，倒也不意外。

「滴水之恩自當湧泉相報，既是嬤嬤的恩人之女，自是該好生酬謝。」

見她似乎有意留下那姑娘，陳嬤嬤大喜，連忙給她磕頭，一時心裡更是暗悔自己當日弄巧成拙。誠如太子妃所言，若是一早便對夫人明言，不定早就可以把人給留下，何至於白白吃了太子妃一頓排頭。

只是，當陳嬤嬤急急去尋那個牙婆子時，卻得知對方早就離開京城，身邊帶著的丫頭也賣得七七八八了。

她大失所望，更恨自己當日自作聰明，以致白白錯失了這麼一個報答恩人的大好機會。

見她空手而回，凌玉便明白她的一番心思算是徹底落空，好言安慰了幾句。

這倒是越發讓陳嬤嬤後悔自己當日所為，與之同時，亦對凌玉的大度寬和感恩戴德，自此才是真真正正收了心，一心一意留下來。

陳嬤嬤早年便是宮裡得臉的宮女，後來又曾輾轉京中各府權貴之家，見識、手段方面自是不凡，得她相助，凌玉不但理好了掌理一府諸事的章程，對京城中數得出名號的各府內宅之事也有了一定了解。

凌玉當然知道陳嬤嬤此番改變，必然與太子妃的態度有關，太子妃估計一開始便想把陳嬤嬤指給自己，大概也知道陳嬤嬤未必會甘心「屈就」，所以才斷了她的後路，讓她從此只能安心留在定遠將軍府。

凌秀才與周氏本打算待京城的留芳堂上了正軌後便歸家去，把凌大春與楊素問的親事辦了，哪想到中途發生這許多事，而此時歸家的路上也不太平，匪禍、戰亂不斷，不說凌玉不允許他們上路，便是他們自己，心裡也是打著鼓。

但，總不能暫且回不了家，這親事便不辦了吧？眾人一合計，乾脆決定就在京城替凌大春與楊素問完婚，畢竟凌大春早前也置好了宅子，父母又在身邊。而楊素問除了家中的一個忠僕外，也就與凌玉最親近了。那位忠僕家中有兒有女，她也不用擔心他老無所依，故而對這提前完婚的主意也沒有什麼異議。

得了雙方的同意，凌玉自是興高采烈地開始籌備兩人的婚事。

楊素問又私底下託她代為置些產業當是嫁妝，凌玉自是舉手贊成。雖說凌大春是她的兄長，可她還是覺得，女子總得有些嫁妝傍身，畢竟這些算是婦人的私產，與夫家無關。

她託人在京城買了一座二進的宅子，又置了不少田地，再買下幾間鋪子給楊素問當嫁妝。錢多是楊素問自己攢下的，她也偷偷添了些進去，畢竟這樁親事，她既是男方家人，又是女方家人，既是兄長迎娶嫂子，又是姊姊嫁妹妹。

而在陳嬤嬤的幫助下，府裡又陸陸續續買進一批下人，有男有女，各自分工，漸漸地也有了章程，凌玉也不用事事親自過問，這才算是正式體會到官家夫人飯來張口、衣來伸手的自在生活。

敲定了婚期後，凌秀才夫婦便搬去與凌大春一同住了。反正定遠將軍府有這般多人，王氏與程紹安也在，他們也不用放心不下女兒與外孫。

倒是王氏是個忙碌慣的，如今什麼也不用她來做，卻是不習慣得很。只後來聽程紹安說，若她這個老夫人還事事親力親為，旁人瞧見了，不會說她勤快，倒要說兄長不孝了。王氏一聽，當下便不敢亂動，每日只陪著小石頭，又或是替楊素問整理收拾嫁妝，旁的事再不敢做了。

楊素問出嫁那日，天公作美，清風徐徐，甚至還帶來不知哪座府邸栽種的奇花異草的芬芳氣息，沁人心脾。

當日定下婚期不久，褚良便領了差事外出，也不能以兄長的身分送楊素問出門，最後還是拜託小穆。

楊素問是在她新置下的宅子裡出嫁的，凌玉一大早便帶著陳嬤嬤到她那處打點，而後又趕往凌大春家中。只是她卻沒有想到，原本以為只是小小操辦的婚宴，竟有不少大戶人家遣人前來恭賀。

這當中，甚至還有不少從權貴人家裡出來的。

「這可真是水漲船高了，沒想到我娶親這日，還能有這般多的官老爺遣人來祝賀。」凌大春嘆了口氣。這是好事，說明妹婿程紹禟前程似錦，今時不同往日。

凌玉揉了揉額角，沒好氣地捶他。「快到吉時了，還不趕緊去接新娘子？」

凌大春一聽，當下什麼也顧不得了，急急忙忙提著袍角走出去。

「這般毛毛躁躁的，哪像個成熟穩重的大丈夫？」凌秀才捋著花白的鬍鬚，無奈地道。

凌玉笑了笑，並沒有接他這話。

「不過一小小的商家老闆娶親，竟也要讓我親自來祝賀，真不知父親是怎樣想的！」

經過前廳後側，忽聽有男子不滿的聲音，凌玉皺了皺眉，正想改道而行，又聽到另一人回答。

「你以為姨丈當真是為了恭賀那凌大春娶親之喜？還不是為了他身後的定遠將軍程紹禟。畢竟那人可是那一位手上的一把利劍，手段凶殘，寧可殺錯，不可放過。你不知道，西南郡有多少無辜百姓死在他的手上，甚至連向來戰無不勝的鎮寧侯，如今也要唯他馬首是瞻呢！」

「我聽聞，西南郡一帶有不少婦人嚇唬不聽話的孩童，便是說『小心勾魂將把你捉了去』！」

「勾魂將？什麼勾魂將？」初時發洩不滿的那道聲音又響起來。

「什麼勾魂將，自是活閻王手下的勾魂將啊！你可別說不知道哪位是活閻王。」

那人的聲音壓得更低，可凌玉還是聽了個分明。

活閻王、勾魂將、西南郡、鎮寧侯，這種種聯想在一起，她心裡不禁「咯噔」一下。

敢情這個活閻王指的是太子，而勾魂將便是她的相公程紹禟?!

那對話聲越來越小，到後面便沒了聲息。她用力一咬唇瓣，想到方才那人對程紹禟又恨、又怕、又妒的語氣，心中一片沈重。

勾魂將，不知有多少無辜百姓死在他的手上……

她的相公，當真會做這樣的事嗎？她搖搖頭，並不願意相信。

那個人的性子，如何會做出屠殺無辜百姓如此駭人聽聞之事來？必是有人存心中傷，她又怎能輕易相信。

只是，這勾魂將的名聲，著實是不好聽，到底是什麼人在背後如此中傷他？

她縱是內宅婦人，也多少知道太子掌權後處事與天熙帝大相徑庭，加之早前在處置魯王逼宮一事毫不留情，手段強硬，縱是朝臣迫於他的威勢不敢直言，但私底下總也會有怨言，悠悠之口，並不是那樣好堵的。更何況，太子在民間的聲譽本就不怎麼好。

她頭疼地揉了揉額角。程紹禟不在京中，她便有滿腹疑問也不知該問何人？而對那些關於他的傳言，她卻不願意相信，自然也不願花那個心思去打聽。

哪想到待賓客盡散，凌玉也回到定遠將軍府時，卻見程紹安急急迎上來，倒像是一早便在等著她一樣。

「大嫂，妳可聽聞外頭那些關於大哥的流言了嗎？他們都說大哥手段凶殘，濫殺無辜，是一位殺人不眨眼的勾魂將軍！」程紹安臉上一片惱怒之色，瞧得出這些話讓他聽了非常惱火。他的大哥是再正直寬和不過之人了，又怎會是他們口中不分青紅皂白便殺人了事的勾魂將軍？這分明是詆毀！

「你大哥又豈會是這樣的人？想來必是有人從中作梗，意圖往他頭上潑髒水。」

「可是這樣的話若是傳到太子耳中，他會不會對兄長另外有了看法？」程紹安最擔心的便是太子的看法，畢竟如今兄長所有的一切都是來自於太子。

凌玉努力往趙贇的性子上想了想，有些不確定地道：「太子殿下應該不會才是。」那個人根本不在乎民間對他的看法，想來也不會在意百姓如何議論他的臣下吧？

程紹安到底還是難以安心，還想說些什麼，凌玉卻直接打斷他。

「放心吧！人活一世，哪能個個都只說你好？自然會有些非議。太過完美之人，上頭還未必用得放心呢，倒不如有些污點，瞧著更可靠些。」

「夫人此話便是說到點子上了，這世上哪有十全十美之人？太過完美，總像是活在畫裡頭，用起來不會安心，還是實實在在些好。只要上面相信，旁人再怎麼說也沒用。」陳嬤嬤讚許地望了凌玉一眼，對她此番話深以為然。

「可是，眾口鑠金……」程紹安仍是放心不下。

「自古以來，因為眾口鑠金遭上頭厭棄的，大抵不過是因為他失了可利用之價值，牆倒眾人推，上頭順勢而為。至於他是否當真如傳言那般可惡、可恨，誰還能有那等閒工夫去探究？」凌玉更加不以為然。

坐到了最上面那個位置，又是有手段、有魄力的，難不成還真的會因為下頭幾句非議而放棄得力之人？會放棄，只能說明這個人於他而言已經沒用了。

程紹安認真想了想，覺得她此話頗有些道理。反正大哥不在家中，聽聽大嫂的倒也沒差。這般想著，他也放心了。

陳嬤嬤看著凌玉的眼神已經有些變了。這婦人當真出身寒微？此等見識、這般清醒的腦子，比不少大戶人家精心培養的嫡女也差不到哪裡去，甚至還要出色些。

凌玉其實也並不是像她表現出來的那般鎮定，只是知道程紹禟如今遠在千里之外，再怎麼擔心也無用，倒不如想方設法維持與太子府的良好關係，只有這樣，才算是替他添上一層保障。

很明顯，聽到這些不好傳言的並不只是她和程紹安二人，便連王氏，甚至凌秀才夫婦也或多或少聽到了。凌玉自然又是好一番安慰，再三表示太子殿下是怎樣英明睿智、明察秋毫，絕對不會相信這些流言的。

王氏與周氏倒是容易哄，只是凌秀才卻皺起了眉頭，雙唇動了動，似乎想要說些什麼話反駁，只是瞥一眼明顯鬆了一口氣的周氏，那些話到底還是嚥了下去。

這老婦人的膽子隨著年齡的增長而縮小，他還是不要嚇她了，畢竟一大把年紀了還被嚇得哭哭啼啼的，實在不成樣子。

第二十六章

凌玉有心維繫與太子府的關係，因此掌握著一個適當的間隔，每隔一段時間便到太子府向太子妃請安，但半句話也沒有提及程紹禟之事，只是陪太子妃拉幾句家常，也讓小石頭與趙洵見見面、玩到一處去。

對金巧蓉的受傷，她也適當地表示關心，別的不該問的一律裝聾作啞，彷彿她的到來便僅僅是為了請安。

太子妃對她的知情識趣極為滿意，有心提點她幾句。

「日前從西南郡傳回了捷報，程將軍屢次立功，殿下頗為讚賞。」

凌玉心思一動。這是在告訴自己，太子根本不把外頭那些關於程紹禟的傳言放在心上，依然對他委以重任，對他連立戰功更是相當滿意？她心裡當下大定，臉上的笑容越發真摯了，圓滑地感恩戴德一番，而後不動聲色地轉了話題。

太子妃見狀更覺滿意。是個聰明人，也不必自己多費唇舌，和這樣的人打交道，確實輕鬆許多。

「那兩個孩子此刻也不知往哪兒去淘了，我讓人去找找。」兩人扯了好片刻的家常，仍不見小石頭與趙洵回來，太子妃便道。

「回娘娘，大公子與程公子在太子殿下處呢！」有侍女連忙進來稟報。

太子妃一怔，隨即便笑了。在太子殿下處好啊，有這麼一個膽大的小石頭帶著，洵兒不定也能在他父親跟前活潑幾分。

卻說趙贇今日一大早便進宮向天熙帝請安，也詳細地問過太醫關於天熙帝的病情。許是知道自己康復無望，又或是被長期臥床、動彈不得整得失了鬥志，天熙帝的性情雖然仍舊暴戾，但到底不再似早前那般從早到晚沒個安靜時候了。

只是一直負責照顧天熙帝的麗妃整個人消瘦了不少，便是上了妝容，也掩飾不住滿臉的疲憊。

趙贇冷笑，語氣卻越發柔和。「這些日子著實辛苦麗妃娘娘了，只是孤也是迫不得已，誰讓這闔宮裡頭再無人能像麗妃娘娘這般懂得侍候人，若換了旁人，孤著實放心不下。」

「不敢當太子此話，這也不過是我的本分。」麗妃如何不知他是有意針對自己？只是形勢壓人，如今他一人獨大，宮裡宮外都無人敢違背他的意思，她自然也不例外。

趙贇暗地冷哼一聲，也不再與她多話，一拂衣袍便回了府。

哪想到剛回到府中，便看到趙奕請求回到封地的摺子，他大略瞥了一眼摺子上的內容後，提筆落字——君父重病，汝卻求去，實為不孝！

書畢，隨手扔到一處。

他呷了口茶，本想到太子妃處去瞧瞧，卻聽聞夏德海回稟，道程夫人在正院向太子妃請安。

「那程凌氏近來常到府裡來？」他皺了皺眉，問道。
「倒也稱不上是常來，只是隔一陣子便過來請一回安，每回太子妃都會召見。」
趙贇輕敲著書案，忽地冷笑。「這婦人當真狡猾，竟是耍起了夫人外交這一套，程紹禟那塊榆木娶了這麼一個女子，也不知是幸還是不幸？」
外頭那些風言風語他如何會不知道？甚至御書房的御案上，還有好幾道來自西南郡一帶的摺子，均是彈劾定遠將軍程紹禟枉顧人命、手段殘忍，請太子殿下嚴辦云云。他嗤笑一聲，順手便扔到角落裡去了。
一幫假仁假義的偽君子！如此心疼百姓，早前都幹什麼去了？還不是眼睜睜地看著他們身受匪亂之苦？若讓他說，殺得好！刁民就是該死！
只是這程紹禟倒真要讓他刮目相看了，當真悉數殺了了事？他總覺得有些不敢相信。
他很快便又將此事拋開了。反正那幫假仁假義之徒也就只能耍耍嘴皮子，若是不知死活鬧起來，斬一、兩個殺雞儆猴，估計也能平息了。
「罷了，她既然在，孤也不便過去了，著人讓後廚準備些……」忽覺腹中空空，他正想吩咐下人傳些糕點，不知為何又想到了當日小石頭取笑自己的那番話，話鋒頓時一轉。「讓後廚烤幾個地瓜上來。」
夏德海愣了愣，有些不敢相信自己所聽到的。烤幾個地瓜上來？
「還愣在這兒做什麼？難不成堂堂太子府，竟連幾個地瓜都吃不起？」趙贇不悅地瞪了他一眼。

夏德海連忙回神，躬著身子道：「奴才這便去辦。」走出房門，他卻為難起來。太子殿下的身子何等金貴，怎能吃那種東西？可是好端端的，殿下又怎會提起這個？罷了罷了，主子有命，做奴才的自是領命照辦便是，至於府裡有沒有地瓜、若沒有的話又該怎樣想辦法，那便不是他該操心之事了。想到這兒，他頓時又坦然了，悠哉悠哉地前去傳旨。

小石頭這段日子不時跟著娘親到太子府，與趙洵二人玩得不亦樂乎，太子妃也不阻止他們，只讓丫頭們好生看著，便隨他們四處瘋玩。

此時，他正與趙洵合力追趕著那隻逃脫的小白兔，嘻嘻哈哈的笑聲迴盪在園子裡，讓人聽見了也忍不住會心一笑。

突然，一陣誘人的香味飄入小石頭鼻端，他努力嗅了嗅，隨即眼睛一亮。是烤地瓜的味道！當下，兔子也不抓了，趙洵也不理了，立即撒著腳丫子，追著那道誘人的香味而去。

「小石頭，你去哪兒呀？」趙洵見他突然跑開，立即便追上去。

書房內，趙贇盯著精緻碟子上被切成整整齊齊一塊塊的「地瓜」，片刻，取過銀筷挾起一塊送進口內，而後便停下來。

對吃慣山珍海味的他來說，這樣的食物算是勉強能入口罷了，實在不明白好在何處？

一陣「咚咚咚」的急促腳步聲忽地傳進來，間雜著還有侍衛的制止聲。他皺眉，正想問是何人如此大膽，竟敢在他的地方喧譁奔跑，便看到一個小小的身影，哧溜一下從攔在門口的侍衛腋下鑽進來，臉蛋紅撲撲，眼睛亮得驚人。也不知是不是他的錯覺，彷彿還看到對方抹了抹口水？

「黃毛小兒好生大膽，竟敢擅闖孤的書房！」他一下子便沈下臉，喝道。

「殿下萬安！」小石頭倒還記得要向他行禮。

侍衛見他並沒有動怒之意，略想了想便退出去。

「你來做什麼？誰借你的膽子，竟也敢擅闖孤的書房！你瞅著孤做什麼？口水都流下來了……髒死了，離孤遠一點！」

小石頭笑呵呵地往他身邊湊，小胖手指指著他面前的瓷碟。「地瓜！」

趙贇當即恍然，輕哼一聲，嫌棄地朝他揮揮手。「快走快走，若敢流口水弄髒孤的外袍，孤便把你烤了吃！」一面說，一面又取起銀筷挾了一塊往嘴裡送。味道好像確實不錯……

屋外的趙洵遲疑地抬起小短腿，似是想要進去，但又有些害怕，最終還是縮了回去。

「大公子不進去嗎？」門外侍衛終於忍不住問。

「不、不、不了……」趙洵結結巴巴地道。

侍衛有心再勸他幾句，可小傢伙卻害怕得撒腿跑遠了。

看著那小小的身影瞬間沒了蹤影，他搖搖頭，再想想屋裡那個膽大包天的小子，暗想，不知道的，還以為屋內那對才是親父子呢！謝側妃也真是作孽，把個好好的孩子養得這般嬌慣膽小。

看到兒子再一次被侍衛拎回來時，凌玉臉上的笑容頓時僵住了。待侍衛強忍著笑意將事情的前因後果一一道來時，她更是羞窘得恨不得挖個地洞鑽進去。

所以，她的兒子被幾塊地瓜勾了去，眼巴巴地盯著太子殿下流了半天口水？

太子妃忍俊不禁，再一看凌玉這副羞愧難當的模樣，低下頭去又對上小石頭無辜的表情，終於忍不住笑出聲來。

凌玉喃喃道：「平日、平日他在家中不是這樣的，許、許是、許是今日出來得早，他、他餓、餓得狠了……」說到後面，別說旁人，她自己也覺得這理由著實牽強得很。

太子妃好一會兒才忍住笑意，又見趙洵把自己手上的桂花糕塞給小石頭，一副「你餓了就先吃吧」的友愛模樣，嘴角又不禁彎了彎，少頃，微不可聞地嘆了口氣。

洵兒這孩子的性子……也好，各人自有各人的活法，太子不是尋常百姓家裡頭的父親，他亦不是尋常百姓家裡頭的孩子，皇室中，父子、兄弟間的規矩從來免不了，既然享受了天家的榮華富貴，自然也別再妄想尋常人家的天倫之樂了。況且，這孩子膽子雖是小了些，但好在卻是個乖巧聽話、讓人極為省心的。

凌玉虎著臉帶著小石頭回到家中，二話不說便罰他站在屋子中間不准亂跑亂動。

小傢伙委屈地癟癟嘴，可憐巴巴地用眼神向王氏求救。

王氏心疼不過，正要上前代為求情，凌玉便已經制止了她。「娘，您莫要替他說話，此番我若是不教訓他，他日他還不知會闖出什麼禍來？到時候連累了一家子，我便是死也無法面對程家列祖列宗了！」

王氏聽她說得這般嚴重，想要勸說的話一下子便又嚥下去，好一會兒才吶吶地道：「他一個小孩子家，能闖出什麼禍來？妳這樣說是不是太過了些？」

凌玉搖搖頭。「娘，您以為他今日擅自闖到了何處？他竟闖進太子殿下的書房！如今他年紀尚小，太子殿下自然不會懷疑他什麼，可萬一將來被有心人利用……」

便是尋常人家男子的書房，也會有不少重要的信函等，更不必說那位是一國儲君，如今又代掌著政事，書房裡有多少機密文件可想而知。

王氏雖是農家婦人，但也是懂得書房的重要性，一聽她這話，臉色變了變。

便是聞訊而來的程紹安，此刻也不敢替姪兒說話了。

小石頭委屈地道：「那是殿下的地方，又不是別人的……」以前殿下每回都帶他去那裡，請他吃很多好吃的點心。

「是，那是殿下的地方，不是你的！沒有經過主人家同意，你又怎能擅自闖入？倘若娘沒有問過你，便把你的小馬送給王奶奶家的小胖子，你會高興嗎？」

「不行，不能給小胖子！那是我的，我的！」小石頭一聽就急了，大聲道，生怕娘親真的把他的小馬送給小胖子。

「道理都是一樣的，只要不是自己的，都不能擅自動。知禮的孩子不會在沒有主人家邀請的情況下，擅自闖到別人的地方去。」凌玉板著臉教訓。

小石頭吸吸鼻子，耷拉著腦袋，悶悶地應了聲。「知道了。」

凌玉有些心疼，她自是知道兒子在太子府中的隨意，很大的原因便是太子默許的態度，以及府中侍衛的關照，否則，以他這麼一個小不點，如何能避得開重重的侍衛把守，闖進書房去？

從中也可以看得出，太子待這小傢伙確實相當不錯，雖不知道為何這兩個性子南轅北轍、年齡又差了一大截的人會湊到一處去，但這並不是什麼壞事，故而她初時也沒有阻止。只是，如今兒子卻無形中被慣得失去應有的分寸，在太子府裡的隨意，竟是與在自己家中相差無幾。

需知道，那位是一頭凶猛的老虎，可不是家養的小貓咪，有句話為「伴君如伴虎」，此刻他確實不在意，甚至會覺得小石頭絲毫不對他心存懼意是件有意思之事，可一旦日後他轉了態度，這些「隨意與自在」便是最大的把柄，是不可饒恕之罪。

便是不為這個理由，可書房重地，小石頭這麼一個小孩子卻可以輕易地闖進去，若是被有心人盯上，利用他，將某些不該出現之物放進去，萬一惹出那天大的麻煩，只怕是誰也救不了了！

太子的看重是天大的恩典，小石頭年紀尚小，在縱容他的人跟前越發人來瘋，可她身為他的娘親，卻不能當真坦然處之。

「還有，不過幾塊地瓜便能把你誘得什麼也不顧便跟了去，日後到外頭，若是有壞人也拿著好吃的東西引誘你跟他走，你是不是也要跟著去了？」一再一想到另一事，她的臉色更加不好看了。小孩子貪吃不是什麼壞事，只是卻不能喪失應有的警覺。

小石頭嘀咕。「那又不是壞人，是殿下那兒的夏公公。」

凌玉被他給噎住了，有些頭疼地揉了揉額角。這小混蛋當真是……

小石頭到底是個聰明的孩子，一見娘親這般模樣便乖巧地依偎過來，軟糯地道：「小石頭都記住啦，不跟不認識的人走、不隨便進人家的屋子，更不能隨便拿別人的東西。」

王氏到底心疼孩子，一聽孫兒這般說，立即附和道：「對對對，小石頭說得對，可見都把爹娘平日所教導的話記在心裡。」又略有幾分討好地對凌玉道：「老大家的，妳瞧他都知道錯了，也都把妳教的話記在心裡，便這樣算了吧？妳瞧他站了這般久，腿都打顫了。」

「對啊大嫂，小石頭畢竟年紀還小，可以慢慢教著，而且他也認識到錯誤，日後必定不會再犯了。」程紹安也連忙跟著道。

凌玉很無奈。敢情一家子都是唱白臉的，就她一個人唱黑臉？

小石頭敏感地發現娘親的態度已經柔和下來，當即撒嬌地抱著她直蹭，一聲聲「娘」叫得像摻了蜜糖般。

凌玉的臉卻是再怎麼也繃不住了，沒好氣地捏捏他的臉蛋。「也不知學的哪個，鬼精鬼精的！」尤其是一張嘴，特別會哄人，哄得人直把他當心肝肉般疼愛。

小石頭知道娘親這是不惱了，笑呵呵地更把肉肉的圓臉蛋往她掌心蹭，一副「隨便捏、任妳捏」的模樣，逗得王氏與程紹安忍不住直笑。

按規矩，明日便是新娘子三朝回門的日子，可楊素問娘家已經沒有什麼親人，一直視為

「娘家人」般親近的也就一個凌玉，況且她在出嫁前也多是住在凌玉處，故而凌大春一合計，乾脆回門這日便到定遠將軍府來。

凌玉對此自是無限歡迎，畢竟她也關心那對新婚夫婦婚後的日子。

此刻，她正準備著明日給凌大春夫婦的賀禮，在庫房裡翻了許久，才終於選中合心意的禮物。待忙完一切後，她便拿給針線替小石頭做新衣。

陳嬤嬤坐在她的身邊，幫她整理繡線。

「有幾句話，我卻是不知當講不當講？」片刻之後，陳嬤嬤忽地低聲道。

凌玉停下手中的動作，含笑望向她。「嬤嬤有話但說無妨。」

「今日夫人教導小公子的那番話，我都聽見了。夫人行事處處謹慎，不因為受了貴人青睞而沾沾自喜，以致迷失本心，這樣很好。只是，我卻覺得，在小公子與殿下相處之事上，夫人卻有些矯枉過正了。」

「嬤嬤此話怎講？」凌玉好奇地問。

「太子殿下一降生便比別的皇子來得更尊貴些，先皇后唯一的嫡子，更是陛下的嫡長子，此等身分，便是陛下待他也與別的皇子不同，皇宮裡頭，哪個不小心翼翼地侍候著？他性子冷，除了陛下與先皇后，與誰都不親近，更因天生一股凜然氣勢，加上無比尊貴的出身，也沒有人敢主動靠近他。我眼瞅著，殿下由小小的一個粉團子，長至如今獨力掌著朝中大事，也就小公子一人如此膽大包天敢接近他。我琢磨著，許是殿下也覺得新鮮有趣，加之小公子又是那等活潑伶俐的性子，最是討人喜歡不過，這一大一小便自然走得近了些，若夫人橫加制止，小公子與殿下因此疏遠了，反倒不美。誠然，正如夫人所說的那般，這規矩還是要講的，不能因為殿下的另眼相看而沾沾自喜，以致失了分寸。故而這當中的度，卻是要好生把握才是。」

凌玉沈思著，翻來覆去地想著她此番話，也知道她能說出這樣的話，可見確實一心一意替自己著想，故而感激道：「嬤嬤言之有理，此事我還需再斟酌斟酌。」

陳嬤嬤也沒想過她會全部聽自己的，在這府裡這些日子，她也算瞧出來了，這程夫人年紀雖輕，可主意卻是大得很，旁人的意見她會接受，卻不見得會全然照做，必是經過好一番斟酌才有所決定。

這樣的主子很好，能聽進別人的意見，卻又能有主見，不會輕易被人牽著鼻子走。

夜裡，凌玉親自替兒子換上乾淨的衣裳，看著洗得香噴噴的小傢伙高興地在她的床上打滾，笑呵呵地表示今晚要與娘一起睡。

她笑著答應了，樂得小石頭又接連打了好幾個滾，把屋裡的兩名侍女茯苓和青黛逗得掩嘴直笑。

母子二人躺在床上時，凌玉沒有如同往常那般給他講故事，而是問他。「小石頭喜歡殿下嗎？」

「喜歡呀！」小石頭把玩著娘親的袖子，相當順溜地回答。

「殿下待小石頭好嗎？」凌玉又問。

「唔……」小石頭苦惱地皺起小眉頭，好一會兒才相當勉強地道：「一般般好吧！」

「什麼叫一般般好？」凌玉不明白小傢伙的想法。

「就是……就是沒有爹爹和娘好。」小傢伙撒嬌地摟著她的脖頸，像是小奶狗一般直往她身上蹭。

凌玉被他蹭得只想笑，但心裡卻有了決定。

尊卑禮節無論何時都不能丟，該要的規矩還是要遵守的，除此之外，對兒子與太子的相處，她也不會過多干涉便是。

畢竟，若是小石頭能一直得那人的看重，於他而言也是利大於弊的，她沒有理由要阻止。

楊素問三朝回門這日，凌玉起了個大早，看著府裡下人有條不紊地準備著迎接新婚夫婦的一切，她便耐心地陪王氏用了早膳。看著小石頭吃飯後一溜煙又去瞧他的小馬，叮囑著跟在他屁股後頭的程紹安好生看著他。

「我瞧著紹安自到了京城後，整個人也開朗不少，我這心裡才稍稍輕鬆幾分。」遠遠地傳回來程紹安的應喏聲，王氏感嘆道。

「人總是要往前看的，幾年的時間，足夠讓人慢慢地淡忘不好的記憶。娘，您也別擔心太多，待再過些日子紹禟回來，咱們再請人給紹安介紹個好姑娘，娶了新媳婦，他自然便更能一心一意把日子過好了。」凌玉安慰道。

「妳說得對，都過去這般久了，趁著他還年輕，總得趕緊再娶一房才是。」王氏眼睛一亮，只覺得這主意甚好。有了新人，誰還會記得舊人？

「卻是不知金家表姑如今怎樣了？」凌玉不知不覺地想起金巧蓉的養母孫氏。

「難不成妳沒有收到我去年託人給妳送的信？」王氏詫異地問。

「信？什麼信？我從來不曾收過你們寄來的信。」凌玉更是意外極了。

「那想必是在路上丟了。也不是什麼要緊的，只是怕你們擔心，說了些家裡的事。妳金家表姑前年得了病，熬了快一年時間，去年三月便沒了，也是個可憐人。」王氏嘆了口氣。

凌玉整個人呆住了，再一想，上輩子孫氏也是差不多那個時候去世，沒想到這輩子依然如此，一時有些唏噓。不知道太子府裡的金巧蓉得知養母的死訊後，會有什麼樣的表情？或者應該問，她還記得那個含辛茹苦把她養大的養母嗎？

婆媳二人說話間，凌大春與楊素問便到了，看著那攜手而來的一對璧人，尤其是楊素問臉上泛起了桃花，凌玉一下子便將孫氏之事拋到腦後，急急迎了上去。

「大春哥待妳可好？」二人獨處時，她強忍著笑意，壓低聲音問。

楊素問一下子便鬧了個大紅臉，聲如蚊蚋般道：「還好吧。」

除了每個夜裡讓她有些吃不消外，其他時候還是好的，當然，公婆也待她很好。

她原以為親爹死後，自己的一輩子估計就耗在贖回回春堂一事上了，沒想到不過短短數年時間，她不但把回春堂贖回來了，還開了鋪子，掙下不少錢，甚至還嫁了人，一個待她很好也很壞的人。

「玉姊姊，多謝妳，若是當年沒有妳，只怕也沒有如今的我。」她忽地握著凌玉的手，一臉真摯地向她道謝。

凌玉怔了怔，隨即反握著她的手道：「妳我之間說這些做什麼？再說，到底是誰謝誰還說不準呢！」

若是沒有結識楊素問，這輩子她估計還在絞盡腦汁地做些小本生意，只能掙下幾個錢傍身，哪能似如今這般，便是身處京城，也不必太過為生計之事操心。

楊素問也聽明白了她的言下之意，終於低低地笑起來。「是，妳我之間何須謝來謝去，沒地白白生分了。」

「上回那個郭大人的遠房親戚，就是打著魯王的名號，每隔一段日子來收繳店裡收益的那位，妳可還記得？昨日他又來了，這回他打的竟是郭大人的名頭來與我們套近乎。」楊素問的語氣中難掩不屑。

凌玉卻有些意外。「郭大人已經回京了嗎？」

「回京了，只是他們家因為受魯王牽連，一家子被太子殿下奪了官職的不在少數，所幸魯王謀反時，郭大人遠在青河縣，沒有參與魯王之事，故而才獨獨保住自身。」

這也算是不幸中的大幸了。

兩人這邊替郭騏感到慶幸，卻沒想到朝堂之上，有朝臣當著滿朝文武的面，痛斥定遠將軍程紹禟的殘暴，枉顧百姓性命，隨意殺戮，致西南郡一帶民怨鼎沸。

趙贇高坐上首，右手食指有一下、沒一下地在扶手上畫著圈，一言不發地聽著那人引經據典，滔滔不絕，末了還鄭重地跪下請求他從重處置程紹禟，立即奪去他的兵權，就地把他押解回京，著大理寺徹查後定罪，以給天下人一個交代。

一時間，又有數名朝臣附議。

終於，趙贇抬起眼簾，淡淡地掃了跪在地上請命的那幾名官員，不緊不慢地問：「你們口中那些枉死的無辜百姓，無一例外地參與過燒殺搶掠他人的惡行，程紹禟殺他們又有何不可？」

「殿下此言差矣，那些人也是迫不得已才為之，罪不至死，何至於要白白丟了性命？」

「不得已而為之？因為不得已，所以他們便可以搶奪他人財物嗎？孤若是饒恕了不得已而為之的他們，這對那些縱是不得已亦不肯為之，照舊安守本分的百姓未免不公。」趙贇淡淡地又道。「況且，孤行事，為何要向天下人交代？」

朝臣們一聽他此話，便明白太子殿下只怕是支持那定遠將軍的，一時各懷心思，原本想踏出步伐聲援那幾名朝臣之人，此刻也不知不覺地收回了腳。

「依孤之見，定遠將軍此舉甚好！亂臣賊子，人人得而誅之，而暴民亂黨，自是不會例外。」

太子再扔下這麼一句，一下子便讓不少人息了心思，但也使部分有心人打起了別的主意。

「還有一事。因父皇病重，兩位皇弟便暫留在京中，待父皇徹底痊癒再另打算，故而兩位封地上諸事，孤會另外安排官員接管，兩位便不必多費心了。」

此話一出，朝臣們的視線齊刷刷地落到趙珝與趙奕的身上，特別是趙奕，投向他的眼神尤其多。

誰人不知早前齊王上摺子請求回到封地，卻被太子以「不孝」為由駁了回來，一時間顏面大折。畢竟，背上一個不孝的罪名可不是什麼輕鬆事，尤其對素有寬和仁厚之譽的齊王來說，不亞於當著天下人的面打了他一記耳光。

趙珝自然也是想到了此事，加上他自封王以來，從來不曾離開過京城，對他名義上的封地更不曾踏足過，故而倒也沒有太多感覺。

趙奕心裡憋著一團火，感覺到朝臣們的視線，更覺難堪，心裡想要離開此地的念頭卻更濃了。

趙贇可不管他們怎麼想，反正這兩人一定要在他的眼皮子底下過日子，想離開京城到外頭培植勢力？也要看他答不答應！

趙奕沈著一張臉回了王府，連忙喚來晏離等心腹謀臣商議接下來的計劃。

晏離對這個結果毫不意外，只是仍忍不住一陣嘆息。「太子派人接管了長洛城，這個『暫且』相信慢慢地便會變成永久，日後想要拿回來，必不是容易事。」

「那依先生看來，本王可還有別的法子能離開京城這個是非之地？」趙奕連忙追問。

「若想離開，倒不是沒有別的法子。太子如今雖是掌著朝政之事，只到底還不是名正言順，旨意命令均要以陛下的名義頒下。」晏離捋著花白的鬍鬚，緩緩地道。
趙奕不是個愚蠢的，一聽此話，眼睛陡然一亮。「先生的意思是，咱們可以從父皇處入手？若是得了父皇首肯，太子便是再不樂意，也奈何咱們不得。」
晏離頷首。「正是此意！」
「只是……父皇如今這般病情，宮裡又盡是太子之人，談何容易？」趙奕猶豫了。
「殿下難道忘了麗妃娘娘嗎？娘娘如今正在侍奉陛下，宮裡頭只怕沒有哪一個會比娘娘更有機會與陛下接觸了。」晏離提醒。
趙奕恍然大悟，臉上頓現喜色。「是本王糊塗了！」

過得幾日，凌玉終於也聽聞了程紹禟接連被彈劾一事，儘管也得知趙贇在朝堂上便訓斥了那幾名御史，可她卻總是放不下心來。
有太子護著自然是好，可無形中卻讓程紹禟承受了更多詆毀，那些人或許不敢私底下議論太子，可積攢的不滿與怨惱卻會成倍地加諸於程紹禟身上。
她覺得很頭疼，而遠在西南郡的程紹禟對此卻沈默不語。
「將軍，那些人根本就不是你下令殺的，分明是鎮寧侯……」有下屬不滿地道。
程紹禟胡亂抹了一把臉，沒有理會他此話，反問：「侯爺如今傷勢如何？」
「軍醫說要再休養一陣子，只是短期內卻不能再上陣殺敵了。」
程紹禟用力一咬唇瓣。短期內不能再上陣殺敵，這個短期是多久？真的是短期，還是日後都不能了？

他垂下眼簾，良久，道：「我去瞧瞧他。」邁出幾步又停下來，低聲吩咐道：「侯爺如今正是應該安心養傷之時，外間對屠殺民匪一事的議論便不要讓他知道了。」

那下屬一聽便明白他真的打算將此事扛下來，雙唇動了動似是還想勸，最終卻是嘆了口氣。「將軍放心！」

其實，除了他們這些跟著定遠將軍前來支援的將士外，原本鎮寧侯麾下的那些人，也沒有幾個會替定遠將軍鳴不平。他想，或許那些人還會慶幸將軍替他們侯爺背下了這個罪名。

到了鎮寧侯所在的營帳時，軍醫正在替鎮寧侯換藥，察覺他進來，欲上前行禮，卻被他制止住了。「無須多禮。侯爺身上的傷如何？」後一句，卻是問鎮寧侯。

鎮寧侯臉色有些蒼白，眉頭因為傷口上的痛楚而緊緊地擰到一處，聽到他的話勉強扯了個笑容，臉上卻是一副不甚在意的輕鬆表情。「已是好了許多，也不覺得那般痛了，想來再過不了多久便又能與那些龜孫子大戰一場了。」

程紹禟這段日子雖是忙於戰事，可卻一直關注著他的傷勢，如何會不知他的情況？聽他這故作輕鬆的話語，心裡卻更沈重了，臉上一片黯然，苦澀地道：「若不是因為救我，侯爺也不會……」

「你此言差矣，此番受傷並不是因為你，而是我自己貪功急進之故。」鎮寧侯臉上的笑容漸漸地斂下去，長嘆一聲道。

若不是他求功心切，又如何會中了敵方的詭計？當日若不是程紹禟早有了防備，只怕結果不會是簡單的損兵折將，而是全軍覆沒。而他，性命難保不說，只怕便是死後也會遭世人唾罵！他掙扎著靠坐在床頭，深深地凝望著眼前的年輕人，眼神複雜難辨。

果真是後生可畏，莫怪太子殿下如此花心思扶植他。

「程紹禟，你老實告訴我，陛下如今情況如何？京中情況又如何？」片刻之後，他啞聲問。

程紹禟雖不明白他為何在此時問起這些，但也沒有瞞他，將自己所知的情況一五一十地細細道來。

鎮寧侯聽罷，久久不作聲。

「陛下他……」

也不知過了多久，程紹禟才聽到他發出一聲，似是飽含著千言萬語般的嘆息。卻沒有想到下一刻，鎮寧侯話鋒一轉，問起了戰事。

「接下來，你有何退敵之策？經過上一回對陣，我軍損兵折將，而西戎那邊卻已增兵，單論兵馬數量，咱們已然落了下風。」

程紹禟精神一振，略微沈思片刻後，便低聲將自己的計劃細細道來。

鎮寧侯一邊聽，一邊暗暗點頭，心裡又是感嘆、又是欣慰、又是苦澀。

朝廷有此良將，他縱是死也無憾了。

心口處忽地傳來一陣擰絞的痛楚，那鈍痛一下又一下，直痛得他額冒冷汗，臉色慘白如紙。

「侯爺?!」程紹禟大驚失色，連忙伸手去扶他，又高聲喚著軍醫。「軍醫！」

「不用叫了，我無事。你坐下來，我還有話問你。」鎮寧侯捂著心口，制止他欲出去喊軍醫的動作。

程紹禟不得不坐到床沿，眉間難掩憂色，忍不住勸道：「侯爺有什麼吩咐但說無妨，只是這傷卻是不能耽誤的。」

鎮寧侯卻沒有理會他此話，緊緊盯著他，沈聲問：「我且問你，你投身軍營，是為了護衛百姓，護衛家國，還是為了替太子爭權奪利？」

程紹禟一怔，沒想到他竟會問出這樣的話。

「說！」見他不說話，鎮寧侯厲聲喝道，眼神銳利，不放過他臉上的每一分表情。

「不敢瞞侯爺，紹禟初時投身軍中，只為建功立業，封妻蔭子，更教我程氏一族昂首挺胸做人，不教任何人欺辱。」程紹禟坦然地對上他的視線，一字一頓地如實回答。

鎮寧侯聽罷沒有作聲，只是望向他的眼神越發複雜。他自然看得出，這些便是他的心裡話，並無虛言。「很好，那你可知，一個人若是想要建一番功業，將來得以封妻蔭子，這當中必是要踏著無數人的屍骨？一將功成萬骨枯，便是這個道理。戰場上，不分對錯，只分敵我，各為其主，各為其國。你須記住一句話，對敵人仁慈，便是對自己殘忍！在戰場上，最不能有的，便是同情心，尤其是對敵人的同情心，你可明白？」

程紹禟心中一凜，整個人不由自主地打了個寒顫，還未曾來得及回答他的話，便見鎮寧侯緩緩地解開身上的衣袍，再一點一點地轉過身，背對著他。

他的瞳孔猛地收縮，不敢相信地望著對方從右肩延伸至腰間那條既長且深的疤痕。

僅從這一道疤痕，他便可以想像當年這傷到底有多嚴重！

「這道傷，是一個十二歲的孩子所砍，當年險些要了我的命。不過那孩子也沒有什麼好下場，當場便被我麾下將士亂刀砍死，屍首慘不忍睹。」

程紹禟呼吸一窒，一時竟不知該說些什麼才好？見鎮寧侯動作艱難地想要繫好衣帶，連忙伸出手，助他將衣裳重又穿好。

「那孩子錯了嗎？沒有。在他眼裡，我就是個毀了他家園的惡人，理應千刀萬剮。然而，我自問活至如今這般年歲，從不曾做過虧心事，故而，便是他死在我的手上，我亦不曾有過半分愧疚。天熙元年，東冥入侵我國土，為禍百姓，我奉陛下之命領兵出征，臨行前立下生死狀，不將東冥人逐出中原誓不還。天熙二年夏，東冥退出中原；天熙三年，我親率十萬大軍追擊東冥軍，深入東冥國土數百里，斬殺東冥人無數。其間，數不清多少東冥百姓奮起反抗，無一不死在我刀下，那孩子的父母、親人亦是如此。程紹禟，你說，那些東冥百姓冤不冤？那孩子冤不冤？冤！可是，縱然知道他們是無辜的，死得也冤，我依然毫不手軟。因為我明白，一旦我心軟，倒下的便不會是我一個人，還有與我出生入死的將士，更有我天朝那同樣無辜的百姓。」說到激動處，鎮寧侯再地忍不住，大聲咳嗽起來。

程紹禟連忙替他順氣，一直待他平息下來，才緊握著拳頭，重又坐到床沿上。

「侯爺所言，我都明白了。」良久，他才啞聲道。

鎮寧侯的呼吸有幾分急促，靠著床頭定定地望著他，許久之後，才從枕頭底下取出一道令符，親手把它放在他的掌心處。「接下來的戰事，便交託予你了。」

程紹禟一愣，有些不敢相信地望著手上那道虎符。「這……」

「我的身體自己心知肚明，只怕是再無法支撐完這場戰事。太子殿下既然派了你來，必是相信你有此能力，而我也相信，以你之能，必然能扭轉如今咱們的敗勢。」

程紹禟拿著那道虎符，也不知是怎樣回到自己營帳的，他靠坐在椅上，皺著雙眉想了許多。

從當年被迫護送一路被追殺的太子回京，到後來進了太子府首次執行刺殺命令，因一時心軟，險些被「弱女子」以暗器射死；再到萬壽節上意外救駕，得太子力薦到了鎮寧侯麾下。

至今，他想不起有幾回出生入死，命懸一線，也想不起有多少人死在他手上。有無辜的，也有不無辜的，但更多的是連他也分不清是否無辜的。

此番與西戎之戰，倒像是一場拉鋸戰，雙方均已增兵，均已派出朝中最得力的名將，本以為大概是小打小鬧的一場戰事，發展至今，倒像是生死交戰。

鎮寧侯在有援兵到來的情況下，意欲一舉攻下西戎，徹底穩定西南郡一帶局勢；西戎在經歷一場政變後，新上位的國君迅速增兵，請出沈寂多年的名將塔魯。

如今雙方勢均力敵，但西戎占據地域優勢，形勢對他們而言卻是更有利些……

鎮寧侯戰場失利、身受重傷，定遠將軍程紹禟臨危受命，統領大軍與西戎對戰的消息迅速傳回京城，一時間，朝野上下人心惶惶。

連戰無不勝、一生從無敗績的鎮寧侯都陣前失利，可想而知那西戎軍如何凶悍，大概再過不了多久，前線又會傳來西戎軍侵入國土，闖進中原的不利消息了吧！

但更多人卻是不明白，鎮寧侯為何會選擇將大軍交給一個，此前根本從來沒有上過戰場的程紹禟？後來有人朝東宮的方向努了努嘴，眾人當即恍然大悟，隨即仰天長嘆。

在此生死存亡的緊要關頭，不擇賢選能，反而屈服於權勢，將將士與天下人的性命視為兒戲，鎮寧侯此番決定，當真是晚節不保啊！

京城中，各處酒樓均有不少心懷天下的耿直學子聚集一處，痛斥當朝以權謀私，枉顧百姓生死，在國家生死存亡之際仍只顧著爭權奪利的種種惡行，大嘆國將不國、民不聊生。

沒有任何人明確指出罵的是何人，可又人人均知道這罵的是何人。

忽地，一年輕男子憤怒的指責聲打破了眾人的義憤填膺。「呸！你們這些只會嘴上放屁的破落戶，既然覺得國將不國、民不聊生，如何不棄筆從戎，立即趕赴戰場，以己身抵擋西戎人，救治天下百姓？在此動動嘴皮子，隨眾罵幾句，便以為是心懷天下、不畏強權的名士風範了？邊疆將士上下齊心，奮勇殺敵，只為還我西南一片淨土，如今正值緊急危難之時，你們不只不為將士們鼓舞，反倒聚眾大放厥詞，言語之間竟認為我方將士必然不敵，西南必定失守，何故如此肯定？我有權懷疑你們根本就是西戎奸細，潛入我中原攪亂民心！」

眾人一聽對方話中之意，臉色均不由得變了變。

在此等敏感時期，誰與西戎奸細幾個字沾上，必然沒有好下場，而年輕男子的一番指責，已經引來不少過路百姓的側目，百姓們望向他們的眼神，也添了幾分犀利的懷疑。

「簡直荒唐！誰、誰肯定我方將士必然不敵，西南必然失守了？」有人結結巴巴地反駁。

「你們方才分明言之鑿鑿，還當旁人聽不出嗎？」程紹安脹紅著臉，更加大聲地反駁。

「我們只不過是擔心程將軍到底年輕，臨陣對敵經驗不足，敵不過來勢洶洶的西戎大軍……」

「鎮寧侯乃本朝第一猛將，素有常勝將軍美譽，他挑中之人，必然有過人之處，我瞧著你們就是有意詆毀，刻意製造百姓的恐慌！」程紹安步步緊逼。

「荒唐！我、我們不與你此等莽夫多費唇舌！」

茯苓聽到此處，回身朝凌玉福了福，低聲道：「夫人，那些人明顯不敢與二爺爭論了。」

凌玉點點頭，只是眉間憂色卻是不改。這到底是朝野上下對太子不滿的一次試探性爆發，還是有人刻意引導輿論走向？

只不管是哪一樣，此回程紹禟已經被推到懸崖邊，毫無退路！

勝了，太子必然藉機把他推向武將頂端，他也會迎來最大的榮光。

可若敗了……凌玉打了個寒顫，已是不敢再想下去。

程紹安憋著一肚子的火對了那幫學子幾句，看對方辯駁不過，虛張聲勢地扔下幾句似是而非的話之後，才灰溜溜地散去了，他才算是出了一口惡氣，轉身回了廂房。

「大嫂，妳瞧，我按照妳教我的那些話，把那些人全部罵走了，誰讓他們胡說八道，空口白牙地誣陷大哥！」他有幾分得意地衝著凌玉道。

凌玉讚許地望了他一眼。「你做得很好，正該如此，也好讓這些人同樣嘗嘗被人冤枉的滋味。」

得了誇獎，程紹安憨憨地撓了撓耳根，讓一旁的茯苓忍不住笑出聲來。

二爺這模樣，乍一瞧上去，竟與平日小公子被人誇獎後的反應一般無二。

凌玉也不禁微微彎了彎嘴角，只是想到如今程紹禟面臨的險境，笑容又再度斂了下去。

太極宮中，麗妃溫柔地拭去天熙帝嘴角的藥汁，如同往常一般與他說些齊王府裡無足輕重的家常話。

譬如王府裡那株綠牡丹開花了，齊王有意送進宮內，但又怕陛下聞不得此等香味；再譬如府裡有位侍妾又懷了身孕，太醫說懷相極好，很可能是雙胎。

她的身後，總管太監不時抬眸望望她，並沒有出聲打擾，但雙腳始終沒有移動過。

天熙帝眸中戾氣不知不覺地褪去許多，只當他聽到麗妃口中不經意地說出「桃花林」時，瞳孔縮了縮，漸漸地，眼神竟是有幾分懷念。

麗妃卻恍若未覺，繼續柔聲道：「……那處的桃林，竟比當年相府桃苑裡的那一片還要美些，若是待桃花全部綻放，那等美景，竟教妾身似是回到了年輕之時。」

天熙帝的眼神漸漸變得恍惚，也不知想到了什麼，神情竟然添了幾分柔和。

麗妃不動聲色地打量他一眼，若有所思地輕抿了抿雙唇，隨即，無比輕柔地道：「妾身記得有一年，桃苑裡的桃花開得極為燦爛，表姊與表嫂兩人在裡面對弈到忘了時辰，偏丫頭、婆子們來來回回尋了好幾遍，竟無一人發現她們的身影。後來還是聖駕到來，表姊才恍然醒悟，丫頭們也才把她們找著了。」

天熙帝歪斜的嘴角動了動，竟是扯了個古怪的笑容。

麗妃看得心中一動，還想再說些什麼，卻在瞥見趙贇走進來的身影時又嚥回去，體貼地替他輕拭了拭嘴角。

「孤果然沒有看錯人，麗妃娘娘果真是個最懂得侍候人的。」見天熙帝竟然破天荒的沒有暴怒掙扎，神情瞧著還有幾分柔和，趙贇似笑非笑地瞥了麗妃一眼，緩緩地啟唇道。

「太子殿下。」麗妃起身淡淡地喚。

「父皇今日瞧來心情不錯，可見亦是歡喜娘娘的侍奉。為了能讓父皇早些痊癒，還得請麗妃娘娘多多費心才是。」

「殿下言重了，這本是我的本分，不敢承殿下此言。」

趙贇微不可聞地冷哼一聲，在天熙帝身旁坐下，接過宮女呈過來的溫熱棉巾，親自替他擦了擦臉。

天熙帝動作不自然地轉了轉脖子，視線緩緩地凝在他的身上，嘴唇動了動，似是想要和他說什麼。

「父皇可是擔心西南戰事？」趙贇想了想，試探著問。可這話剛一出口，他又覺得可能性不大。父皇未曾染疾前都不曾關心過這些事，如今重病在身，又如何會再想這些？

果然，天熙帝合上眼眸，不再看他。

趙贇往他平日喜好上猜了猜，仍是猜不出他的心思，乾脆便也拋開了。

麗妃靜靜候在一旁，垂著眼簾品著茶，偶爾間不經意抬眸，望望眼前那對父子，不著痕跡地比較著兩人的容貌，不知不覺間，她的視線在趙贇臉上停留得太久，連趙贇不悅地睨了回來都不曾察覺。

「麗妃娘娘這般看著孤，難不成孤臉上有什麼不妥當之處？」

麗妃一驚，知道自己失態了，連忙藉著錦帕掩飾臉上一閃而過的慌亂，努力讓聲音平靜地道：「只是方才與陛下提起過往，想到了先皇后，不禁感嘆血脈親緣的神奇，殿下眉宇間隱隱有幾分先皇后生前的模樣。」

趙贇冷笑。「真是難為麗妃娘娘還記得母后生前的模樣，只是母后已然仙逝多年，孤不希望有人藉著提及她生前之事來達到不可告人的目的，孤不允許任何人打擾母后的安寧。」

麗妃臉色一僵，臉上的平靜卻是再也維持不住。有那麼一瞬間，她很想將埋藏在心底數十年的那些話說出來，可到底理智尚存，仍是努力嚥了下去。

趙贇不理會她的想法，回頭看看龍床上不知什麼時候又睜開雙眸，正定定望著自己的天熙帝，略思忖片刻，還是上前道：「父皇放心，兒臣定會守住西南，必不會教西戎人踏入中原半步。」

天熙帝的眼睛仍舊一眨也不眨地望著他。

趙贇也無意久留，又循例問候了他幾句，恩威並用地讓宮女、太監們好生侍候，這才冷冷地掃了麗妃一眼，邁步轉身離開了。

麗妃望著他漸漸遠去的背影，眉頭微蹙，若有所思。

齊王妃近來覺得有些煩躁，不知從何時開始，齊王不再似以往那般，說不到三句話便被她氣得火冒三丈，拂袖而去。

不僅如此，他每個月到正院來的次數竟漸漸多了起來，每回來了也不做什麼，更沒什麼話說，就只是靜靜地坐在一旁看著她，不管她有意無意地拿話刺他也好，無事找事地胡亂發作也罷，他居然就是不動如山，也沒有一句重話，教她心裡著實不安得很。

一直到那映柳再次被太醫診出有孕，那人的注意力才被分散些許，雖然還是隔三差五到正院來，只是這次數到底不像之前那般頻繁了。

這一日，齊王又特意到正院來尋她，慶幸的是這一回他不再沈默地坐在一旁，用那種教人摸不著頭腦的眼神盯著她，而是開門見山地讓她帶著映柳進宮向麗妃請安。

她猜測許是麗妃想要見見未來孫兒、孫女的生母，故而也不在意，很乾脆地答應下來。

趙奕似是沒想到她會應得這般乾脆，神情明顯有幾分怔忡，片刻後，居然破天荒地向她解釋道：「母妃也沒別的意思，只是今日難得有空閒時間，心裡放心不下，這才想要見見妳們。」

其實自經歷過上回被月貴妃誣陷，以致被天熙帝打入天牢後，趙奕對曹氏便添了幾分說不清、道不明的感覺，再對上她時，亦不再似以往那般說不到三句話便大怒地拂袖而去，更多的是沈默不語。如今回想這幾年，他竟是有些想不起為何會與自己的元配王妃關係變得這般緊張。他自問並不是易怒衝動之人，可不知為何每每與她相處時，都能被她氣得大怒而去。

齊王妃不在意地擺擺手。「你不必多說，我都明白，畢竟映柳早前無緣無故小產，至今還尋不著真正的原因，母妃放心不過也是正常。」左不過是認定了上回那映柳小產必是自己所為，這一回大概是想藉機敲打敲打自己吧！齊王妃暗地冷笑。一個小小的侍妾，若是自己不許她生，自有數不清多少手段教她生不下來，甚至一開始就讓她懷不上，旁人就算懷疑到她頭上，沒有真憑實據，誰也奈何她不得！

趙奕皺眉，臉色微沈，沈聲道：「她頭一回進宮，腹中又懷著孩兒，妳好歹多看顧著些。」

趙奕妃冷笑。「這我可就不能擔保了，宮裡頭人來人往的，萬一有個什麼不長眼的衝撞了她，難不成我還能問罪對方？這是要把淑妃娘娘置於何地？」

趙奕勉強壓抑著心中惱怒。他已經很努力地想與她和平共處，甚至像一對尋常夫妻那般舉案齊眉，可這婦人那張嘴著實太氣人，每每說的話，十句裡有八句是帶著刺的，教人恨得牙根發癢。

「既如此，那便隨妳吧！」他終於再也忍耐不下去，一拂衣袖，頭也不回地離開了。

齊王妃反倒鬆了口氣。總算回復正常了！

第二十七章

只因擔心著千里之外的程紹禟，凌玉接下來的好些日子都是滿懷憂慮，著人仔細打探著西南戰事的情況，她自己則往太子府跑得更勤了，一來為了打探太子的態度，二來也是想要從太子妃處多了解一些前線之事。

可惜太子妃對西南戰事知道的並不比她多，讓她不禁有些洩氣。

這日，她悶悶不樂地從太子府歸來，便見楊素問不知何時也來了，正陪著王氏說話，偶爾與小石頭逗趣一陣，哄得小傢伙歡天喜地給她們耍了一套似模似樣的拳法，越發讓人忍俊不禁。

看著兒子那可愛的笑容，凌玉原本低落的情緒，此刻也添了幾分愉悅。

「我瞧你就是個沒定性的，當真是半刻也坐不住。」她接過青黛遞來的濕帕子，細心地替小石頭擦了擦臉蛋，沒好氣地嗔道。

小石頭討好地衝她呵呵笑，眉眼彎彎，模樣是說不出的趣致。

凌玉拍了拍他的小屁股，讓青黛領著他到園子裡耍去了，這才與楊素問進屋。

王氏不放心孫兒，忙道：「妳們說會兒話，我去看著小石頭，青黛那丫頭一個人要看不住他。」

小傢伙越來越淘氣，闔府就只有一個凌玉能鎮壓得住他，王氏與程紹安等人對他從來都是千依百順，捨不得說半句重的，因此越發讓他無法無天。

待王氏離開後，凌玉才問：「如今店裡的生意如何？」

「留芳堂的生意漸漸有了些起色，只還是大不如前。新置辦的那幾家店的生意也只能算是馬馬虎虎，稱不上十分好。」楊素問回答。

既然決定要長住京城，自然不能只靠留芳堂的收入，上回藉著替楊素問置辦嫁妝之機，凌玉也買進了幾間鋪子和幾十畝田地，東西不算多，但好歹也算是在京城裡有些產業了。

而程紹安也算是有過不少做生意的經驗，加上這兩年在青河縣經營成衣鋪子也賺了不少，故而這一回見凌玉置辦產業，乾脆也跟著她買了兩間鋪子。只是他的身家有限，買下兩家鋪子後，便沒有那個餘錢再去置田地，即使如此，也足夠凌玉對他刮目相看了。

畢竟，對程紹安的要求不能太高，只要他能夠自食其力養活自己，便算是相當了不起了。

「如今這世道，不管什麼生意都不好做。妳也不用急，只慢慢來便是。」凌玉安慰道。

楊素問也明白這個道理，如今四處在打仗，說不定一個不小心連性命都丟了，哪還有那麼多工夫想其他事？

「我這回來，倒不是為了生意之事，只是有件事覺得有些奇怪，怎麼也想不明白，故而才想著來問問妳的想法。」她遲疑了一下，這才道明來意。

「有什麼事覺著奇怪？」凌玉不解地問。

「是這樣的，這段時間，齊王府那位映柳姑娘不時到留芳堂來，也不知是不是我的錯覺，總覺得她像是在與我套近乎。只我一個尋常人家婦人，最大的靠山也不過是你們，哪裡值得她巴巴地湊上來？」楊素問蹙眉一一道來。

凌玉這下可真的意外極了。「那她可曾與妳說過什麼？」

「說過的話可多著呢！但多是與留芳堂相關之事，還有便是女子護膚養顏的問題，這些都難不倒我，自然會如實告知她。」

「聽妳這般道來，她的行為也沒有什麼不妥之處啊！」凌玉詫異。

「我沒說她行為有什麼不妥之處，只是、只是她的態度，不是與尋常的客人一樣，有幾分刻意賣好的滋味在裡頭。」楊素問也說不出個所以然來，全不過是她心裡的真實感覺。

凌玉思量半晌，這才給她出主意。「不管她打的什麼主意，妳且順著她便是，她要套近乎，妳便掌握著分寸隨她去，畢竟她可是齊王府裡的金貴人，不是咱們能輕易動的。」

聽她這般說法與凌大春對自己所說的大同小異，楊素問忍不住取笑道：「果真不愧是兄妹，這腦子裡想的東西都是差不多的。」

便是趙奕也有些搞不懂映柳為何懷著身孕，還不時往那留芳堂而去？論理，上一回她的小產多少與留芳堂所出的回春膏有些關係，雖然無憑無據，不能隨意追究別人的責任，但總會在心裡留下疙瘩才是，何至於還要主動與他們打交道？

只是，當他從映柳口中得知，這一切都是麗妃示意她有意為之，什麼原因暫且探不出，可僅此一條，也足夠讓他吃驚了。

「麗妃娘娘還讓王妃多與那程夫人來往，只是王妃近來事忙，一時抽不得空前往而已。」

「母妃為何會有此決定？」趙奕思前想後都沒個答案，心裡疑雲頓時更盛。

「婢妾也不是很清楚，娘娘每回皆讓婢妾以腹中孩兒為由，向凌娘子打探她父親生前之事。婢妾猜測，大概是娘娘不放心婢妾腹中孩兒，而楊太醫生前乃是宮中醫術最高明的太醫，凌娘子又是他唯一的女兒，年紀輕輕的還能調配出風靡京城的玉容膏與回春膏，可見承繼了楊太醫的醫術，故而娘娘才會讓婢妾多與她接觸的吧！」映柳猜測著回答。

趙奕沒有說話，只是沈思片刻，才搖頭道：「不會，不會是這樣的原因。母妃若是放心不下妳腹中孩兒，大可以每日派宮中得力太醫前來為妳把平安脈，何至於讓妳親自來來回回地跑？再一層，楊太醫是楊太醫，他醫術再高明，也不代表身為他的女兒亦會有同樣高明的醫術。況且我早就聽聞，那凌娘子除了在胭脂水粉、香膏之物上頗有研究外，其餘醫術皆是平平。」趙奕百思不解，半晌，才對映柳道：「想必妳也累了，先回去歇息吧！我還有事，晚上便不去瞧妳了。」說完，急急忙忙走出屋去，也沒留意到映柳有幾分失望的神情。

映柳輕撫著仍舊瞧不出異樣的腹部，良久，苦澀地勾了勾嘴角。

其實她一早就知道先前那胎保不住，可還是刻意誤導映荷姊姊，讓她以為自己是因為用了王妃賞賜的玉容膏才小產，導致後來發生之事。然而，王妃卻根本不當一回事。

都說麗妃娘娘重視她腹中孩兒，其實她半點也不這樣認為。若是當真重視，又豈會明知她懷著身孕，仍舊讓她想方設法往那留芳堂去？

歸根究柢，還是嫌棄自己的出身，瞧不上自己所生的孩兒。若是這孩子託生在王妃的肚子裡，她必然會是另一種態度。

麗妃對兒子的到來並不意外，瞅著天熙帝服藥後沈沈睡去，吩咐宮女好生照看著，這才引著趙奕到了太極宮花園裡的亭子處。

母子二人在此談話，同時亦可留意周遭環境，不怕有人會偷聽。這段日子以來，每每他們有話要說時，便會選擇到此處來。

趙奕迫不及待地道明來意，末了皺眉道：「映柳如今懷著孩兒的骨肉，母妃若有什麼事情要吩咐人去做，大可讓旁人前去。她早前曾滑過一胎，身子骨已是大不如前，著實不能再隨意走動。」

麗妃的臉色有幾分不好看。兒媳婦出身高、性子傲、嘴巴狠、臉皮厚，自己不能拿她怎樣便罷，映柳一個小小的侍妾，讓她替自己辦事，是她的福氣，如今聽著倒是自己的罪過了？

「如今孩子還未曾生下來，這架子倒先擺起來了？曹氏囂張跋扈，我無可奈何，她一個侍妾，我還使喚不起來了？」

「孩兒不是這個意思，只是為了她腹中孩子著想……母妃也希望早日抱上孫兒不是？再說，她一個沒見過什麼世面的女子，能幫得了母妃什麼忙？母妃若有要辦之事，不如直接吩咐孩兒？」趙奕見狀連忙安慰。

麗妃到底也是心疼未來孫兒的，又見兒子伏低做小，心裡那股不痛快便也消了幾分，只一想到正事，臉色又不禁凝重起來。

她環顧四周，入目之處除了及膝高的花木盆栽外，便只有他們母子二人，這才壓低聲音道：「當年先皇后有孕，我奉旨進宮陪伴她，有一晚，她忽覺腹中疼痛，急急喚來太醫診治……」她一五一十地說起當年那樁事，仔細地將自己的懷疑一一道來。「出那樣大的血，孩子十有八九活不下來，她也因此臥床了數月。到足月生產那夜，恰逢暴雨，鳳藻宮中守衛森嚴，而我也被關在屋裡，輕易不准外出。可儘管如此，我分明還是瞧見了有個身影，懷中抱著一個襁褓，步伐匆匆地從先皇后寢宮裡出來。」

趙奕眼皮一跳，腦子裡頓時便閃過一個可怕的念頭，臉色也微微發白。「母妃是懷疑……」

「是，我懷疑先皇后腹中孩兒根本就沒有保住！自那晚大出血之後，她便一直臥床不起，除了太醫與她身邊的心腹宮女外，便連我也輕易接近不得，若說這當中沒個什麼貓膩，我是絕對不會相信的。」麗妃終於說出了積壓在心中多年的懷疑。

「當年替皇后診治的太醫，便是楊伯川？」趙奕又問。

「不錯，正是他。太子出生不到一個月，他便離開京城，你說，這難道還不夠可疑嗎？」

「此事事關重大，母妃可曾對旁人說過？」趙奕臉色凝重。

「我如何敢對旁人說？自是把這些事爛在肚子裡。若不是如今那趙贇步步緊逼，欺人太甚，我也不會再提起當年這樁事。奕兒，若先皇后當年的孩子根本沒有保住，那麼這趙鑽便不是皇室骨肉，又有什麼資格壓在你頭上，將來承繼帝位！」麗妃眸中閃過一絲狠厲。

趙奕心口一跳，想到趙鑽掌權後對自己的處處打壓，袖中雙手漸漸攥緊。

良久，他深深地吸了口氣，低聲道：「此事孩兒知道了，必然會去查個水落石出，母妃便不用再操心，只安心侍奉父皇。假若、假若一切果如母妃所懷疑這般，太子便根本不是太子……」太子若不是太子，自然該回到他原本的位置，趙氏江山更不能交給這樣一個來歷不明之人。他心中暗暗作了決定。

如此看來，他沒能離開京城返回封地反倒是樁好事，至少，讓他可以有機會查個明白。

西南郡大軍再度失利的消息傳回來時，朝堂上對程紹禟的質疑越發厲害了，若不是朝臣們仍摸不透太子對程紹禟的態度，只怕便要直接把大軍失利的原因歸咎於程紹禟的頭上。

可儘管如此，仍有一個又一個的朝臣跳出來，直指定遠將軍領軍經驗不足，才能有限，實不能統領朝廷大軍與西戎名將塔魯對戰，還請太子殿下另派大將前去主事云云。畢竟，一個是初出茅廬的年輕將領，一個是馳名沙場的西戎名將，從一開始，這場戰事的結局便不樂觀。

自然，亦有朝臣指出，我方將士雖有折損，但西戎將士折損得更多，如何能只說我方失利？應是勢均力敵才是。

雙方當場便吵起來，直吵得面紅耳赤，大殿上頓時鬧作一團。

趙贇陰沈著臉，額上青筋頻頻跳動著，卻是沒有出聲制止。

趙奕默不作聲，只是不時望向上首的那人。撇開他身世的存疑不談，如此任人唯親，絲毫不顧將士與百姓死活之人，當真能為一國之君？

接到齊王妃的帖子時，凌玉正叮囑程紹安行事要謹慎，千萬莫要讓人發現這些人與定遠將軍府的關係。

程紹安拍著胸脯道：「大嫂妳放心，那些人彼此都不認得，我也從不曾在他們跟前露過臉。況且，動動嘴皮子罵幾句便能小賺一筆，這樣天大的好事，他們高興還來不及呢，哪還能想其他？」

凌玉頷首。不管怎樣，她都不能讓輿論一邊倒地對程紹禟不利，至少，表面看來如此。

接過茯苓遞來的帖子一望，她詫異極了。

好好的，齊王妃邀請自己做什麼？賞花？她自問這輩子和齊王府可沒有什麼交集才是。

「齊王妃請妳去王府做什麼？」程紹安好奇地問。

凌玉將那帖子遞給他，他接過一看，臉色頓時變得有幾分古怪。「賞花宴？在這節骨眼上，她倒有心情辦什麼賞花宴？這些皇室貴族的夫人當真讓人莫名其妙。」

「這話在外頭可不能亂說。」凌玉提醒道。

「放心，我又不是三歲小孩，如何不明白這個道理？」程紹安搖搖頭，把帖子還給她。

「那大嫂妳去嗎？」

「王妃親自下的帖子，我如何敢不去？不但自己要去，連素問嫂嫂也要一起去。」凌玉嘆了口氣。如今正是多事之秋，她著實不願與齊王府有什麼接觸。

「大春嫂子也要去？」程紹安有些意外。

「帖子上寫明了讓我與素問嫂嫂一起，如何能免得了？自是要一起去才行。」凌玉也想不明白，好好的齊王妃下帖子請她們姑嫂二人做什麼？若是彼此的關係如和太子妃般親近些，倒也不會太過意外，只如今……

她搖搖頭，還是命茯苓親自到凌大春與楊素問家中一趟，將此事告知楊素問。

次日，姑嫂二人便坐上了往齊王府的轎輦。

一路進了王府，落了轎，凌玉竟意外地看到映柳親自來迎接她們。

看著映柳上前見禮時，她下意識地側身避過。「映柳姑娘客氣，不敢當。」

這可是上輩子的皇后娘娘，雖然這輩子大抵不會再有那樣天大的福氣了，但自己還是不能坦然接受她的禮。

「王妃一直在等著兩位夫人，請隨我來。」映柳彷彿沒有察覺她的不自在，含笑引著她們往前而去。

「小玉，齊王妃似乎不曾邀請太多人前來。」楊素問低聲道。

凌玉自下轎時也察覺了。

若是賓客多的話，她還會稍稍安心些，這說明齊王妃許是瞧在程紹禟的分上才會客氣地邀請她前來，可如今只得這屈指可數的幾人，她心裡不禁敲起了邊鼓。

「好些日子不見，兩位夫人瞧著倒是清減了不少。」花廳裡，齊王妃高坐上首，看到她們進來，嘴角微微彎了彎，緩緩地道。

「娘娘倒是瞧著越發容光煥發了。」凌玉與楊素問向她行禮問安，客氣地謝過她的賜座。

廳內，除卻她們兩人與齊王妃外，還有四、五名夫人。凌玉瞧著齊王妃對她們的態度似是有幾分冷淡，還不如待自己客氣周全，難免有幾分詫異，只是不便多言，也只能故作不知。

「原來是定遠將軍夫人，當真是久仰了。」坐得離齊王妃最近的一名女子，亦是在場當中最年長的，率先含笑衝著凌玉道。

凌玉不知對方身分，同樣客氣地回了話，緊接著，另外幾人亦陸陸續續發聲，眾人彼此行禮見過，凌玉才知道她們這些多是齊王妃娘家靖安侯府裡的夫人。

最年長的那位，則是靖安侯世子夫人，齊王妃的隔房嫂嫂。

「園子裡那株『素人妝』今日開花了，大嫂是個惜花人，想必不會錯過，不如我領諸位前去觀賞這珍貴的異種牡丹？」齊王妃道。

靖安侯世子夫人一聽便再也坐不住了，連忙起身道：「如此我倒真有眼福了。」

凌玉也有幾分好奇，想要瞧瞧這異種牡丹到底長得什麼模樣，與尋常的牡丹又有什麼不同？楊素問的想法也與她一般無二，於是二人走在最後，跟著出了花廳。

趙奕是個愛花之人，園子裡種滿各種奇花異草，有不少凌玉根本聞所未聞、見所未見，只是瞧著這些珍稀的花草讚嘆不已。

唯有真正的富貴人家，方有此等心思閒情侍候這些金貴之物，凌玉暗道。

「兩位夫人，王妃有請。」

前方靖安侯府世子夫人等人全然被滿園子的奇花異草吸引了注意力，凌玉與楊素問走在最後，忽見齊王妃身邊一名侍女走過來行禮道。

她順著那侍女所指的方向望去，果然便見在不遠處的水榭處，齊王妃正朝自己這邊望過來；許是察覺她回望過去的視線，還朝她微微點點頭致意。

凌玉與楊素問彼此對望一眼，均從對方眼中看到疑惑不解，只是誰也沒有多問，跟在那侍女身後往水榭方向而去。

「兩位必定奇怪我為何會請妳們來？」齊王妃端過茶盞啜飲了幾口香茶，用帕子拭了拭嘴角，開門見山地道。

凌玉也沒有想到她竟是這般直截了當，乾脆也坦然道：「確實有些奇怪。」

齊王妃似乎很滿意她的直言，嘴角微微揚了個弧度，又道：「如今朝野上下誰人不知定遠將軍乃是太子殿下跟前紅人，滿朝大臣在太子殿下跟前，也沒一個能及得上他，此番程將軍若是能大敗西戎軍，這日後前程必是不可限量。我雖貴為王妃，奈何卻是個不爭氣的，為著日後身家性命著想，欲與夫人結個善緣，倒也算不上奇怪吧？」

「王妃說笑了，著實不敢當。」凌玉猜不透她的真實用意，更想不明白她此話的真假，連忙又是一番謙虛客氣。

齊王妃笑了笑，倒也沒有再執著於此，望向她身邊靜靜地坐著的楊素問，問道：「府裡的侍妾映柳早前被診出再度有孕，只她曾經小產過，身子骨大不如前，對她腹中孩兒，殿下與我均寄予厚望。」

「原來映柳姑娘又有了身孕？當真是恭喜了。」楊素問忙道。

齊王妃坦然地受了她這聲道賀，繼續道：「令尊生前乃是宮中醫術最高明的太醫，深受陛下與諸位娘娘讚賞，他雖已過世，只聽聞遺留下一本手札，不知凌夫人可否借此手札一閱，也好教那映柳遵從調養身子，為齊王殿下順利誕下麟兒？」

凌玉呼吸一窒，終於恍然。只怕這才是今日這場「賞花宴」的真正目的！

楊素問狐疑地反問：「手札？什麼手札？王妃是說，先父遺留下一本手札？」

齊王妃早料定此番不會順利。若是按齊王昨日的交代，是要採取迂迴辦法的，只她不耐煩兜圈子，故而便開門見山地向楊素問借閱。此刻見楊素問竟是一無所知的模樣，她不由得輕輕蹙了蹙眉。「凌夫人不知道？聽聞楊太醫生前有隨手記下每一病例及治療方法的習慣。」

「並非這個原因，而是我確確實實不曾聽聞先父曾有這麼一本手札。先父生前除了提筆開藥方，其他時候從不見動過筆，更不曾有隨手記錄病例的習慣。」楊素問解釋道。

夫人放心，我以王妃的身分向妳保證，只是借來一閱，絕不會將裡面的內容流傳出去。」

齊王妃定定地望著她，見她不似作偽，暗地思忖，難不成趙奕那廝記錯了？罷了罷了，反正自己該做的也已經做了，結果如何卻不是她能決定的。這樣一想，她便將此事拋開了。

「我也是聽宮中太醫所言，煩請凌夫人好歹回去仔細找找，看看可真有這麼一本手札？若有，還請夫人不吝借閱。」

楊素問雖然肯定自己從來沒有見過什麼手札，但見對方客氣有禮，並不似執著追問之人，一時鬆了口氣，連忙還禮道：「娘娘客氣了，我回去之後再仔細找找，若真有，便親自送到王府來。」

「如此便多謝夫人了。」齊王妃客氣地謝過她，又與凌玉閒聊幾句。

片刻之後，凌玉瞧出她已有幾分心不在焉，遂在見到她端起茶盞時，識趣地拉著楊素問告辭。

完成了趙奕交託的任務，齊王妃也無意多挽留，說了幾句場面話，便吩咐下人領著她們離開。

「妳手頭上果真沒有這麼一本手札？」回到定遠將軍府，凌玉連忙追問。

「當真是沒有，難不成妳以為我方才那些話都是騙人的？是真的沒有，至少從我有記憶起，真的不曾見過我爹有那麼一本手札，也從來不曾見他會把遇到的每一病例記載下來。如果我爹當真有這麼一本手札，說不定此刻我也是位女神醫了呢！」楊素問無奈地回答。

凌玉自是相信她的話，只是心裡始終七上八下的。

東西是齊王還是齊王妃要的？若當真是為了映柳腹中的孩兒，大抵想要得到這本傳聞中的手札的，便只會是齊王。可是，齊王當真是為了映柳嗎？

不知為何，她卻有些不敢相信了。明明上輩子帝后情深的佳話傳得人盡皆知，人人皆說陛下待柳皇后情深一片，更為了她遣盡後宮，獨守她一人。

凌玉與楊素問離開後不久，靖安侯世子夫人等人也被齊王妃尋了個藉口送走，待得眾人散去，一直在等著消息的趙奕便迫不及待地尋過來問問情況。

「沒有？她果真如此說的？會不會是她說了謊話？」趙奕聽罷，不相信地皺起眉頭。

「不管你如何想的，我瞧著她不像在說謊。殿下若是有懷疑的，自派人去細細查探便是，妾身一個婦道人家，才能、見識有限，恐是幫不了殿下太多。」齊王妃冷冷地道。

如若可以，她是不想插手他的事的，只是如今同坐一條船，而她也很愛惜自己的性命，唯有強忍著不悅，應下了當日他的請求。

「我並不是懷疑妳，只是……」趙奕見她沈下臉，俏臉泛起薄怒，難得地放柔聲音解釋。

「你愛怎樣便怎樣，我也沒那等閒工夫與你解釋。時候不早了，你該去瞧瞧映柳了，她身子弱，又懷著你的骨肉，你這大半日不曾去瞧過她，說不定此時她正翹首以盼等著你呢！」

「這是本王的王府，本王愛去哪裡便去哪裡，如何輪得到妳來多管。」見她又如往常一般把自己往外趕，趙奕不悅地沈下臉。

齊王妃絲毫不懼。「那你想留便留，恕妾身不奉陪了。」說完，轉身便想進入裡間。

了一肚子火氣。

「曹氏！」趙奕一把抓住她的胳膊，聲音中更是帶著隱忍的幾分惱意。

「你又想做什麼?!」齊王妃掙脫不得，恨恨地轉過身來瞪著他。

「曹氏，妳要記得自己的身分，妳是本王的王妃，本王是妳的夫君！」趙奕心裡像是憋了一肚子火氣。

「我自然知道自己的身分，這些不必你多提醒。」齊王妃的臉色一下子陰沈下來，冷漠地道。

「這幾日本王思前想後，不明白妳我夫妻之間到底何處出了問題，竟是從成婚至今一直不曾好好相處。」趙奕眼神複雜地望著眼前這張秀美精緻的臉。

得知自己的未來王妃是現今靖安侯姪女，前靖安侯唯一嫡女時，他心裡其實還是挺高興的，可滿懷的喜悅在掀開紅蓋頭那一刻，看到那張毫無表情的臉時，就如一盆冷水兜頭潑了下來，直澆了個透心涼。

她不願嫁自己。這是他的第一個想法，而接下來的婚後日子，也證明了他的這個想法。

齊王妃用力抽回手，聲音越發冷淡。「殿下何苦盡想些有的沒的？如今你已經有了心心念念的解語花，何苦再來招惹我——」

趙奕一聽便急急打斷她的話。「妳是介意映柳？她如何能與妳比，她不過是——」

「她於你而言是什麼樣的存在，與我何干？我為何要介意她？你也未免太會給她臉上貼金。」齊王妃冷笑，轉身離開，再不願多看他一眼。

趙奕的眉頭皺得更緊，隨即搖搖頭。

世間女子多是口是心非，她嘴上雖說不在意映柳，只怕心裡最是介意。

不知為何，這樣的想法竟讓他沒來由地生出一股愉悅之感來。

程紹禟自統領大軍以來，與西戎軍大大小小交戰了數回，其間有勝有敗，但總的來說還是敗的多，唯一值得慶幸的是，兵士的傷亡數比他預期的要低。

可儘管如此，雙方的兵力仍是相當懸殊。

「將軍，咱們要不要再向朝廷要求增援？」終於有人遲疑地提出增兵的問題。

程紹禟搖頭。「朝中恐怕已無可增之兵。」

原本鎮寧侯便領了不少兵馬前往西南郡，後來他又領著援兵十萬而來，再接著便是鎮國將軍領兵剿匪平亂，只怕太子殿下私底下還另有安排，除卻護衛京城的軍隊，哪還有可增之兵？

在場眾人都不禁沈默下來。

無援兵，糧草亦不能支撐太久，故而這場戰事不能再拖延，必須速戰速決。可單論兵力，根本難以與西戎軍對抗，更何況對方還有一個用兵如神的名將塔魯。

不管怎樣想，他們如今的形勢確實不樂觀。

只是，誰也沒有再質疑程紹禟的能力，因為縱是處於如今的劣勢，眼前這位年輕的將領，仍是勉強地領著他們與西戎軍對戰，並且一次又一次打破了名將塔魯的多次圍攻，甚至不時還能小勝一回，殺得對方一個措手不及。

待眾將離開後，程紹禟臉色沈重地到了鎮寧侯營帳。

恰好鎮寧侯服過藥後正靠著床頭養神，見他這般模樣進來，心中了然。「如今形勢可是不樂觀啊？」

「嗯，確實如此。」程紹禟搬了張圓凳在床邊坐下。

「你此刻來見我，可是心中有了打算？」鎮寧侯略思忖片刻後，緩緩地問。

「確實有個計劃，想請侯爺代為斟酌斟酌。」程紹禟倒也沒有瞞他，見他眼帶鼓勵，遂低低地將他的打算一五一十細細道來。

鎮寧侯越聽，臉色便越發凝重，良久，這才吃驚地望向他。「你可知此計著實太險，萬一失算，到時面臨的恐怕是全軍覆滅！」

「末將知道，只是再如此拖延下去，總有一日糧草耗盡，兵力遭損，到時的結果怕也是一樣。倒不如趁著如今尚且有一搏之力，便拚盡全力試一試。」程紹禟低聲道。

鎮寧侯深深地凝望著他，不得不感嘆，到底是年輕人，都有一股敢拚敢搏的狠勁。他本想再勸說幾句，但是想到這段時間心中憂慮，濃眉皺了皺，終是嘆息道：「你所說的也有道理，這場戰事確實不能再拖延了。不瞞你說，這段時間我這心裡一直七上八下的，總覺得京城怕是又要不太平了。」準確來說，他有一種感覺，陛下只怕是時日無多了。可這話，他卻不知能對何人言？「你且再將計劃詳細與我說一遍，咱們再商議商議，看看可有遺漏之處？」

程紹禟一聽，便知道他這是同意了，當下精神一振，又將他的計劃詳細地一一道來。

心憂這場戰事的，並非只有他們這些領軍在外的將領，便是趙贇，自得知鎮寧侯重傷，程紹禟臨危受命後，縱是表面瞧不出異樣，可心裡卻一直似是懸著一塊巨石。

尤其早前前線傳來大軍失利的消息後，他更憂心得數夜不能眠，但每日對著朝臣們時，臉上卻一如既往的冷靜陰沈。

齊王私底下在查探前太醫楊伯川生前事的密報呈到他手上時，他眉頭皺得更緊。

趙奕那廝在打什麼主意？一個死了多年的前太醫……不過，無緣無故查探死人，必然有所圖謀。

再想想昨日總管太監向他回報監視著麗妃的情況，他一下又一下地輕敲著書案。

麗妃這段時間不時向父皇提及年輕時之事，本以為她這是無話找話，甚至是為了安撫自癱在床後脾氣越發暴躁的父皇，又或是欲藉機勾起父皇對她的憐惜，可如今一細想，只怕亦是另有所圖。

只是，相對於這對母子的暗中圖謀，他如今更恨的卻是那兩面三刀、私底下在民間刻意引導輿論的趙珝。那廝明面上向自己表忠心，私底下卻不放過每一個可以朝自己身上潑髒水的機會，著實可惱、可恨！

不教他看看自己的手段，倒顯得自己心慈手軟了。

趙贇臉上戾氣頓現，眸中更是有殺意一閃而過。

凌玉自與楊素問從齊王府回來後，一面繼續暗中著程紹安分散民間對程紹禟的詆毀，一面密切留意著前方戰事。

對於當日齊王妃提及的那什麼楊太醫生前的手札，只因當日齊王妃也是一副「有便借她一閱，無則罷了」的隨意態度，故而她也沒有太過放在心上。

再者，她也知道楊素問當日到京城時，身上除了一個裝著換洗衣物、有盤纏的包袱外，再沒有其他東西。

只是，當這日她接到青河縣暫住在楊素問家中的蕭杏屏來信，說是家中曾接連數夜潛入小賊，把書房翻得亂七八糟時，她心裡隱隱有了個猜測。

「虧得屏姊姊無事，否則我這輩子也難心安了。」楊素問拍拍心口道。

凌玉沈默片刻。「妳當真確定家中並無齊王妃所說的那本手札？」

「我騙妳做什麼？若當真有這麼一本手札，我早就拿出來了，何苦要騙人？」楊素問見她不信，頓時便急了。

「莫急莫急！我不是不相信妳，只是懷疑那根本不是什麼小賊，而是衝著那本手札而來的。」凌玉忙道。

「若是如此，難不成那些小賊是……」楊素問吃驚地瞪大眼睛，片刻，又蹙緊了眉頭。「聽妳這般一說，我家裡頭彷彿也曾有人潛進去過。」

「當真？」凌玉吃了一驚。

「也不是很確定，就是前陣子總覺得我書房裡的東西被亂動過，只是妳也知道妳大春哥那人，總是拿了東西不放回原處，故而我也不是很確定是他動過的，還是有人潛進來動的？」楊素問不甚確定地回答。

聽她這般說，凌玉有些無語，「以下犯上」地戳了戳她的額角。「我的好嫂嫂，妳這糊裡糊塗的性子到底什麼時候才能改改？再這般糊塗下去，不定日後連我的小姪兒都照顧不來。」

「妳小姪兒？誰啊？」楊素問更糊塗了。

「對啊，我小姪兒是誰啊？」凌玉戲謔地反問。

楊素問終於反應過來，當即便鬧了個大紅臉，啐了她一口。「就妳壞，盡說些讓人不自在的話！」

姑嫂二人頓時笑鬧作一團。

數日後，京中突然爆發出關於韓王的種種醜聞——強奪民女、姦淫臣下之妻等等，一時間，朝野上下一片譁然，更有受害者家屬聚集在皇宮大門外，要求太子嚴懲。

朝堂上，韓王大聲喊冤，可當大理寺卿把證據一一擲於殿上時，當下便跪倒在地，請求太子寬恕。

太子痛心疾首，卻揮淚下了旨意，著大理寺徹查，以正朝紀，以平民憤。

再隔得數月，一樁樁韓王的大罪便抖露出來，這當中甚至還牽扯了後宮數名低位分的妃嬪，一名進宮多年均未得寵，卻意外懷了身孕的貴人，當下便吊死在宮中。

而趙奕也終於查實了一個消息——先皇后生產當月，相府的確有死嬰被偷偷掩埋掉！

「是確定當月，還是當日有死嬰偷偷被掩埋？」趙奕強壓著內心的激動，仔細地再問下屬。

「那婆子上了年紀，記不大清，只是可以肯定就是在皇后娘娘發動前後幾日間。」

只相差這麼幾日，想來也不算什麼了，那趙贇果然不是父皇的骨肉！趙奕暗道。

一旁的晏離皺著眉，翻看著趙奕著人查探而來的密報，尤其是趙贇出生那年相府中發生的種種事，片刻後，翻閱的動作一頓。

「也是在太子出生後的幾日，相府少夫人染病，不治而亡……」

「這位少夫人在太子出生前便已經抱病臥床了大半年，在那時死去也不是什麼值得意外之事。」趙奕不解他為何會特意挑出那少夫人之死？「難不成……先生懷疑趙贇乃是先皇后姪兒，那相府少夫人之子？」他皺眉問，問出了這麼一個荒誕的可能。

「不，不可能。」晏離搖搖頭。「當時庚相爺仍在世，相府聲勢如日中天，便是皇后當真沒能成功產下陛下之長子，庚相爺也不可能將自己的嫡長孫假充帝后之子。不說這當中的風險極大，以他的性情，也不可能會眼睜睜看著庚家血脈流入他府。」

女兒是中宮皇后，別說還年輕，孕育孩兒不成問題，哪怕是當真再難孕育孩兒，挑個低位分宮人所生的孩兒養在膝下，精心教養，將來與自己所出的又有何區別？

當今陛下不也是自小便被太后養在身邊的嗎？一直待太后也極孝順。

「那先生為何特意提到這位少夫人之死？本王瞧著並無不妥之處。」趙奕也拿過那份密報從頭到尾翻閱起來，從天熙帝首次以皇帝身分駕臨相府，一直到先皇后產下皇長子趙贇，除卻先皇后生產前後幾日，相府有人偷偷埋了死嬰外，其餘諸處瞧來並無什麼不妥。

「我只是覺得有些不對勁，只是到底何處不對勁，一時卻又想不出來。」晏離揉揉額角，無奈地道。

正在此時，有府中屬下急急前來報信，道陛下吐血昏厥，太子與朝中大臣也急赴宮中，只怕陛下情況危急。

趙奕大驚失色，慌忙起身便要往外頭跑去。

晏離一把抓住他。「殿下，且記得凡事保持冷靜，尤其是太子之事，如今並無真憑實據。」

趙奕胡亂地點點頭。「先生放心，本王都明白。」

只憑一個相府老僕婦之言，著實難以取信於人，只盼著父皇能再堅持一段日子，好歹讓他能尋到真憑實據，以正皇室血脈才是。

太極宮中。

不知何人將韓王淫亂後宮一事傳入天熙帝耳中，天熙帝一口鮮血噴出，病情急轉直下。

而韓王亦被打入了天牢，只待天熙帝醒來後再行處置。

寢宮外已經站滿了被趙贇擋在門外的各宮妃嬪；殿外，宮女、太監跪了滿地，進進出出的太醫步伐匆匆；聞訊趕來的朝中大臣遠遠地候著，不停來回踱步，等待著宮裡的消息。

雖說自上回天熙帝癱瘓以來，朝中大事已經全權由太子負責，可太子畢竟還不是名正言順的皇帝，有不少事他還是無權作主。可一旦天熙帝駕崩，太子登基繼位為帝……

想到趙贇的雷厲風行，以及行事的獨斷專橫，不少朝臣不禁打了個寒顫。

若是跟著這麼一個主子，日後的日子必然不好過！

趙贇陰沈著臉，看著幾位太醫圍著天熙帝進行會診，時辰一點點流逝，可太醫們卻始終沒能給個準確的說法。

終於，他壓低聲音，惱怒地問：「你們這般多人商量了大半日，父皇的病到底要如何才能根治？你們倒是給孤拿個章程出來！」

幾位太醫你望望我、我看看你，最後還是最年長的太醫院正上前一步，躬身正要回答，趙贇又打斷他的話。

趙贇沈聲喝道：「莫要與孤掉書袋子，孤沒有那等耐性聽你念叨一堆醫理！」

太醫院正本欲出口的話又嚥了下去，斟酌片刻，再度躬身回答。「回太子殿下，陛下病情本已逐漸有了起色，前不久左邊身子都有了知覺，只是如今再度怒氣攻心，病情急轉直下，來勢洶洶，怕是——」

「父皇怎樣了？父皇、父皇！」

醫正還沒有說完話，趙奕便推開門外的侍衛闖進來，白著臉往天熙帝撲過去，一見床上的天熙帝面無血色，雙目緊緊閉著，呼吸微弱，當下大急，顫抖著手去探他的鼻息……

「四皇弟這是做什麼？此乃太極宮，可不是你的齊王府，如何是你輕易便闖進來的！」

趙贇冷漠的聲音在他身後響著，他陡然握緊了手，猛地回頭對上趙贇，同樣冷冷地道：「你我同為父皇之子，如今父皇病重，難不成我這個身為兒子的，竟連見一見自己的親生父親都不許嗎？」他又再指著殿外的諸位妃嬪。「還有她們！她們都是侍候父皇多年之人，同樣為父皇誕下骨肉，若以民間輩分相論，她們便是你我的庶母，你又憑什麼不讓她們進來看望？」

「憑什麼？就憑孤乃是當今太子，一國儲君！」趙贇厲聲喝道。「太醫叮囑了父皇要靜養，這些人一進來便只知道哭哭啼啼，鬧個沒完沒了，孤沒有直接把她們轟出宮去，已是瞧在父皇的面上。」

趙奕被他此話一噎，可卻絲毫不懼他陰狠的神情，挺直腰板，強硬地對上他的視線。「她們也不過是關心則亂，如今冷靜下來，自然明白這當中道理，皇兄何苦咄咄逼人、欺人太甚！」

「皇兒，少說兩句！太子殿下都是為了你父皇的身子著想。」麗妃見兒子居然敢當面頂撞太子，嚇得連忙走進來，一把拉住趙奕，硬是把他拉離趙贇身邊。

門外的淑妃本也打算進來瞧瞧，卻在看到太子與齊王的爭執時，不動聲色地縮回了腳。

魯王已死，韓王也算是廢掉了，如今陛下成年皇子中就只得一個太子和齊王，若是這兩人爭個兩敗俱傷……想到自己那年僅十二歲的兒子，她垂下頭去，掩飾住嘴角的笑意。

天熙帝吐血昏厥，後來更是一直昏迷不醒，所有太醫都守在太極宮中，施展平生所學，盼著能讓他醒過來，趙奕更是不顧麗妃的勸阻，頂著趙贇陰沈的臉色留在太極宮。

趙贇掌著政事，自然無法十二個時辰都守在太極宮，再加上西南大軍在追擊西戎軍時迷了路，消失在沙漠中再無蹤跡，朝野上下人心惶惶，彷彿下一刻西戎大軍便會攻破三關，直闖中原，他忙得焦頭爛額。

趙贇不敢相信自己寄予厚望的程紹禟竟然如此不堪一擊，他又氣又恨，卻還得想法子善後，偏偏此時又有個壞消息降臨。

他鐵青著臉，不敢相信地瞪大眼睛，死死地盯著褚良呈上來的密報，下一瞬間，用力把密報撕得稀巴爛。

「荒唐！僅憑一個不知從何處冒出來的賤民之言，便敢質疑孤的……」最後的「皇室血統」四字，他怎麼也無法說出來。「你此番提前趕回來，便是為了此事？此事可還有第三人知曉？」他深深地吸了口氣，眼神銳利地盯著風塵僕僕的褚良問。

褚良單膝跪下道：「屬下以項上人頭擔保，此事只經了屬下之手，再無第三人知曉。」

事關重大，他如何敢讓第三者知曉？意外地發現此事後，他便馬不停蹄地趕回來，只希望能及早將此事稟報太子，也好讓太子早些防備。

「那個老婦人呢？你親耳聽見她說的這些話？不曾有人逼迫她？」趙贇心亂如麻，還是強自鎮定地問。

「是，屬下親耳聽到她所言，其間並沒有任何人逼迫她。」當時他在梁上，本是打算稍微歇息便離開的，卻冷不防聽到這麼一個驚天秘密。

「那婦人如今身在何方？」

「齊王手下之人把她帶走了，想必此時應該在齊王的看管下。」褚良又回答。畢竟此人對齊王來說，可是個有力的證人，他自然要保證她的安全。

「孤給你三日時間，不論用什麼手段，必讓此人活不過三日！」趙贇臉上頓現殺氣。

「是！屬下這便去辦。」褚良領命而去，幾個縱步便消失在黑夜中。

趙贇用力握了握拳頭，此時才發現自己的身體竟不停顫抖。

他還說趙奕近來怎麼這般安分，原來竟是在打著這樣的主意！還有那麗妃，難怪前段時間一直對父皇說起年輕時的事。她想做什麼？誘著父皇去懷疑當年母后有孕之事？

平生頭一回，他覺得腦子一片混亂，連西南前線大軍失利這般重要之事都想不起來了，雙拳握緊了鬆開，鬆開後再度握緊。

假若他當真不是父皇的血脈……不，不可能！他怎可能不是父皇的血脈？他又怎能輕易被趙奕母子二人的陰謀詭計擾亂心神！

自他幼時開口喚出第一聲「父皇、母后」始，他便注定是父皇的嫡長子、朝廷的太子，無人能撼動他的位置。

忽地，一陣細碎的腳步聲自外頭傳進來，他陡然抬頭，厲聲喝道：「誰！」

正欲推門而入的太子妃被他嚇了一跳，好一會兒才平靜地回答。「殿下，是妾身。」

聽出是太子妃的聲音，趙贇身上的戾氣不知不覺便斂下幾分。

「夜深了，殿下該歇去了。縱是政事再繁忙，再怎樣憂心父皇的病情，殿下也不能不顧自己的身子，若是連你也倒下了，誰來支撐起這朝廷？」太子妃緩步而入，柔聲勸道。

趙贇「嗯」了一聲，卻沒有任何動作，定定地望著她片刻，忽地問：「方才妳說，若是連孤也倒下了，這朝廷便無人能支撐，可是這個意思？」

「這是自然，殿下如今是朝廷的頂梁柱，不只支撐著朝廷，還支撐著千千萬萬的百姓。」太子妃不明白他為何會這樣問，但還是如實回答他這話。

趙贇眼眸微閃。不錯，他是朝廷的頂梁柱，是本朝的太子，下一任皇帝，這是毋庸置疑的。誰若是想從他手上奪取這天下，他便教對方付出血一般的代價！

「殿下？殿下？」太子妃見他突然沈默下來，也不知在想些什麼，她連叫了好幾聲都沒有反應。

趙贇的視線終於又落到她身上，藉著燭光望著身邊這張端莊溫柔的秀美嬌顏，良久，忍不住起身，輕輕替她撫著微微蹙著的眉頭。

太子妃難得見他這般溫柔的動作，定定地站著一動也不動，任由他那溫熱的大掌撫過她的雙眉、臉頰、唇瓣，最後停在下頷處。

「回去吧。」

在她愣愣的不知反應，正不解他的異樣時，便聽到趙贇道。

這晚，當她已經記不起第幾回被趙贇翻來覆去地折騰，終於倦極深深睡去時，朦朦朧朧間，彷彿聽到身邊的男人在她耳畔啞聲道——

「給孤生個兒子，孤要把他培養成最出色的太子，將來把孤所有的一切都傳給他……」

天熙帝危在旦夕，又昏迷不醒，朝臣們一邊提心吊膽地留意著太極宮的消息，一邊又為西南大軍的覆沒怒聲爭執。

這當中，有不少朝臣要求太子從重處置大意輕敵，致使大軍「全軍覆沒」的定遠將軍程紹禟，自然也有不少朝臣奏請太子立即增兵西南，以抵擋西戎軍北上的步伐。

至於為程紹禟開脫的聲音，則被那兩方人的爭執聲淹沒過去，激不起半點風浪。

大軍「全軍覆沒」的消息傳回定遠將軍府後，王氏一口氣提不上來，當場便昏了過去，一時間，屋裡亂作一團。

凌玉勉強壓著心底的悲傷，一邊吩咐侍女去請大夫，一邊與眾人合力把王氏扶上床，而後按著她的人中，不停地呼喚著她。

待聽到報訊的程紹安急急趕回時，便見恰好醒過來的王氏喚著兄長的名字大哭不止。

「紹禟啊，我的兒！如今你這一去，可讓娘怎麼活啊……」

凌玉強忍著淚水，喉嚨卻是堵得厲害，根本無法開口安慰她。當那一聲聲淒厲的「紹禟」傳入她耳中時，她眼中的淚水再也壓抑不住，洶湧而出。

所以，這輩子他仍是逃不出英年早逝的命運嗎？

「娘、大嫂，妳們莫要哭。大哥吉人自有天相，必然不會有事的。況且大軍只是在沙漠中迷路，這才失去了蹤跡不是嗎？又沒有說他們全然遭了不測。」程紹安一會兒勸勸這個，一會兒安慰那個，忙得焦頭爛額。

凌玉拭了拭淚，也努力讓自己冷靜下來。

不錯，只是說大軍消失在沙海裡頭，只是不知為何傳到後來便成了大軍全軍覆沒。

「與之對戰的西戎軍呢？可有消息？」她啞著嗓子問。

「並無消息，只是據聞有不少身著西戎將士服裝的屍首被尋著，可見兩軍在消失前必然經過一番惡戰。」

凌玉揪緊了帕子。她不相信程紹禟如那些傳言所說的那般，因為急功近利，才不顧雙方兵力懸殊地與西戎軍正面對抗，到後面更是中了西戎大將塔魯的詭計，被誘入沙漠中失了蹤跡。

「紹禟果真無事嗎？你沒有騙我？」王氏一把抓住程紹安的手腕，如同抓住一根救命稻草般問。

「沒有騙您，大哥一定會平安歸來的！娘您早前不是請賽半仙算過嗎？大哥是個天生富貴命，必然會逢凶化吉的。」程紹安耐著性子安慰道。

凌玉沒有說話，努力回想上輩子這個時候的情況。

上輩子這個時候，魯王起兵謀反，中原大亂，在此之前，鎮寧侯同樣領軍征討西戎……後來呢？她的記憶有些混亂。

那個時候她只顧著逃命，哪還有心思去理會距之十萬八千里外的西南郡戰火如何？她只記得後來朝廷是與西戎議和，至於領軍的鎮寧侯怎樣了，她著實沒多少印象。

第二十八章

此時的趙奕，相較於西南郡的戰事，他卻更關心天熙帝的情況，尤其眼看著天熙帝昏迷的日子一日一日過去，當真是心急如焚。

「你有要事便先忙去，你父皇這裡有母妃替你看著，若有什麼情況必然會著人第一時間通知你。」麗妃自然知道兒子擔心之事，意有所指地低聲勸道。

趙奕也知道自己再守在這太極宮並無多大用處，如今最重要的還是要盡快找到真憑實據，揭開趙贇的身世，不教趙氏江山旁落才是。

想到這兒，他一咬牙，正想辭別麗妃離開，忽見他府裡的侍衛匆匆走過來，行至他的跟前，連禮也來不及行，便壓低聲音對他一陣耳語。

「什麼?!」趙奕聽罷對方的話，臉色大變，連向麗妃告辭都忘了，步伐匆匆地帶著侍衛便離開了。

麗妃甚至來不及問問他到底發生了何事，只看到他的身影迅速消失在視線中。

齊王府中，趙奕鐵青著臉，身體因為憤怒而不停顫抖著。「一定是趙贇，一定是他殺人滅口！」唯一的證人就這樣沒了，他恨得額上青筋頻跳，此時此刻，已經肯定了趙贇的身世必然有問題。

「殿下，如今人沒了，那便更沒有法子可以指證……」有心腹下屬遲疑著道。

趙奕緊緊抿著雙唇，良久，冷笑道：「不，還有一個更可靠的證據，那便是前太醫楊伯川那本手札！」說到此處，他眼中閃過一絲狠意。

在太極宮中的這兩日，他更深深地感受到了趙贇不擇手段的狠毒。甚至，他還有理由懷疑趙贇根本是知道了自己的身世，故而才會設局毀了趙翊，如今宮裡那些未曾長大成人的皇弟們，也被他派去的人嚴密監視看管起來。

只怕，他下一個要對付的目標便是自己。

因為只有殺盡趙氏血脈，他才能保證自己可以安穩無憂地坐上那個位置！

凌玉沒有想到自己一覺醒來，居然躺在陌生屋子的地上，四肢被綁得嚴嚴實實。更教她吃驚的是，身邊同樣如她一般被綁著四肢的，是楊素問！這是怎麼回事？

她記得楊素問聽聞程紹禟之事後，便與凌大春一起趕來安慰自己，後來她拜託凌大春到外頭幫忙打探大軍的消息，畢竟這幾年凌大春結交了不少五湖四海的人物，總會有他自己的消息渠道；而楊素問便留在將軍府陪她。

難道……昨夜有人夜闖定遠將軍府，神不知、鬼不覺地把她們給擄來？

此時楊素問終於也迷迷糊糊地醒過來，剛一睜眼便對上凌玉蒼白的臉，心中一驚，整個人清醒過來，再一看身處之地及自己被綁的四肢，陡然大驚。

「這、這是怎麼回事？咱們怎會在這裡？這兒又是什麼地方？」

一連三個問題，可凌玉又哪裡能回答得出來？

正在此時，房門被人從外頭推開，一道挺拔的身影緩緩地映入她們的眼簾，凌玉望過去，當認出來人的容貌時，呼吸當下一窒。

「你是什麼人？為何要把我們綁來？你可知道自己綁的是什麼人嗎？她是定遠將軍的夫人！」楊素問嬌斥一聲。

「定遠將軍？如此無能之輩，靠著趙贇爬上不屬於他的位置，連累我天朝將士白白犧牲，妳倒還有顏面打著他的旗號威脅他人？」來人一聲冷笑。

見楊素問似是還要開口反駁，凌玉勉強鎮定下來，淡淡地道：「他是齊王殿下。」

「齊王殿下?!」楊素問失聲叫了出來。

趙奕有些意外凌玉竟然認得自己，但他本就無意隱瞞身分，故而很乾脆地承認。「不錯，本王正是當朝齊王。」

「都說齊王殿下仁厚寬和，是個有道君子，可如今卻行此雞鳴狗盜之事，甚至為達目的不惜夜闖他府，強擄無辜婦人，這便是君子所為嗎？」凌玉沈著臉又道。

趙奕臉上閃過一絲羞愧。此番行事著實與他往日準則相悖，但實在是迫不得已。

唯一的證人沒了，趙贇又是步步進逼，說不定處置趙翊的那把鍘刀，下一刻便會落到自己頭上，若不趁著父皇仍在世，一舉把趙贇從太子之位扯下來，待父皇駕崩，一切成了定局，怕是更難撼動了。

凌玉臉上難掩失望。這便是上輩子那位人人稱頌的明君嗎？同一個人，兩輩子為何會差別這般大？還是說，這輩子的這個，才是真正的他？

趙奕沈聲道：「本王無意傷害兩位，只是因為事情緊急，不得已為之。」

若非事情緊急，他也不會出此下策。只是早前已經分別派人到青河縣楊家、京城的凌家找過了，均不能找到那本手札。

後來再一想，楊素問到京城時是住在程府的，說不定那手札也留在程府，只是已經沒有多餘時間讓他慢慢派人去找，故而才一不做、二不休，直接把人給「請」了回來，以節省不必要的時間。

凌玉沈默，楊素問倒是想諷刺他幾句，只是形勢壓人低頭，到底不敢多話。

趙奕望向楊素問，又開口道：「凌夫人，本王求的只是令尊生前的手札，夫人若是好生把東西交出來，本王自會保妳們平安無恙。」

「我根本不知道什麼手札不手札的，更是從未見過我爹有這樣的東西，如何交給你？」楊素問氣結。什麼手札不手札的，她根本從沒見過，又要去哪裡尋來給他？簡直太氣人了！

「本王既然敢這樣問，必然是得到了確鑿消息，肯定有這麼一本手札的存在，夫人還是合作些好，畢竟程夫人的性命便把握在妳的手上。順便提醒一下夫人，本王沒有太多時間陪妳們耗，天黑之前，本王便要看到手札，否則……」

凌玉與楊素問自是聽出他話中的威脅，下一刻，便見趙奕揚了揚手，門外走進來一名女侍衛，將楊素問手腳上的麻繩給解開來。

手腳剛一得到解放，楊素問立即便打算去替凌玉鬆綁，不料那侍衛卻擋在她身前，目光隱隱透著威脅。

楊素問恨恨地瞪了她一眼，又聽身後傳來趙奕已有些冷漠的聲音。

「凌夫人，記住本王的話，妳只有半日時間，天黑之前本王若是沒有見到那本手札，便不要怪本王不留情面。當然，為了保證凌夫人的安全，本王會讓她陪夫人一起回去，相信以夫人的聰慧，必然也能想個天衣無縫的理由向家人解釋程夫人的去向。」

凌玉聽到此處，總算明白他的打算了。看來那一回的「賞花宴」估計也就齊王妃相信了楊素問的說詞，齊王根本不相信楊素問手上並無這本手札。

「你！」楊素問自是明白他這是以凌玉為人質，並且派人挾持自己回府尋那什麼手札，一時氣極。

「素問，妳跟她回去吧，不必擔心我。如今看來，齊王殿下對那手札是志在必得，妳回去再仔細找找，看看能否找得出來？」凌玉忽地出聲。

楊素問不解地望向她，眼神帶著疑惑。有沒有那本手札，她不是已經知道了嗎？可看到凌玉平靜的表情，福至心靈，她隱隱有些明白了。

「還是程夫人識趣。凌夫人，請吧！記住，天黑之前本王要見到東西。」趙奕一揮手，那女侍衛便不顧楊素問的掙扎，強押著她離開了。

「齊王殿下不會是想讓妾身一直以這般姿態等到天黑吧？」凌玉掙了幾下，見趙奕皺著眉似乎想要離開，終於忍不住出聲提醒道。

趙奕止了腳步，望了望被五花大綁的她，隨即吩咐幾聲，便又有一名侍衛打扮的男子走進來，替她鬆綁。

凌玉揉了揉被綁出一圈紅痕的手腕，看著又被鎖上的房門，默默地盼著楊素問真能明白自己的意思，好歹先想個法子矇混過去再說。

她心裡有個猜測，齊王敢以真面目出現在自己眼前，除了因為他根本不懼程紹禟外，必然還有一個讓他可以無所顧忌的緣由。

或者說，那本傳聞中的手札，可能會帶給他這種無所顧忌的底氣，故而他絲毫不在意萬一事發後，會背上一個綁架朝廷命婦的罪名。

如今朝政已經掌握在太子手上，難道這手札可以讓他連太子都不必顧忌？換言之，這手札難不成會對太子不利？

她暗自猜測著，卻又猜不透這當中深意，只知道齊王根本不曾把定遠將軍府放在眼裡，故而才敢只讓一人跟著楊素問回去。

這也沒有什麼好意外的，畢竟他都能把她這個將軍夫人神不知、鬼不覺地擄出來，簡直如入無人之境，又如何會懼那座毫無守衛之力的府邸？

她嘆了口氣，可見自己請回來的那些護院，對付小賊倒還行，若是遇上真正的高手，只怕連還手之力都沒有。

定遠將軍府中，小石頭鬧著要找娘，可全府上上下下居然沒有一個人知道將軍夫人去了何處，甚至連前來作客的楊素問，眾人也不知道她是何時離開的？

王氏心疼地摟著孫兒在懷中好言安慰，又讓人快快去找，哪想到片刻之後，忽見青黛前來稟報，說是凌夫人回來了。

「那我娘呢？」小石頭一聽，眼睛都亮了，脆聲問道。

青黛笑意一滯。

小石頭已經瞧見她身後楊素問的身影，忙掙開王氏的手，跑過去揪著楊素問的裙裾便問：「舅母，我娘呢？」

「對啊，一大早的妳們去哪兒了？老大家的呢？」王氏也忙問道。

「小石頭吵著要娘，大夥兒都快把整座府邸給翻過來了。妳和大嫂是什麼時候出去的，怎只有妳一人回來？大嫂呢？」正走過來的程紹安見到她，也不禁問。

楊素問忽覺後腰被人用東西頂著，知道這必是身邊女子那把匕首的手柄，這一路上她就沒有停止過這一招，但凡察覺自己有逃走或呼救的跡象，立即便以此威脅。

「昨日說起我那新調配的方子，小玉頗感興趣，一早便迫不及待地想要去瞧瞧，這會兒大概還在我家裡，我是回來拿之前遺漏在這裡的醫書的。」楊素問勉強讓自己冷靜下來。

程紹安狐疑地望著她，沒有錯過她身邊那名垂眉斂眼的陌生面孔。「這便是妳前些日子新買的丫頭？」

楊素問隨口應下，帶著那女子往她出嫁前所住的那屋子方向而去。

「娘，我記得大春嫂子說過要找一個小丫頭，日後培養著當幫手的吧？方才那位瞧著年紀比她還要大。」待她離開後，程紹安才奇怪地道。

王氏哄著悶悶不樂的小石頭，聞言搖頭道：「許是請回來幫忙的嬤嬤，又或是哪位僕從的娘子吧！」

「那女子步伐穩健，眼神銳利，可不像是府中下人，倒像個練家子。」陳嬤嬤進來時聽到她這話，並不贊同。

「舅夫人使我來問，誰拿了她那黑漆描金團紋藥箱子的鑰匙？」當下又有小丫頭進來問道。

程紹安奇怪地說：「那箱子不是……」他下意識地望望王氏與陳嬤嬤，毫不意外地在她們臉上看到詫異。

「二爺、老夫人，怕是有些不對勁啊！」陳嬤嬤壓低聲音道。

黑漆描金團紋箱子倒是有一個，但那個是昨日店裡才打造完送過來給將軍夫人的，又怎會是舅夫人用來裝藥的箱子？

程紹安心中一凜，略思忖一會兒後道：「妳回去跟舅夫人說，箱子被搬到西院的東廂房處。」

那丫頭有些奇怪地望了他一眼，倒也沒有多說什麼便前去覆命了。

這府裡誰人不知西院的東廂住的是二房，夫人或者舅夫人的東西又怎會搬到他那處去？這話一聽分明就是誆人的。

哪想到，當她前去回話時，見楊素問聽罷明顯鬆了口氣。

楊素問揚著笑容道：「原來如此，我這便去瞧瞧。」

她若無其事地帶著那女子往西院走去，走出幾步，那女子便在她耳邊壓低聲音威脅道：「莫要耍什麼花樣，我手中的匕首可是不認人的。」

「妳若是害怕了，便不要再跟著來。」楊素問輕哼一聲，加快腳步而去。

那女子眼中閃過一絲殺意，卻也不得不快步跟上去。

晏離一大早到了齊王書房，方知道齊王昨夜居然命人潛入定遠將軍府，把將軍夫人與那位凌夫人給綁來，目的是那本楊太醫手札時，當下大驚。

「殿下此舉著實不妥！且不說那楊太醫是否真的將手札交給了女兒，便說程夫人，總也是朝廷命婦，況定遠將軍程紹禟是否真的戰死沙場猶未可知，萬一……」

「先生的顧忌本王明白，只是如今留給咱們的時間已經不多，那——」

「殿下，有密報！」趙奕的話還未說完，門外便急急進來一名侍衛，將手上的密報呈給他。

他接過打開一看，臉色陡然大變。

「發生何事了？」晏離見狀便知不妙，急急地問。

「趙贇密令褚良與鎮國將軍會合，褚良現正領著鎮國將軍的部分人馬趕回京城。昨夜，五城兵馬司、禁衛軍、京城護衛司等統領匯聚太子府密談，直至三更時分才離開，如今，趙贇手上……」趙奕越說越心慌。京中的兵力大部分聚在趙贇手中，再加上快馬加鞭領兵趕回京城的人馬……他打了個寒顫。

晏離的臉色也變得相當凝重。

「殿下，麗妃娘娘著人前來傳話，陛下甦醒了！」又在此時，有宮人急稟道。

趙奕「嗖」地一下從椅上彈起來，如同離弦之箭一般便往門外走，急得晏離連命侍衛跟上。

看著趙奕匆匆進宮，晏離思忖片刻，喚來一名侍衛低聲吩咐幾句。

那侍衛聽罷，有幾分遲疑。「先生，天牢處的暗子是殿下好不容易才埋下的，若是……」

「且聽我的便是，這也是以防萬一之舉。」

那人見他堅持，又清楚他在齊王跟前的分量，不敢再有異議，自去準備。

趙奕心急如焚，再一聽聞趙贇已經趕在自己之前進宮，急得催動馬車疾行。

當他趕到太極宮時，宮裡宮外已經聚滿了人，聞訊而來的朝臣、妃嬪均是臉帶焦急，卻被侍衛擋在外頭。他心裡更急了。把人都擋在外頭，趙贇他想做什麼?!

當下，他「噌」地一下拔出一名侍衛腰間寶劍，厲聲喝道：「誰敢阻本王，本王要他人頭落地！」言畢，毫不畏懼地持劍闖進去。

到了寢殿門外，見太醫和侍候天熙帝的太監、宮女守在屏風外，裡頭傳出趙贇的說話聲，他大急，在眾人吃驚的視線中扔掉長劍衝進去。

「父皇！」

「父皇初醒，你這般大喊大叫的做什麼？」趙贇沈著臉喝道。

趙奕沒有理會他，可當看到趙贇手中的「聖旨」時，臉色都變了。「你逼父皇做了什麼?!」

「孤能逼父皇做什麼？」趙贇反問。

趙奕的腦子一片混亂，心頭劇震，想到趙贇暗中布兵，想到他那見不得人的身世，再看看龍床上緩緩地合上眼眸，似是下一刻便會永遠不醒的天熙帝，終於忍不住衝上前，一把握著天熙帝瘦弱的肩膀。「父皇，您不能把皇位傳給他！他不是你的兒子，不是趙氏皇室血脈！」

「趙奕！」趙贇沒有想到他竟然在此時道破，臉色大變。

本已經準備睡去的天熙帝陡然睜開眼睛，竟是不知從何處激起的一股力氣，怒目圓睜，臉龐因為極度憤怒而顯得有幾分扭曲。「畜、畜生！」

畜生？趙奕愣了愣，這聲畜生罵的是誰？

下一刻，他被一股力道強行推開，聽著趙贇怒聲喚著「太醫」。

不過瞬間的工夫，一陣陣急促的腳步聲便響起，候在外頭的太醫們快步走了進來。

「快快快，快瞧瞧陛下！」總管太監梁公公一把抓住走在最前頭的太醫院正，逕自把他拉到天熙帝床前。

聽到異響的朝臣、妃嬪、宮女、太監亦衝了過來，只是到底顧忌著屋內的趙贇，故而只是圍在門外，焦急地探著脖子往裡瞧。

「讓開！」淑妃一聲喝斥，緊跟在疾步而入的麗妃身後亦走了進去。

屋裡頭，眾太醫手忙腳亂地對再度昏厥過去的天熙帝急救，梁公公侍立在床頭位置，見天熙帝的臉色雪白如紙，雙目緊閉，已是只有進的氣，沒有出的氣了。

趙贇站在屋中央，雙目噴火地死死盯著慘白著臉的趙奕，若非心憂著龍床上的天熙帝，只怕當場便要命人將趙奕拖下去。

「陛下！」

「陛下！」

先後兩道女子的哭叫聲陡然在屋裡響起。

看著不知何時撲進來的麗妃與淑妃，趙贇臉色鐵青，一聲暴喝。「給孤閉嘴！」

二妃的哭叫聲頓止，淑妃不知不覺地往麗妃身後退了幾步，揪著帕子含淚站在一旁，倒是再不敢多話。

片刻之後，眾太醫漸漸停止了救治，緩緩地退出，將床前的位置讓開來。

「怎樣？父皇怎樣了?!」趙贇率先問。

「請殿下恕罪！」太醫院正跪下請罪，其餘太醫亦一齊跪下去。

趙奕身子一晃，連連退了幾步，扶著一旁的高椅才算是勉強穩住身子。

「陛下！」麗妃陡然一聲痛哭，猛地朝龍床上勉強睜開眼睛的天熙帝撲過去。

她的這聲哭叫，瞬間也讓趙奕回過神來。對，如今最重要的還是要保住趙氏江山，不教它落到外姓人之手。這般想著，他立即也想跟著撲過去，不承想才邁出一步，趙贇陡然擊出一記重拳，重重地砸在他胸口處，虧得他急忙運氣穩住身子，可嘴角已經滲出血絲。

趙贇臉上布滿殺氣，一拂衣袍便急步往龍床走去，才走出幾步便又被趙奕扯住袖口。

「你不能！你不是，你沒有資格！」

趙贇毫不遲疑地揮拳再往對方擊去，可趙奕這一回卻早有防備，硬生生地接住他這一拳，卻是毫不退縮，纏鬥著他，不教他接近天熙帝。

趙贇心中著急，尤其眼角餘光瞧見天熙帝吃力地睜開眼眸，雙唇微微翕動，而麗妃借機伏到他身邊，彷彿要與他說什麼話，一時大急。

「陛下有旨，麗妃殉葬！陛下有旨，麗妃殉葬！」

突然，梁公公尖銳的叫聲響起來，不但讓正糾纏著的兄弟二人停下動作，也教屋內的太醫、淑妃，以及屋外的朝臣、妃嬪、太監、宮女們全愣住了。

緊接著，梁公公陡然跪下，帶著哽咽的尖銳聲音再度響起來。「陛下駕崩！」

屋內眾人心頭劇震，當即跪下悲呼。「陛下——」

趙贇率先反應過來，快步朝龍床奔去，一把推開跪在床前、滿臉呆滯的麗妃，顫著手去探天熙帝的鼻息，瞬間，緊緊地握著拳頭。父皇……果真去了！下一瞬間，他眸光銳利地望向梁公公。

梁公公打了個寒顫，當下又尖聲叫起來。「陛下遺旨，麗妃殉葬！陛下遺旨，麗妃殉葬！」

「你胡說！你假傳聖旨，父皇絕不可能會下這樣的旨意！」聽著那一聲聲的「麗妃殉葬」，趙奕勃然大怒，憤而指責。

「梁公公侍候父皇多年，何曾違過父皇之意？如今父皇剛一過世，你便要抗旨不遵不成?!」趙贇喝斥。

「旨意是假的，父皇絕不可能會下這樣的旨意！這必定是你們的陰謀！」眼前的一切變得太快，趙奕被打了個措手不及，看著朝臣、妃嬪們齊刷刷地望向跪在地上呆若木雞的麗妃，他頓時便急了。「母妃，您一直在父皇身邊，必然聽到了父皇臨終前的話，殉葬一事是梁公公胡扯的是不是？」

麗妃終於回轉過來，張張嘴，正欲說話，梁公公便跪倒在地，大呼冤枉。

「奴才便是有一萬個膽，也不敢假傳陛下旨意！陛下臨終前確確實實說了讓麗妃娘娘殉葬，奴才若有半句謊言，便教奴才千刀萬剮、不得好死！」

「你這老閹人，打量著本王不知你背地裡做的那些事？本王如今便教你嘗嘗千刀萬剮的滋味！」趙奕怒聲吼著，握著拳頭就要上前打向梁公公。

趙贇一把抓住他的手腕。「父皇大行，豈容你放肆！」

那廂，一陣陣急促的腳步聲傳進來，殿內各懷心思的眾人回頭一看，臉色齊刷刷地變了。

竟是禁衛軍來了！

朝臣們你望望我、我看看你，縱然本有人想站出來替齊王質疑幾句，如今也靜悄悄地縮了回去，更加恭敬地跪著。

趙贇冷笑，朗聲道：「麗妃娘娘生前侍候父皇處處盡心，父皇不忍棄她而去，遺旨著娘娘殉葬，請娘娘遵從旨意，莫讓父皇久等。」

「請麗妃娘娘遵從旨意！」

「請麗妃娘娘遵從旨意！」

殿外，此起彼伏的叫聲響徹半空，朝臣們這才驚覺，原來不知在什麼時候，太子已經徹底掌控了整座皇宮。

「你們做什麼？放開母妃！放開母妃！」趙奕怒吼著上前欲把被強行帶下去的麗妃救下。

可趙贇又哪會再容許他蹦躂？當下便命侍衛制止住他。

片刻之後，側殿裡傳出太監的唱喏聲——

「麗妃娘娘薨！麗妃娘娘薨！」

凌玉按捺著性子等候著，透過緊閉的窗門望向外頭，見天色漸暗，可不管是齊王還是楊素問，均沒有動靜傳來。

這是怎麼回事？難道素問沒有抓住機會制住那名女侍衛？將軍府裡那般多人，又是自己的地盤，哪怕對方武藝再高，必然也能有機會制伏對方才是啊！

突然，一陣細微的開門聲響起，她心口一緊，警覺地問：「誰?!」

「噓！嫂子別怕，是我，唐晉源！」

男子刻意壓低的聲音傳入她耳中，緊接著，她便看到唐晉源急急忙忙地走過來。

「嫂子快隨我離開這兒！凌嫂子和紹安兄弟都在外頭等妳！」

凌玉心中一喜，想也不想地跟在他身後出門。「怎麼回事？你怎會在這裡的？」

「嫂子，妳回去後緊閉大門，讓護院們加強巡邏，如今京中大亂，齊王殿下便是知道妳們逃跑，只怕也抽不出空來理會了。」唐晉源不答反道。

「京城大亂？發生了什麼事？」凌玉加快腳步跟上他。

「陛下駕崩了，遺旨著麗妃娘娘殉葬。」唐晉源用力一咬唇瓣。「嫂子快走！」

哪想到，二人步伐匆匆地剛走過一處小竹林，忽見前頭一陣雜亂的腳步聲，隨即便有一隊人急匆匆地迎面而來，恰好與他們二人打了個照面。

此時凌玉才認出，這些人當中，走在最前面的是齊王，被齊王緊緊抓著手腕、極力掙扎著的正是齊王妃；而那映柳，則被兩名侍女一左一右地扶著，緊跟在齊王與齊王妃身後。

齊王乍一看到凌玉，明顯愣了愣，隨即厲聲喝道：「帶上她！」

凌玉大驚失色，下意識便想轉身逃跑，可才邁開幾步便被侍衛抓住，強行拖著她，一路從側門出了府，而後把她扔進早就候在門外的馬車裡。

她被摔得七葷八素，緊接著便聽到馬匹一聲長嘶，馬車驟然疾行，把她重重地甩向車廂，撞得她骨頭都像是要斷裂了。

御書房內，趙贇高坐上首，讚許地望著梁公公。「你做得不錯，那道遺旨下得恰是正好。」

原本他也是打算尋機會下手處置麗妃，如今這樣倒好，有父皇的遺旨，光明正大。

梁公公連忙道：「不敢當殿下此言，大行皇帝確確實實下了這麼一道遺旨。」

趙瓚更加滿意了。「很好，正是應該如此，不管何人來問，包括孤，你都要堅持這確確實實便是父皇的旨意。」只有連自己都騙過去，才能騙住天下人。

「殿下、殿下！大事不好，天牢裡的韓王跑了！」正在此時，有宮中侍衛急匆匆地進來稟報。

趙瓚大驚。「跑了?!」當下，他連下幾道命令，著人全力追捕逃脫的韓王，務必要將他捉拿回來。看著領命而去的下屬，他的臉色一片陰沈。

韓王的羽翼早就被自己悉數剪盡了，僅憑他一人之力，又如何能從天牢裡逃出去？難道他背地裡還有些自己不知道的勢力？他死死地握著拳頭，額上青筋凸起。

不管是趙珝，還是趙奕，甚至還有後宮中那些趙氏子弟，一個都不能脫離他的掌控，否則，便不要怪他心狠手辣。

哪想到過了一個時辰，又有下屬來報，只道齊王帶著妻妾闖過西城門的重重把守，消失在濃濃的白霧中，遍尋不著蹤跡。

「什麼叫消失在白霧中？這般多人竟是連一座城門都看守不住?!」趙瓚怒目圓睜，怒聲吼道。

「殿下，這會兒天降大霧，遮擋視線，確實不容易——」

「夠了！孤不想聽到任何藉口，立即派人全力去追！」

一直到下屬領命而去後，趙贇才難抑憤怒地重重在御案上一擊。

本以為布下了重重關卡，便能將趙氏血脈悉數掌握在掌心中，沒想到關鍵時候竟然還是教趙栩、趙奕兩人給逃掉了！難道，這是天佑趙氏血脈？不，不可能！

他的雙拳越握越緊，臉上盡是肅殺之意。

天熙二十六年，天熙帝駕崩，麗妃殉葬，韓王與齊王不待大行皇帝入殮，連夜逃回封地。

兩個月後，二王聯手於長洛城率先舉起反對新皇的旗幟。

長洛城齊王府中，晏離仰望星空，掐指一算，喃喃道：「帝星相爭，奇哉怪也……」

自三年前始，他便已經看不透星象，今夜不過是心血來潮，夜觀天象，沒想到竟又讓他看分明了。

正捧著乾淨衣物從一旁經過的凌玉恰好聽到他這話，眼眸微閃。

帝星相爭？可是指新皇趙贇與齊王趙奕？想來應該是了，畢竟一個是這輩子的皇帝，一個是上輩子的皇帝，可不就是兩顆相爭的帝星嗎？

「快些，王妃那兒還等著呢！」一見她停下腳步，前頭的侍女不耐煩地催促道。

凌玉抿了抿雙唇，一言不發地加快腳步。

兩個月前，她逃離齊王府時不慎遇上正欲逃出京城的齊王，被他順手抓來，一路上九死一生才終於抵達長洛城。
其間她也不是沒有想過逃跑，可是看到一路上的生靈塗炭，她又苦笑著放棄了。
跟著齊王的人馬，或許還能有一線生機，一旦逃了，別說回到京城，只怕在半路上怎麼死的也不知道。
終於，這輩子仍然是這一年，中原爆發了戰亂。
齊王雖是抓了她來，倒也沒有為難她，只是把她扔到下人處。後來不知為何，齊王妃又把她調到身邊侍候。
如今，她便是齊王府院裡的一名普通侍女，齊王妃不知出於何種心思，並沒有明言她的身分。
當日齊王從京中王府帶出來的侍女，均死在路上，故而如今在長洛城中的齊王府後宅，知道她身分的只有齊王妃與齊王側妃映柳。
不錯，齊王豎起反旗後不久，便將映柳從侍妾提到了側妃，畢竟映柳肚子裡還懷著他的骨肉，又跟著他一路出生入死地逃到長洛城，這名分確實該變一變了。
到了正屋的時候，她便看到映柳正向齊王妃行禮問安，而齊王妃安穩地坐著，正端過茶盞吹了吹氤氳的熱氣，相當坦然地看著映柳挺著幾個月大的肚子艱難地向自己行禮。
這樣的一幕凌玉並沒有少見。論理，妾室有孕，正室為表示大度以及對子嗣的看重，一般會免去每日的行禮問安，可齊王妃卻是個獨斷獨行的性子，把這妻妾間的禮節拿捏得死死的。

凌玉不清楚映柳可曾私底下向齊王訴過委屈，又或是齊王可曾替她出過頭，反正最終一切還是照著齊王妃的意思，該守的規矩還是該守。

「王妃。」她上前向齊王妃行禮，又朝映柳福了福身。

齊王妃蹙眉問：「這去取衣裳之事，何曾輪到妳去做？掌事之人呢？」

見齊王妃已經沈下臉欲使人去喚掌事嬤嬤，凌玉忙道：「娘娘誤會了，是我覺得閒著也是閒著，不如便找些事做，這才主動提出幫忙的。」

這也是她覺得有些不自在的地方。齊王妃把她調到身邊，卻又沒有讓人安排她差事，讓她生出一種非主、非客、非僕的不適感來。

只是，她也不是那等不識抬舉的，知道這是齊王妃的一番好意，不欲當真把她當作下人般使喚。

映柳飛快地睨了凌玉一眼，而後垂下眼簾，靜靜地陪坐在一旁，一聲也不敢吭。

齊王妃如何不知她不過是在替那些下人掩飾？她心中微惱，只是不好發作，遂轉移話題問：「聽說玉娘乃是青河縣人氏，長洛城與青河縣相隔不遠，也算是妳的半個家鄉了。」

「說起來慚愧，我雖是青河縣人氏，可在此之前，竟是從來不曾到過這長洛城。」凌玉客氣地道，渾然不覺自齊王妃提到「青河縣」時，映柳望向自己的眼神便有幾分古怪，神情更是若有所思。

齊王妃只是略微與她閒聊幾句便讓她離開了，映柳見狀亦起身告辭。

凌玉稍稍落後她幾步出門，不承想那映柳的步伐卻越來越緩。

「我也是今日方知，原來夫人竟是青河縣人氏，莫怪我瞧著夫人有幾分面善。」

凌玉聽她這般語氣，似是想到了什麼，斟酌一下道：「難不成側妃娘娘也是青河縣人氏？」

映柳止了腳步，回身望入她的眼底深處。「當年在往青河縣路上遇到的那對夫婦，原來竟是程將軍與夫人，不承想我與夫人竟有這般緣分。」

凌玉意外她竟是想起了當年在路上偶遇自己之事，不過仍是裝糊塗。「當年往青河縣路上？側妃娘娘所指的是什麼時候？」

映柳見她似是想不起自己，頓時有幾分失望，但也沒有深思，畢竟她如今的模樣與當年著實相差太遠，對方不認得自己也沒有什麼好奇怪的，而她自然也不願意再提及那段不怎麼愉悅的過往，故而笑了笑。「年代久遠，夫人想不起來倒也不奇怪。」說完，朝她微微點頭致意，扶著侍女的手往所居住的院落方向而去。

凌玉看著她依然纖細的背影漸漸消失在眼前，微不可見地搖搖頭。

這段日子，她也算是見識到了齊王的後宅。正如傳聞中那般，齊王並不是個貪色之徒，後宅裡也就只得一妻一妾；當然，在京城的時候可有其他的側妃、侍妾，她便不大清楚了。而如今局勢未穩，新帝隨時會派兵前來討伐，齊王可謂忙得不可開交，連進後宅的時間都難以抽得出來，自然也沒有那個尋歡作樂、另覓新人的閒情逸致。

長洛城本就是齊王的封地，在被召回京城之前，齊王在長洛城便已經營多年，儘管早前趙贇將齊王等兄弟困在京城，並派人接管了各自的封地，可卻不是一朝一夕便能拔去齊王植下的勢力。也正因為如此，此番齊王逃離京城，輕而易舉地便重回封地長洛城，並且重又奪回了對長洛城的掌控。

與之相反的便是從來不曾到過自己封地的韓王。封地早已名存實亡，而他又揹著一堆罪名，乃是逃竄而來，自然就更難在封地立足，故而到後來不得不改道前往長洛城來投靠齊王，如今也是暫住在齊王府中。

想到那個滿臉色相的韓王，她的臉上不禁閃過一絲厭惡。

突然，一隻大手從假山石後伸出，一把抓住她的手腕，在她還未及反應前，猛地把她壓在地上，隨即，一張充滿酒氣的嘴便湊上來。

「美人兒，可讓本王抓住了！來，讓本王親一個！」

凌玉大驚失色，拚命掙扎著。「放開我、放開我！」

「不放，本王就是不放！來，讓本王親親！」月色下，趙珝整個人醉醺醺的，淫笑著直往她臉上湊。

凌玉又氣、又急、又怕，如何會想到這韓王如此膽大包天，竟潛入齊王後宅，意圖姦淫女子？眼看那張臭嘴又再度拱上來，她立即又踢、又抓、又打。「畜生，放開我！畜生！」掙扎間，她拔下髮髻上的金釵，想也不想便往對方身上扎去，只聽得一聲慘叫，趁著韓王鬆開自己的機會，她連滾帶爬地逃離他的身邊。

「賤人，妳敢傷本王?!」趙珝捂著被金釵劃傷的手臂，臉上頓現殺氣，猛地衝出幾步，一把抓住正欲逃走的凌玉的手臂，右手就要去掐她的脖子。

「你敢傷我，齊王殿下必然不會放過你！」凌玉尖聲叫著。

果然，趙翊手上的動作停下來，陰鷙的眼神盯著她。「妳是趙奕的人？」

凌玉乘機掙開他，暗地將手中的金釵握得更緊，厲聲道：「我不是齊王的人，但是相對於只能攀附著他生存的你來說，我的價值更高！若是你敢傷害我，毀了齊王殿下的佈置，齊王殿下便是不會對你怎樣，只這長洛城你也別想再待了！」

韓王的投奔於齊王來說，確實是弊大於利。只是如今齊王以新皇逼殺庶母、殘害手足、暴戾狠毒、視天下百姓如草芥等諸項罪名起兵，故而哪怕對韓王再怎麼不悅，也不能把他拒之門外。而韓王與他聯名起兵，也能給天下人造成一個他友愛兄弟的形象。

但這個形象卻是不堪一擊的，因為他的這個兄弟色慾薰心、逼姦庶母，以致氣得先帝病情加重之事早就傳遍天下，他若再與韓王聯手，難免他朝會被韓王所牽連。

故而凌玉可以肯定，齊王必然不會歡迎韓王，早晚有一日會想法子將這個累贅拋開。

韓王想到自己如今寄人籬下，處處受人牽制，不知不覺地握緊拳頭，眼神越發陰鷙。

當真是虎落平陽被犬欺！

凌玉見他被引去了注意，微不可察地一點一點退去，待退出一段距離後，猛地轉身飛奔而去。

趙翊也終於反應過來，冷笑道：「即便妳是趙奕的人，本王今日還偏要玩弄玩弄，看趙奕敢對本王做什麼！」放下狠話後，他二話不說便邁步朝凌玉追過去。

凌玉察覺身後的動靜，嚇得慌不擇路，越發拚了命似地一路狂奔，可仍舊在離前方月洞門數丈遠之處被趙翊給抓住了。

「本王倒要看看，趙奕可會為了妳而對本王不利！」趙翊放出狠話，伸出手去就要撕她身上的衣裳。

凌玉又踢又打，手中的金釵瞬間又在趙翊手臂上劃出好幾道血痕，讓趙翊越發暴戾，發狠似地伸手去奪那金釵。

「賤人！本王讓妳嘗嘗什麼叫生不如死！」

嘶啦！凌玉右邊的袖口被他撕裂，金釵被對方徒手奪去，同時脖子也被人掐住。

「放、放開……」她拚命掙扎，可呼吸卻越來越艱難，脖頸上的力道越發的緊，而她的掙扎也不知不覺間緩了下來。

「咚」的一聲悶響，脖頸上的力道驟然鬆開，她劇烈地咳嗽起來，大口大口地呼吸。

「嫂子！嫂子，妳沒事吧?!」

感覺有人在她身邊不停喚著，她喘著粗氣，眼睛糊上了不知是淚水還是汗水，透過水氣望過去，對上了唐晉源焦急的臉。

她胡亂抹了一把臉，便看到已經昏迷在地上的趙翊，臉上殺意頓現，「噌」地一下拔出唐晉源腰間長劍，在他吃驚的眼神中毫不遲疑地持劍狠狠往地上的韓王胸口刺去！

「不可……」唐晉源制止不及，眼睜睜地看著趙翊哼都沒哼一聲，瞬間斃命。

「嫂子，妳……」唐晉源臉色大變，衝過去奪回自己的劍，不死心地去探趙翊的鼻息，確實氣絕身亡。「嫂子，咱們闖下大禍了！」

凌玉憑著一時憤怒殺了人，整個人初時還有幾分懵，但她冷靜下來後，冷笑道：「你不用怕，人是我殺的，必然不會連累你。」

在齊王府的這段時間，她早就聽聞韓王這畜生姦淫了府中好幾名侍女，只是眾人迫於他的身分，不敢亂言，如今教他死在自己手上，她並無半點負罪感。

唐晉源沈默片刻，眼神複雜地凝望著她，隨即一言不發地將韓王的屍體揹起。

凌玉不解，快步跟了上去。

唐晉源低聲叮囑道：「嫂子，把現場痕跡抹掉。」

她怔了怔，瞬間明白他的打算，連忙折返回來，把所有痕跡全部抹去，這才又急急地追上唐晉源。

「咚」的一聲巨物落水聲，凌玉看著唐晉源拍了拍身上的縐褶。

唐晉源低聲道：「此湖連通長洛河，順著水流漂去，屍體便會落在長洛河中。嫂子，妳且記住，今日妳我都沒有遇到韓王。」

凌玉用力咬了咬唇瓣，胡亂地點點頭。「你為什麼要幫我？此事本就與你無關，你只需把我綁去給齊王……如今這般……萬一事發，連你也跑不掉。」

唐晉源啞著嗓子道：「當日鏢局一幫兄弟，生死相交，如今相熟的只倖存我與程大哥二人，妳是他的妻子……當日若不是我沒有提前計劃好路線，也不會讓妳身陷此處。」

「可是，你也因為私底下放我走而受到牽連，論起來倒是我拖累了你。」凌玉苦笑。

當日她雖沒有成功從京城中的齊王府逃脫，但是唐晉源這個私自欲放她走的齊王侍衛卻吃了苦頭，儘管一路上浴血奮戰，護衛著齊王安全抵達長洛城，卻還是被秋後算帳，功過相抵，被齊王調離身邊，成了後宅裡一名最普通不過的侍衛。

雖然同樣是侍衛，但是跟在主子身邊的，與只負責守護內宅的卻是完全不一樣。跟在主子身邊，雖然危險性便高一些，但這也代表著往上爬的機會更多，前途更為光明，道路更為廣闊。

唐晉源搖搖頭。「這一切都是我的選擇，與妳無關。」其實自經歷宋超與月貴妃一事後，他雖然職位不變，但是已經不再那麼受重用了，他自然明白這是因為自己替宋超瞞下他與月貴妃的過往，殿下縱然沒有明言，但心裡必然有了芥蒂。

凌玉心裡卻不好受，又問：「如今你跟著齊王到了長洛城，那明菊與孩子呢？可也跟了過來？」

唐晉源臉色一僵，片刻，苦笑著搖頭。「當日事情緊急，我著實抽不出空閒時間回去……」

「所以，明菊和孩子還留在京城?!」凌玉失聲叫起來，下一刻又壓低聲音，氣急敗壞道：「你、你怎能把他們母子二人扔在京城？如今京中大亂，萬一他們母子有個什麼三長兩短……不對，你沒有時間回去，卻有時間來救我？」想到這兒，她的臉色頓時變得極難看。

所以，在得知齊王將要逃離京城時，唐晉源沒有及時回去安置妻兒，反而選擇去救自己這個結義兄長的妻子？

「並不是這樣。當時我已經與紹安兄弟及大春嫂子計劃好了，把妳帶出去後，我再回去安置明菊母子，只是中途出了差錯，殿下提前從宮中回府，我……」唐晉源解釋道。

當日他偶遇在齊王府門外，躊躇著欲進府而不得的程紹安與楊素問，滿腹狐疑，逼問之下方知道，凌玉被齊王扣押在府裡。

那個時候他其實已經收到齊王將要離京的消息，正打算回去安置妻兒，見狀不得不改變主意。畢竟他也擔心一旦齊王逃離京城，王府必然大亂，到時未必會有人還記得府裡被扣押著的凌玉，故而便打算先回府將凌玉帶出來，再回去安置妻兒。

只是人算不如天算，齊王提前從宮中回來了……

可凌玉卻不再相信他這話，心裡像是被重物壓著一般，沈甸甸地難受，神情也頗為複雜。「你可知道，若是他們母子有個什麼萬一，別說你後悔莫及，便是我一輩子也不能心安。或許你會覺得我是得了便宜還賣乖，但是，我還是想說，明菊她是你的妻子，是你這輩子最親近之人，而你也是他們母子唯一的依靠，不管何時，不管遇到什麼事，你都應該把他們放在首位。假若將來你的程大哥為了別人而選擇放棄我，此生此世，我必然不會原諒他，更做不到對他心無芥蒂。同理，我不能接受之事，亦不會要求明菊接受。」

唐晉源雙唇微微翕動，似是想要說什麼，可最後卻是一句話也沒有再說出來，只是眼神卻添了幾分黯然。

遠處隱隱傳來打更聲，驚醒了同樣沈默不語、心中複雜的兩人。

唐晉源率先開口，啞聲道：「此處不宜久留，嫂子，妳趕緊回去吧！記住，今晚妳沒有見過韓王，也沒有見過我。」

凌玉點點頭，深深地望了他一眼，這才轉身快步離開。

韓王當日前來投奔齊王時，身邊只得兩名傷重的侍衛，那兩人傷勢過重，沒熬幾日便死了，故而如今他在齊王府真真正正便是孤家寡人。

他雖為齊王兄長，堂堂的親王，但王府內不少人都知道他曾經犯的那些事，而他自來了王府之後，行事荒唐、好色殘暴，早就引起不少人不滿，只是礙於他的身分敢怒不敢言，故而他一夜未歸，竟無一人發覺。

凌玉提心吊膽地過了一夜，一時想到死於自己手上的韓王，一時又想到京城裡的親人，輾轉反側，直至天將破曉時才沈沈睡去。

睡到迷迷糊糊間，忽聽外頭一陣陣嘈雜的腳步聲，她當下驚醒，快速地穿好衣裳，簡單地綰了個髮髻便開門出去看個究竟，卻聽到有府中侍女驚慌莫名的說話聲。

「陛下御駕親征，長洛城外聚集了大軍，只怕危矣！」

「我聽聞陛下帶了幾十萬兵馬前來，妳說齊王殿下能抵擋得住這幾十萬大軍嗎？」

「滿城的人加起來也沒有幾十萬，哪能擋得住啊！」

憂心忡忡的話語傳入凌玉耳中，讓本以為是韓王被殺事發的凌玉鬆了口氣，可再一聽侍女們的話又吃了一驚。新帝御駕親征？

趙贇當日得知韓王與齊王均從京城逃脫，勃然大怒，一面迅速命人全力追捕，一面暗中下格殺令，誓要除去這兩個心腹大患。

哪想到最終還是讓那兩人自重重包圍、暗殺中逃出生天，成功地回到封地，而隨後不久，這兩人又旗幟分明地反對自己，捏造了他的一堆莫須有罪名。

儘管他恨得只想立即親自帶兵過去，生擒這二人，可大行皇帝尚未裝殮，新舊權力交接帶來的動盪亟待穩定，還有他自己的登基大典等等，種種大事均離不得他，故而他不得不暫且按捺著心中憤怒，先處置手頭上的要緊事。

雖說京中逃了兩名親王，又逢皇帝駕崩，可自天熙帝癱瘓在床始，趙贇便已全權處置朝中大事，故而他很快便穩定了因皇帝駕崩引發的動盪。

緊接著，在朝臣們的「再三勸說」下，新帝的登基大典迅速籌備起來。趙贇雖要求一切從簡，可該有的儀式典禮卻不能免去。

大行皇帝歸葬入早已準備好的皇陵，太子趙贇登基為帝，改年號為啟元，意為開啟新的時代，以次年為啟元元年。

再隔得半月，西南傳來捷報，原以為全軍覆沒的西南大軍突然殺出，在定遠將軍程紹禟的帶領下，大敗西戎軍，逼得西戎一代名將塔魯自刎於伏虎坡。

程紹禟乘勝追擊，勢如破竹，攻入西戎國土數百里，使得西戎上位不久的國君派出使臣要求議和。

趙贇龍顏大悅，西南大捷讓他近來的心裡憋悶一掃而空，而朝野上下更是一片喜色，原以為西南軍已定，西戎人即將殺破三關，沒想到如今卻是峰迴路轉。

對於西戎國君提出的議和，有朝臣建議接受，也有朝臣認為該一鼓作氣直搗西戎王廷，徹底讓西戎國成為歷史。為著此事，接連數日，朝堂吵得不可開交。

趙瓚眸色陰沈。平心而論，他是希望可以徹底滅了西戎國，但他更清楚，如今國庫空虛，朝局未穩，中原各處戰亂未平，又有齊、韓二王從中作亂，朝廷根本無力再支撐西南的戰事，更加無力接管戰後百廢待興的西戎。

因此思前想後，他最終還是下旨，接受西戎王廷的議和請求。

前線的程紹禟收到旨意時，整個人暗地鬆了口氣。

「陛下此舉，也是經過深思熟慮。如今中原各地紛爭未平，國庫空虛，著實無法再支持西南這邊的戰事，故而才不得不接受議和。」奉旨前來的前太子府幕府、如今的參知政事龐信生怕他誤會趙瓚的無奈，遂解釋道。

「先生放心，我都明白。」程紹禟如何不知這個道理？不管是他還是鎮寧侯，其實都沒有想過藉此機會踏平西戎，如今有了這道旨意，一切便好辦了。

議和之事由龐信接手，而程紹禟則拿著程紹安輾轉交到龐信手中，請他代為轉交給自己的信函，往自己所在的營帳方向走去。

一路上遇到不少將士，那一聲聲充滿敬佩的「將軍」響在耳邊，他微微一笑，只覺得一直壓在心頭上的大石總算搬開來。

當日鎮寧侯堅持將大軍交託給他，其實還有許多追隨鎮寧侯多年、對敵經驗比他豐富數倍的將領對此不服，其間沒少給他下絆子，雖說都是些不痛不癢、於戰事無礙的小絆子，但到底也是代表眾人對他的不認同。

他一聲不響地承受下來，更是從來不曾在鎮寧侯跟前提到半分，如今，他終於憑藉自己的實力向世人證明，他沒有辜負鎮寧侯的信任，更沒有辜負新帝對他的厚望。

他回到營帳，啜飲了幾口茶水後，將那封信函拆開一看，當下臉色大變！

大嫂被齊王挾持離京，生死未卜！

程紹安在信上的這句話刺痛了他的眼睛，更像是有人捏著他的喉嚨，教他呼吸不暢。

他「呼」的一聲衝出去，一把抓住正要去看望鎮寧侯的龐信，迫不及待地問：「齊王離京是怎麼回事？」

龐信訝然，但一看到他手上的信函便恍然大悟，知道必是他的兄弟在信中告知他此事，故而也不隱瞞，一五一十地將當日發生在太極宮中的種種，以及韓王、齊王連夜逃離京城，返回各自封地，如今二王於長洛城豎起反對新帝的旗幟等事全告訴了他。

程紹禟聽罷，目眥盡裂。

他不在家中，宮中又發生了大事，事情發生得如此突然，更是事關齊王，紹安與素問根本就是求救無門。

他在前線為著日後的榮華富貴而奮戰，而他一心想要帶給她榮光的妻子，卻遭逢了此生最大的劫難，如今更是被挾持離京，生死未卜！

第二十九章

此時的凌玉，正緊張地揪著帕子，努力讓自己平靜下來，不教旁人看出異樣。

「妳果真沒有見過韓王？」趙奕皺眉，語帶懷疑地問。

「殿下以為，若我當日果真遇到韓王，還能有全身而退的機會嗎？」凌玉嘲諷地回答。

趙奕臉上有幾分尷尬，為著自己有這麼一位色慾薰心的異母兄長而羞惱不已。

「可有人指認，妳當日確實被韓王攔住去路，如今妳卻矢口否認……妳可有證人？」雖然不喜那個於自己半點用處也沒有的兄長，但他無緣無故失蹤，又是在自己的府上，趙奕也不得不過問。

「自然是有，她的證人便是我！當日她剛離開不久，我又使人把她請回來。」

齊王妃清冷的聲音驟然響起，也讓凌玉不禁詫異地回頭。

那晚齊王妃根本就沒有再讓人請自己回去，如今她這般說，分明是在幫自己。

雖然凌玉不明白齊王妃為何如此維護自己，甚至到不惜撒謊的地步，但自己也不會不知好歹地去否認她的話。

「妳是她的證人？」趙奕皺起了眉頭，目光落到緩步而入的齊王妃身上，眼神帶著懷疑，並不是很相信她這番話。

「不錯，是我。殿下若是不信，大可把我身邊之人喚來一問便知。」齊王妃彷彿沒有注意到他懷疑的眼神，淡淡地回答。

趙奕微瞇著雙眸，深深地凝望著她，久久沒有說話。

齊王妃神情坦然地迎上他的視線，半點也沒有退讓之意。

凌玉不著痕跡地在兩人臉上來回打量，秀眉不知不覺地蹙起來。

在齊王府這段日子她才更深地感覺到，這對夫婦的關係著實稱不上好，但是好像也沒有差到不可挽回的地步，至少目前她看來，齊王對王妃還是頗為忍讓的，到正院去的次數也不算少。這樣的相處關係，她怎麼也無法相信上輩子的齊王妃最終會落得那樣的下場，更無法相信如今對王妃處處忍讓的齊王，當真會如上輩子那般絕情。

也不知過了多久，趙奕才冷笑道：「既然王妃這般堅持，本王也無話可說。」言畢，他一拂衣袖，邁著大步便離開了，步伐之急，彷彿一刻也不願再逗留。

凌玉眼睜睜地看著他的身影漸行漸遠，這才轉過頭來，眼神複雜地望向齊王妃。「那一晚娘娘根本就沒有使人來請我回去，為何要這般對齊王殿下說？」

「那韓王的失蹤與玉娘有關嗎？若是沒有，我是否撒謊又有何區別？」齊王妃不答反問。

凌玉一時語塞。

齊王妃緩緩坐了下去，順手給自己倒了杯茶。

凌玉沈默地望著她，良久，終於聽到她發出一陣若有似無的嘆息。

「其實我這也是有私心的，只怕妳心裡多少也能猜得到幾分，畢竟這世上哪有無緣無故的恩惠。」齊王妃的語氣略帶著幾分自嘲。「朝廷在西南郡大捷，定遠將軍程紹禟一戰成名，而鎮國將軍在東南一帶接連重創幾處匪窩，東南平定指日可待。如今，新帝召集人馬，御駕親征長洛，就駐守在離城不遠之處。雖說齊王早有防備，長洛又是易守難攻，可只要新帝能沈得住氣，堅持圍困長洛城，城破不過是時間問題。」說到此處，齊王妃又是一聲長嘆。

凌玉心口一跳，臉上頓現驚喜之色。西南郡大捷？程紹禟還活著?!

她根本沒有在意齊王妃那句「定遠將軍程紹禟一戰成名」，滿心滿眼都被程紹禟還活著這個天大的喜訊占據住了。

這世間，再沒有什麼比活著更重要了！尤其是在亂世當中，能生存下去，便是一件值得慶幸之事。

齊王妃似是沒有看到她滿臉驚喜，不疾不徐又道：「保住妳，不過是為了給我自己添一道護身符而已。」她從來便不是什麼心善之人，沒有目的的閒事是絕對不會去管的，此番接連對凌玉施予援手，為的便是將來可以給自己留一條後路。

新帝素來便不是好惹的性子，睚眥必報，又有一股不達目的誓不肯罷休的狠勁，更是占著正統，若是兩軍交戰，她不認為趙奕有必勝的把握。

凌玉臉上的笑意漸漸斂下去，怔怔地望向她，發覺她並不是說笑。

「好了，莫說妳一個弱女子如何能敵得過那韓王，便是韓王當真折在妳的手上，也只能算是為這滿府無辜女子除了一害，又有什麼了不得的？」齊王妃不在意地道，眸中卻閃過一絲殺意。

那樣德行敗壞、毫無人倫的敗類，連她這個他名義上的弟妹、朝廷的齊王妃，他都敢言語相戲，她早就想找個機會收拾他了！若是此番他還有命回來，她也必然教他早入黃泉！

新帝御駕親征，兵圍長洛城，縱然一早便做好了準備，種種佈置亦已經安置妥當，可事到臨頭，齊王亦並不輕鬆，故而對韓王的無故失蹤也抽不出太多時間過問，只是到底是親兄長，他也不好置之不理，遂安排了人手四處找尋。

「本王已經依先生所言，著人在民間四處散播趙贇的種種殘暴事跡，如今各地匪禍不斷，更有官匪勾結，危害百姓，民間對趙贇早已是諸多怨言。」趙奕迫不及待地道。

晏離捋鬚沈默，眼神有片刻的迷茫。自那晚夜觀星象後，這些日他整個人便有些恍惚。

「先生？」趙奕見他毫無反應，不解地又喚。

晏離總算回過神來，略帶歉意地朝他笑了笑。「再加上早前新帝不顧先帝剛去，便迫不及待地處死了麗妃娘娘，迫害庶母這條罪名早已人盡皆知。民間對他越是諸多怨言，對殿下便越發同情，久而久之，支持者眾。新帝其人，雖有才能，但眼高於頂，更因自小就以嫡長子身分冊立為太子，先帝待他更是諸多寵愛，久而久之，便養成了過於自負的性子。我觀他歷來行事，從不曾在意所謂民望，亦不屑百姓對他的種種看法，須知道君為舟，民為水之理，只要他一日意識不到這一點，便是殿下最好的機會。」

趙奕頻頻點頭。「先生所言甚是，趙贇正正便是這樣的人。」一想到這麼一個來歷不明的賤民，不但自小搶奪了父皇的寵愛與無上尊榮的太子之位，如今又占據了皇位，而自己身為趙氏皇族子孫，卻被迫逃離京城，避走長洛城，著實可恨可惱！「本王打算使人漸漸傳開趙贇的身分，雖然如今尚未有真憑實據可以證明他實非父皇親子，但咱們卻可以此為一個攻擊點，亦可引導有心人助咱們尋找證據。」趙奕不死心地又道。

晏離有些意外地望了他一眼，又是一陣久久的沈默。良久，他才緩緩地道：「殿下此舉，實不失為一個好計策。」

正在此時，有侍衛急急來稟，道朝廷大軍在城門外叫陣。

趙奕臉色一沈，還來不及說話，又有一名侍女匆匆忙忙前來稟報，側妃映柳提前發動了。

竟是提前了這般多日？趙奕大驚失色，正想往後院而去，卻被晏離一把抓住手腕。

「殿下，大事要緊！」

趙奕這才回過神來，吩咐了那名侍女。「有什麼事去找王妃，府中諸事都有王妃掌理。」

那侍女沒有想到向來最重視側妃腹中孩兒的殿下，在側妃發動之際，竟是連去望一眼都不願意，一時無法相信自己所聽到的，仍舊怔怔地站在原地。

「還不快去！」一見她呆呆地站著一動也不動，趙奕不悅地板起了臉，喝斥道。

那侍女這才反應過來，連忙請罪，急急退了出去。

聽聞柳側妃提前發動時，凌玉正陪著齊王妃品茗，見齊王妃起身而去，想了想，到底抵不過心中好奇，遂跟了上去。

她記得上輩子映柳這一胎是龍鳳雙胎，其中的兒子後來更是被冊立為太子，女兒據聞也是深受齊王寵愛，齊王對這個女兒的寵，更是遠遠超過了對兒子的疼愛。

屋內傳出女子一陣又一陣的痛呼聲，齊王妃皺眉問：「還要多久？」

「回娘娘，離正式生產還早著呢！」自有了解情況的僕婦回話。

齊王妃微微頷首，對凌玉道：「既然如此，咱們到偏廳處候著便是。」

凌玉訝然。這齊王妃當真是絲毫不掩飾自己對這妾室及其腹中孩兒的不以為然啊，甚至連表面工夫也懶得做，倒真讓凌玉大開眼界，只是心裡又有幾分憐惜。

若是上輩子她也是這樣的性子……那上一輩子前程明顯比這輩子光明，稱帝之路亦更為順暢的齊王，未必會有這輩子的耐心對她。

心裡這般想著，她便忍不住勸道：「如今側妃娘娘正值生產的緊要關頭，娘娘不如在此安心等候著，若是有個什麼事，也能抓抓主意，好教下人們心裡有個章程不是？」

齊王妃似笑非笑地望了她一眼，片刻，並無不可地道：「既然如此，那咱們便等著吧！」

立即便有伶俐的侍女搬了桌椅過來，侍候兩人在一旁等著。

屋內，映柳的痛呼聲一下響過一下，漸漸變得頻繁起來。

可齊王妃卻恍若未聞，好整以暇地問：「我記得妳有個兒子，最是聰明伶俐不過，卻是不知如今幾歲了？」

「快六歲了，是個最淘氣不過的性子，偏家中長輩又護得跟什麼似的，越發讓他無法無天。娘娘不知，往日在家中他闖了多少禍……」提及兒子，凌玉便是一陣滔滔不絕。

齊王妃也沒有打斷她的話，神情認真地聽著她提及兒子那些淘氣事，見她話中雖帶著抱怨，可神情卻是再溫柔不過，嘴角還微微上揚，分明是歡喜得很。

她漸漸有幾分怔忡。這便是母子情深嗎？縱是隔著千萬里，可只要提及那個人，心裡便不由得一陣柔軟，彷彿這天底下再沒什麼能及得上那小小的孩童。

凌玉察覺她的走神，想到她的無子，再聽著屋內映柳生產的痛呼聲，終於止了話。

「怎地不說了？後來呢？小石頭做的壞事被他爹爹發覺沒有？」齊王妃見她不再說，笑著追問。

「被發覺了，後來被他爹爹罰站了快半個時辰，只是還沒有站夠，便又被他祖母給抱了去。」凌玉勉強回答。

齊王妃微微笑了笑。

凌玉見她不知什麼時候褪下了那層冷漠，又聽著屋裡頭嬰孩落地的啼哭聲，一咬牙，硬著頭皮道：「娘娘難不成便不曾想過誕下屬於自己的孩兒，延續自己身上的血脈嗎？」

齊王妃臉上的笑容頓時便僵住了。

凌玉見狀，連忙請罪。「是我唐突了，還請娘娘恕罪。」

「妳也只是問出無數人不解的話，何罪之有？」齊王妃平靜地道了句。

屋內又是一陣嬰孩的啼哭聲。

緊接著，便聽見穩婆在裡頭驚喜地叫起來。「龍鳳雙胎，是龍鳳雙胎！當真是祥瑞啊！」

「龍鳳雙胎？這柳側妃果真是個有福氣的。」齊王妃挑了挑眉，看著映柳身邊的丫頭、婆子們歡天喜地、爭先恐後地前去向齊王報喜，倒也不阻止。

是啊，倒真是個有福氣的！凌玉暗道。

然而，前去報喜的丫頭、婆子們卻沒能見著正主，因為齊王早已經不在府裡。

一直強撐著身子等候齊王到來的映柳聞言，滿是疲憊的臉上又添了幾分根本掩飾不住的失望。

齊王妃動作僵硬地抱著那個小小的襁褓，不經意間睨到她的表情，習慣性地想要再刺她幾句，可看到懷中那張紅通通、皺巴巴的小臉時，那些話又不禁嚥了下去。

她把懷中的嬰孩交還給奶嬤嬤，淡淡地道：「妳也累了，先歇息一會兒吧！」

「是，多謝娘娘。」映柳當下回神，輕聲道。

她也不再多言，轉身帶著凌玉便離開了。

凌玉察覺她情緒有幾分低落，不敢再打擾，連忙告辭，回了自己暫住的屋裡。

齊王妃定定地看著她離開的背影，也不知過了多久，發出一陣低低的嘆息。

「孩子嗎？」她輕輕撫著腹部，喃喃地道。

曾經，這裡也孕育過一個孩子，一個來得突然、絲毫不受她期待的孩子。也許是感覺到她的嫌棄，那個孩子只在她肚子裡待了短短不過兩個月便匆匆離開了。

她想，她根本不配當一個母親，這天底下哪有會嫌棄自己親生骨肉的母親？

她露出一個充滿苦澀的笑容。

「妳這膽子可當真是大，竟敢當著王妃的面問她為何不生個自己的孩子。」

凌玉回到自己屋裡，當年齊王還在長洛城時便侍候過齊王妃的僕婦壓低聲音對她道。

凌玉不解。「嬤嬤此話是何意？為何不能當著王妃的面問這個問題？」

「妳不知道，當年齊王殿下初到長洛城來不久，王妃便有了身孕，只是當時誰也沒有注意到。有一晚，王妃又氣走了齊王殿下，不承想當夜忽覺腹中疼痛，待大夫前來後，那孩子還是沒能保住。」那僕婦嘆息道：「王妃許是覺得孩子是因為自己的不懂事才會掉的，後來好長一段時間情緒都很低落，便是對著齊王殿下也是不願再多言。再後來齊王殿下便奉詔回京了，接下來之事我也就不清楚了。」這些年她一直留在長洛城的齊王府，並沒有跟著回到京城，故而不清楚那對夫婦在京中的情況。不過從這回他們返回長洛城後的種種相處來看，齊王殿下待王妃更添了耐心與包容，而王妃明顯也成長了許多。

凌玉沒有想到當中竟有這樣一段往事，一時暗悔，知道自己方才那番話必是勾起了齊王妃心中痛事。

趙奕一直到夜裡才回府，一進府便聽聞自己新得了一雙兒女，一時大喜。

「恭喜殿下、賀喜殿下！」晏離等人亦是喜不自勝，連連道喜。

趙奕哈哈大笑。這對龍鳳雙胎的誕生，將他因為今日陣前承受的那番謾罵而帶來的忿懣一掃而空。

「本王瞧瞧孩子們去！」他一拂袍角，大步流星地往後院而去。

到了映柳處，竟是意外地看到齊王妃也在裡頭，他臉上的笑容不知不覺地斂了幾分。

倒是映柳看到他的出現，眼中盡是驚喜。

「殿下！」她掙扎著想要下床行禮。

趙奕見狀連忙上前，輕輕按著她的肩膀。「妳身子弱，不必多禮。」

「殿下，你可曾見過咱們的孩子？」映柳壓抑不住心中歡喜，迫不及待地問。

「還未曾去瞧過。」趙奕柔聲道，只是眼角餘光在瞧見齊王妃的身影時，又添了幾分不自在。

趙奕妃起身，淡淡地道：「我也該回去了。」說完，朝著趙奕福了福，也不等他反應，逕自從他身側走過。

趙奕下意識地想要伸手去拉住她，可手指在觸及她的袖口一處時便又停下來，緩緩地垂了下去。

當夜，齊王妃對著銅鏡，有一下沒一下地梳著滿頭如瀑青絲，神情茫然，渾然不知趙奕什麼時候站在她的身後？

「妳在想什麼？」趙奕忽地出聲問。

她回過神來，抬眸望了望鏡中那人，並沒回答。

「假若當年妳沒有那般意氣用事，如今咱們的孩子已經可以落地到處走了。」趙奕臉色複雜，緩緩地又道。

齊王妃心口一痛，臉色漸漸發白，卻仍是緊緊地抿著雙唇，一言不發。

趙奕見狀，心中不禁生出幾分憐惜來，語氣也添了些掩飾不住的柔和。

「我知道，當年妳一直抗拒這門親事，可是為什麼？我便當真那般不堪，不堪到夫妻這般多年，妳始終不願正眼瞧我？不願為我孕育孩兒？」見她一張俏臉越發蒼白，黑白分明的一雙清澈水眸，溢滿了如同孩童般的迷茫與不知所措，趙奕心裡又添了幾分鬱悶。久久等不到她的回答，他終於嘆了口氣，起身道：「妳既不願說，我也不勉強。時辰不早了，早些安歇吧！」

知道她不喜歡自己留下過夜，而他今晚亦沒有心情，因此揉了揉額角，嘆息著便要離開。

忽聽身後的齊王妃問，他止步回身，滿腹疑惑地反問：「段廣林？是誰？」

「你可記得段廣林？」

齊王妃死死地盯著他，良久，似是嘲諷、似是不甘地道：「是啊，你甚至連他是誰都不知道，可他卻因你而死。」

「曹氏，妳這話是什麼意思？什麼叫因我而死？我連段廣林是誰都不知道！」趙奕惱道。

「段廣林，乃是我娘生前替我選定的夫婿，只是兩家來不及下定，我娘便病故了。」

趙奕臉色一沈，任誰聽到自己夫人口中提及這樣身分的男人時，都不會還能心平氣和。

「那與本王又有何干？難不成妳想說本王當年橫刀奪愛?!」

「不，你不必奪，你是何等身分，哪需要你親自去爭奪？自有人捧著送到你跟前。」齊王妃亦冷下了臉。

「簡直不可理喻！」趙奕終於拂袖而去。

不可理喻嗎？看著他離去的身影，齊王妃嘲諷地勾了勾嘴角。

她何嘗不知道自己不可理喻？可歲月那般長，她若是事事明理，又如何能熬得過每個徹骨冰冷的夜晚？

父母早亡，爵位旁落，連早就有婚約的未來夫君也因為自己而死。她想要的，從來得不到；她不想要的，有人卻逼著她要。

她輕輕地撫著鏡中那張既年輕又蒼老的臉，年輕的只是這副皮囊，皮囊之下，卻早就千瘡百孔，目不忍睹。

「娘娘何苦又與殿下置氣？那一位雖說生下了殿下的骨肉，但是殿下心裡最重視的還是娘娘您啊！您瞧，這屋裡哪一樣不是殿下特意給娘娘尋來的？」貼身侍女不知什麼時候走了進來，輕聲勸道。

齊王妃沈默，看著屋內每一個精緻的擺設，恍然發覺，原來不知從什麼時候開始，這屋裡已經置下那人如此多的東西了嗎？

到底從什麼時候開始，那人已經如此不懼她的冷臉了？

圍困長洛城多日，可對方卻始終緊閉城門不予理會，趙贇心裡不可謂不憋悶。

終於，在這一日，趙奕親自領兵應戰。看著那道熟悉的身影，趙贇一聲冷笑，策馬上前。

「朕還以為你當真要當一輩子縮頭烏龜了呢，沒想到倒還有幾分血性。」

趙奕亦是一聲冷笑。「你這鳩占鵲巢、來歷不明之徒都敢現於人前，本王堂堂趙氏皇室血脈，又有何不敢！」

趙贇勃然大怒，趙奕這番話，正正戳中了他心底最隱痛之處，當下再不多話，驅動戰馬便朝對方殺了過去。

城外戰況激烈，凌玉卻有幾分心神不寧，想要著人去探探程紹禟可曾前來，但滿府都是齊王之人，她又著實不敢輕舉妄動。

終於，在看到唐晉源的身影時，她連忙追上去，左右看看無人，拉著他到一個隱蔽之處，壓低聲音問：「外頭戰事如何?你程大哥可曾來?」

唐晉源的臉色有幾分遲疑，好一會兒才搖頭道：「我不知。嫂子是打算跟著朝廷大軍回京嗎？」

「若是可以的話，我當然希望如此。」

唐晉源又是一陣沈默。「嫂子，聽我一句，留在長洛城，比妳回京更安全。」

「為何？你這話是什麼意思？難道……難道你覺得此番朝廷軍必然會戰敗？」見他不說話，凌玉急得不行。「你倒是說呀！你這話是什麼意思？」

唐晉源又是一陣遲疑。「我其實亦不太清楚，只是……晏先生從來不做沒把握之事，我只是有這麼一種感覺，具體是何緣故便不清楚了。」見凌玉還想繼續問，他又道：「嫂子，妳別問了，別說我根本不知道是怎麼回事，便是知道，也不能告訴妳。我是齊王府的人，相比朝廷大軍，自然更希望齊王殿下能獲勝。」

凌玉滿腹疑問一下子又壓了回去，苦笑地道：「是啊，我險些忘了，你我立場本就不同。」

唐晉源沈默不語。

凌玉嘆了口氣，心情突然覺得有幾分沈重。

程紹禟將議和之事悉數交託龐信，因牽掛著被齊王挾持而去、生死未卜的凌玉，他勉強壓抑著心中慌亂，有條不紊地協助龐信與西戎的議和，待雙方最終簽訂盟約，自此西戎向趙氏皇廷稱臣，每年納貢。至於善後之事，則由龐信及西南郡一帶官府處理。

龐信同樣雷厲風行，對參與過打家劫舍的民匪一律從重處置，而這些，程紹禟便沒有再理會。

他正計劃在大軍班師回朝途中，偷偷帶著十餘名親衛兵潛入長洛城，找尋凌玉的下落。生要見人，死要見屍。

鎮寧侯得知他的打算後大吃一驚。「簡直荒唐！你可知擅離職守是怎樣的大罪？眼看著即將功成名就，封妻蔭子指日可待，在此節骨眼上你卻選擇離開，若是被人告到御前，你所有的功勞便會化為烏有。」

程紹禟如何不知若是被人發現，等候著自己的會是什麼下場？可明知凌玉如今有危險，他又如何還能平靜得下來？

「侯爺一番心意，我怕是要辜負了。拙荊生死未卜，身為她的夫君，卻不能在她身處危險時及時相救，教她一個弱女子經受如此磨難，假若她有個什麼三長兩短，縱是他日能位極人臣，又有何趣味？」

「你若是當真放心不下，我可以命李將軍帶著一隊人馬前去長洛營救，只你卻要留下來！」鎮寧侯皺眉。

「侯爺的好意紹禟心領了，只是此番我必是要親自前去，否則此生再難心安。」程紹禟卻堅持著。

鎮寧侯又氣又急，隨後拎起一旁的枴杖便往他身上招呼而去。「你、你這混帳！是想要氣死我不成？」

程紹禟生生地受下他這一棍，哼也不哼一聲。

鎮寧侯一連打了他三下，每一下都用足了力氣。他如今雖是傷勢未癒，武藝也不及當初，但那身力氣倒還是在的，那一下又一下的悶響，聽得營帳外的兵士都不禁頭皮發麻。

將軍他又惹惱侯爺了？聽這聲音，侯爺這一回氣得可不輕啊！

終於，鎮寧侯喘著粗氣扔掉枴杖，見他仍是一意孤行，堅持己見，越發怒了。「走走走，你給我走！算我看錯了！身為一位將領，卻如此目無軍紀，縱是武藝再高、用兵再神又有何用！」

程紹禟強忍著身上的痛楚，緩緩地跪下，「咚咚咚」地給他磕了幾個響頭，隨即一言不發地轉身離開。

所有的佈置都已經安排妥當，在他帶著人離開大軍後，軍中諸事也會由副將及鎮寧侯作主，他只須盡快尋到凌玉的下落，在大軍抵達京城時歸隊。

遠處傳來兵士們的喝采聲，他望過去，見人群中有兩名小將在比武，圍觀的兵士們吶喊助威之聲不絕於耳，陽光灑在眾人身上，照出那一張張經受戰火，好幾度命懸一線卻依然燦爛的笑顏。

不知不覺間，他也停下腳步，定定地望著他們。

與西戎的這場戰事，他領著十萬大軍而來，如今卻只剩下不足七萬人。

一將功成萬骨枯，想來便是如此了。

每一份功勞後面，都是數不清多少將士的英魂。

「將軍！」巡營的兵士看到他，立即上前行禮。

程紹禟朝他們點頭致意，而後牽過自己那匹戰馬，往不遠處那茵茵草地而去。

趁著馬匹大飽口腹之際，他行至另一旁清澈的小溪旁，蹲下身子洗了把臉，忽聽身後傳來沈重的腳步聲，以及枝葉被碰到後發出的沙沙聲。

他陡然轉過身去，目光如炬地盯著響聲發出之處，看著從矮叢中一點一點地露出一個身影。

「誰?!」他「噌」地一下拔出馬鞍旁的長劍，警覺地盯著那個身影。當隱於矮叢後的那張熟悉臉龐露出來時，他大吃一驚，當下便扔掉長劍，朝那人急步而去。「小穆?!」

來人赫然便是小穆！

「大、大哥！可、可總算、總算等到你了！」小穆身上盡是血污，臉上也有好幾道血跡都已經凝固的痕跡，但是一雙眼睛卻充滿了喜悅。

程紹禟連忙扶住他，驚覺他身上有多處傷口，每一處傷口都只是被簡單地處理過，有的血跡已經凝固，有的卻又綻開來，正緩緩滲著血絲。

他連忙掏出身上的傷藥，一邊熟練地替他處理傷口，一邊問：「你怎會在此處？你不是應該護衛陛下征討齊王嗎？」不待小穆回答，程紹禟又扶起他道：「我去喚人——」

「不不不！大哥，不要驚動他人！」哪想到話音剛落，便被小穆打斷了。

「你身上的傷要讓軍醫好生處理才是，如何能耽擱！」程紹禟氣結，不贊同地瞪他。

「小傷而已，不妨事！只是，大哥，陛下有難，這才真正是不能耽擱！」小穆隨手抹了把臉，迫不及待地道。

程紹禟心口一震，臉色陡然大變。「陛下有難？你這話是什麼意思？還有，你既為陛下親衛，如何會孤身一人出現在此處？陛下呢？」

「陛下身邊有齊王的奸細！」小穆咬牙切齒地回答。

程紹禟聞言，動作微頓，快速地替他包紮好傷口，寒著臉道：「你且一一向我道來。」

小穆靠坐在樹蔭下，將當日之事一五一十地向他道來。

「當日兩軍交戰，齊王敗退，陛下親率兵馬追趕，在長洛山中卻迷失了方向，待終於尋到出口時，人馬卻已經失散了，陛下的身邊只剩緊緊追隨著的親衛軍。哪想到……哪想到那些根本就不是親衛軍！」想到趙贇被信任的下屬背後偷襲時臉上的震驚與憤怒，小穆同樣抑制不住怒火。

「且慢，長洛山地勢雖險，山路亦不易走，卻不至於到輕易讓人迷失方向的地步啊！」程紹禟打斷他的話。

「大哥忘了齊王身邊有一位上知天文、下曉地理，又會奇門遁甲、五行八卦之術的晏離嗎？我本也以為那些不過是傳言，不承想他果有如此本事。」

程紹禟暗自吃驚，臉色越發凝重。若這一切當真是齊王的計策，必然要裡應外合，才能引著陛下往長洛山方向而去。以陛下的性子，這個人必然得是他信任之人。

「如今陛下怎樣了？是生是死？」他也不及細思，連忙追問。

「……我不知，待我殺出重圍時，已經不見了陛下的身影。」小穆咬緊牙關，好一會兒才回答。

「不對，這不對勁，朝廷大軍丟了陛下，不可能會毫無聲息啊！」程紹禟擰著眉頭。

大軍不見了主帥都能引發一陣恐慌，更何況還是一國之君？若是當真發現陛下不見，絕對不可能還這般平靜的。故而這當中，必然還有些什麼他們不知道的事。

「大哥，如今除了你，我誰也不敢相信了。經此一回，我分不清到底什麼人可以相信、什麼人不可信？曾經一同出生入死的兄弟，如今卻倒戈相向，我、我……」小穆只覺喉嚨堵得厲害，再也說不出話來。他身上的傷，大多出自那些「好兄弟」之手，每一刀都像在凌遲著他的心。

「你嫂子也被齊王挾持到了長洛城，生死未卜，我本是打算在大軍班師回朝途中私底下潛進長洛打探，如今陛下有難，我卻是不能再等了。還有，旁人我不敢說，只鎮寧侯卻是信得過的。」想要無後顧之憂地離開，必然離不開鎮寧侯的幫助，好在早前他便向鎮寧侯表明了離開的意思，如今又加上陛下一事，鎮寧侯便再無不同意之理。

趙奕心情愉悅地回到書房，迫不及待地請來晏離，高興地道：「先生果然妙計，如今趙贇落入我們之手，生死全在我一念之間。」

晏離臉上也盡是喜色，捋著鬍鬚滿意地點點頭，下一刻卻又皺起了眉頭，道：「只是應該如何處置，殿下也得有個章程。不管如何，他如今也是名正言順的一國之君，若是死在殿下手中，殿下難免會背上個弒兄奪位之名，將來縱是登上那九五之尊之位，也未必能堵得住天下人之口。」

趙奕臉上的笑容漸漸斂起來。「先生所言甚是。」若是背上弒兄罪名，名聲遭損，與如今的趙贇又有何區別？他想做的是千古明君，而不是德行有污之君。「所幸汪崇嘯那邊同樣進展順利，有他親自掩護，假趙贇想必能瞞得過去。」想到自己留的後著，趙奕又不禁微微一笑。

晏離卻不似他這般樂觀。「怕也只是瞞得了一時罷了。一個人的言行舉止、性情習慣，並不是那般容易模仿的，如今只因為汪崇嘯身分特殊，其他將士被他擋著，未曾有機會接近御駕，這才瞞了過去。一旦有比他更有分量，同時亦對新帝熟悉之人出現，他必然再瞞不過去。」

容貌本就似了六、七分，加之刻意易容打扮，沒有十成相似，也能似了個八、九成，瞞普通將士並無不可，可在親近之人跟前，卻是輕而易舉便會露出馬腳。

趙奕自然亦明白這個道理。

待趙奕到暗牢中瞧見滿身狼狽，卻依然氣焰不改的趙贇時，冷笑道：「本王說過，總有一日必然教你領教本王的厲害！」

「呸！你也只能耍些上不得檯面的手段！」趙贇啐了他一口，眸中閃著怒火。他怎麼也想不到，此生竟然會遭受第二回來自信任之人的背叛，以致今日落入敵手。

「兵不厭詐之理，難不成還要本王教你嗎？」趙奕又是一聲冷笑。

「好一句兵不厭詐！趙奕，有本事你便殺了朕，朕還能敬你是一條好漢！不過，似你這種欺世盜名的偽君子，必然不敢背上弒兄奪位之名！」

被他說破心事，趙奕的臉色有幾分難看。

趙贇見狀更加不屑，緩緩地起身，隔著牢門對著他，一字一頓又道：「趙奕，說你是偽君子還是抬舉你了，你比偽君子更虛偽，行為更讓人不齒。你想要朕的皇位、想要朕死，卻又偏偏不敢殺朕，不願身上背負半點污名，寧願一輩子活在天下人的『讚頌』當中，繼續當那個光風霽月的謙謙君子。」

「夠了，你當真以為本王不敢殺你？你這個不知打哪裡來的野種，根本不是趙氏皇室血脈，又哪裡配當本王的兄長，占據趙氏的江山！」趙奕的臉因為憤怒而顯得有幾分扭曲，陡然伸出手去，揪著趙贇的領口。

趙贇被他這聲「野種」刺痛，眼神更為凶狠，強忍著憤怒，從牙關擠出一句。「朕乃神宗皇帝與孝惠皇后親兒，趙氏嫡系，不是你這奸生子所能相提並論的！」

一聲「奸生子」，道盡了自幼所經受的不平與恥笑，趙奕額上青筋頻動，臉上布滿戾氣，陡然伸出手去，死死地掐住趙贇的脖子。

趙贇的脖頸被人掐住，可眼中、臉上卻無半分驚懼之色，儘管呼吸越來越困難，可眸光卻始終緊緊地鎖著趙奕。

「殿下不可！殿下不可！」恰好走進來的晏離見狀大吃一驚，急急跑了過來，把殺氣騰騰的趙奕給勸住了。

脖頸上的力道消失，趙贇大聲咳嗽著，背靠牢牆，臉上卻是一片嘲諷的笑意，彷彿在道「瞧吧瞧吧，朕半分也沒說錯」。

趙奕氣得胸口急促起伏，到底不敢再逗留，就怕自己當真壓抑不住怒火而殺了他。

「都說晏先生才華橫溢，乃當世不可多得之人才，只是這眼光卻是差了些，挑了這麼個偽君子做主子，當真讓人唏噓不已。」趙贇緩過氣來，瞥了晏離一眼，嗤笑道。

晏離平靜地望著他，不知怎的又想到那晚的「帝星相爭」，眼神漸漸又有幾分複雜。

帝星相爭，便是說明眼前這一位確實是天命之帝，可是為什麼？難道當年自己便算錯了？

見他不說話，趙贇頓覺無趣，重又盤腿而坐，閉目養神，不願再理會他。

晏離始終望著他，見他縱是滿身狼狽，可身為一國之君的氣勢卻是半分也不減，彷彿坐的也不是什麼暗牢，而是他自己的寢宮。

「世人皆說新帝性情暴戾，可如今瞧著陛下這氣定神閒的模樣，草民倒是對那傳言有了幾分懷疑。」終於，他緩緩開口道。

趙贇依舊合著雙目，平靜地道：「世人亦道齊王乃是謙謙君子，寬和仁厚，可事實便當是如此嗎？」

「殿下性情確實較之陛下寬和。」晏離又道。

趙贇終是睜開眼眸，只瞥了他一眼又再度合上。「有意裝睡之人，旁人確實喚不醒。」

晏離皺眉，只是到底沒有再多說什麼，深深地望了他一眼後，轉身離開。

趙奕被趙贇一陣嘲諷後，氣憤不已地從暗牢離開，哪想到走出一段距離，途經一處假山石時，忽見前方一個女子的身影閃過。他臉色一沈，立即喝道：「誰在那裡?!」

女子的身體僵了僵，但很快便轉過身來，朝他福身行禮。「殿下。」

趁著女子微微抬頭之際，趙奕終於瞧清她的面容。「是妳?妳在此處做什麼？」

凌玉鎮定地回答。「王妃近來胃口不好，我到後廚給她做幾樣小食。」一面說，她一面把手中挽著的食盒打開。

趙奕見裡頭果然有幾樣精緻的小食，臉上的殺氣便先斂下幾分。「此處不是妳可以來的地方。」

「實非故意，而是不知不覺走岔了路，只殿下之話，我記住了，必不會再有下回。」凌玉忙道。

「妳方才說王妃胃口不好，這是怎麼回事?可曾請大夫瞧過了?大夫怎麼說？」趙奕想到她方才那番話，連忙追問。

「殿下如今有愛妾嬌兒，卻還記得王妃嗎？」凌玉一臉詫異。

趙奕沈下了臉，厲喝一聲。「放肆！」

凌玉抿了抿雙唇，道：「不是什麼大毛病，許是天乾物燥，食不下嚥，王妃也不讓請大夫。」

趙奕的眉頭皺得更緊，往正院方向走了幾步，忽地想到那張冷漠的臉，便又停下了腳步。

「妳回去吧，且記著下不為例，不要到處亂走，否則，若是出了什麼岔子，便是王妃也救不得妳。」他寒著臉，警告凌玉。

凌玉溫順地頷首應下。「知道了。」

看著她提著食盒漸漸走遠，趙奕不由自主地皺緊眉頭。

這個婦人，或許還能有點用處。西南大捷，程紹禟一戰成名，在軍中威望必然大增，加上又有鎮寧侯支持，若能收為己用，必是一大助力。

他隱隱有了個計劃，卻又一時打不定主意，決定稍晚些再問問晏離的意見。

凌玉若無其事地挽著食盒走路，直至感覺不到身後那道灼人的視線，暗暗鬆了口氣，這才發覺竟是驚出了一身冷汗。

她拭了拭額際的汗漬，待心跳聲漸漸平復下來後，揪著帕子若有所思。

近來她每日憂心忡忡地留意著戰況，只知道齊王迎戰了三回，三戰皆敗，但第三回再次戰敗而歸時，她站在園子裡那塊圓石上，遠遠地看著他回府。也不知是不是她的錯覺，竟覺得齊王臉上像是帶著笑意。應該是眼花瞧錯了吧？哪有吃了敗仗還能笑得出來的？

只是心中到底存疑，所以她忍不住暗暗留意著齊王的一舉一動，但因身分有別，她能接觸齊王的機會不多，只偶爾會在齊王妃處遇到他。

剛剛那座瞧著不起眼的小院必定有些古怪，會不會是齊王在裡頭藏了些什麼秘密？

她思前想後，也沒能猜得著裡頭到底藏著什麼，所幸如今她在王府的身分是侍女，四處走動也不會引起旁人懷疑，總會有機會再探個明白的。

唐晉源沒想到有朝一日齊王還會再傳召自己，一時心中難掩激動。只是當他聽明白齊王話中之意後，整個人便愣住了。

「程紹禟乃是你的結義兄長，若是他能歸順本王，你們兄弟亦能再次並肩作戰，亦不會有兵刃相見之時，豈不是妙哉？」

唐晉源遲疑片刻後，道：「殿下有所不知，程大哥此人，性情忠直，既奉新帝為主，必會忠心不改，再不會另投他人。」

「事在人為。趙贇性情殘暴，實非明主，良禽擇木而棲，程紹禟自然也不會例外才是。」趙奕又道。

唐晉源張張嘴，想說如今朝廷大軍形勢極佳，程大哥又得新帝看重，前途大好，憑什麼要另投他主？可這番話他到底沒有說出來，只是心中疑惑卻更甚。

齊王若沒有底氣，必然不會說出這樣的話來。可明明長洛軍三戰三敗，形勢大為不利，他又有什麼把握讓程大哥「另投他主」？難道這當中還有什麼他不知道的內情嗎？

接下來的日子，凌玉也沒有放棄打探那小院的情況，每日都會藉著幫侍女們做事的機會，有意無意地經過那附近。

有好幾回，她看到齊王氣沖沖地從裡頭出來，而隔了好半晌，晏離的身影便也出現了。

她越看越是奇怪，原本還猜測著齊王會不會偷偷在那院裡養了位小娘子，可當她接連看到晏離跟在他身後出來後，便又打消了這個想法。

有晏離，便代表著這當中關乎某些大事，必然不會是兒女私情。可到底是什麼大事呢？她卻一時猜不透。

她百思不解，只想著尋個時機潛進院子裡看個究竟，卻苦於侍衛們巡邏得太緊密，教她始終想不出行之有效的方法。

這日，機會終於來了。

凌玉如同往常那般，主動提出幫屋裡的侍女去後廚取午膳，而後又繞了一圈，走到那座小院附近，透過繁茂的花木，意外地看見院門前竟是只有一名侍衛，不似往日那般有著兩人。

她想了想，一咬牙，決定賭上一把。

打定主意後，她若無其事地提著膳盒往院門方向走去，離那院門越近，她的心跳便越發跳得厲害。

三丈、兩丈、一丈……越來越近，眼看著就要走到門前，忽地聽那侍衛喊道——

「可是送膳的？這麼遲！」

凌玉心中一喜，連忙應道：「是是是，是送膳！途中出了點事耽誤了，煩勞諸位大哥久候，當真是對不住了！」

「罷了罷了，下不為例！快快進去吧，裡邊的人已經催了好幾回。」那侍衛催促道。

凌玉壓抑著狂跳的心房，低著頭連連稱是，提著那笨重的膳盒，急急忙忙地邁過門檻，立即便有一名高高瘦瘦的內侍走過來，一邊念叨著「今日怎地這般慢」，一邊領著她往裡邊走去。

凌玉又拿出方才的說詞道歉，寸步不離地緊緊跟著他七拐八彎，進了一間寬闊的廳堂，便見裡面坐著兩名黑臉男子侍衛。

那兩人瞧見她手上的膳盒，當中一名年紀稍長的便不耐煩地道：「還不把東西拿過來，在那兒傻站著做什麼！」

凌玉微微垂著頭，邁著步子上前，把膳盒裡的膳食一一擺放出來。

「就這麼點兒？如何夠吃？」年長的男子沈下臉。

另一名侍衛探過頭來一望，皺眉道：「這些許不是給咱們吃的，怕是給裡邊那位的吧？瞧這精細的程度，哪是咱們這些大老粗吃的。」

裡邊那位？凌玉心思一動，隨即道：「我也不知是給誰的，只知道讓送來給什麼金貴人物。」

「那便是了！公公，你把東西送進去吧！」

凌玉一邊將飯菜又裝回膳盒裡，聞言忙道：「不敢煩勞公公，我送便可。」

「如此機密之處，豈是妳一個小小女子能輕易進去的！」那內侍瞪了她一眼。

凌玉有幾分失望。都已經到了此處，難不成還是要功虧一簣嗎？

怕對方懷疑，她也不敢反駁，老老實實地把膳盒遞給那名內侍。

內侍伸手接過，瞧也沒瞧她一眼，轉身便往裡邊去了。

凌玉想了想，仍是老老實實地站在原地，卻是不動聲色地注意著那內侍消失的地方，不過片刻工夫，一陣笨重的開門聲隱隱約約地傳出來，她微微有幾分詫異。

只聽這開門的響聲，她便能猜得到那扇門到底有多麼重，可如今誰會在屋內裝一扇這樣笨重的門？應該是在屋裡吧？方才她便留意到，整間廳堂唯一的出口便是她身後的這扇門，其他地方應該不會再有了。

「妳怎地還不走？」見她只是怔怔地站著，沒有要離開的意思，那名年輕的侍衛問。

凌玉忙道：「嬤嬤吩咐過，讓我順道把膳盒帶回去。上回有好幾個姊妹沒帶回去，還被嬤嬤處罰了。」她的語氣有著幾分可憐兮兮的意味，神情更是帶著幾分懇求。

「罷了罷了，她愛等著便等著唄，多大點事。」另一名年長的侍衛不以為然地道。

年輕的那人似乎還想要說什麼，可嘴巴動了動，終是道：「那妳好生在此候著，不要亂跑，否則殿下怪罪下來，誰也保不住妳。」

「知道了，多謝這位大哥提醒。」凌玉立即笑盈盈地道謝，又不著痕跡地把兩人上上下下誇了一通，直誇得兩人通體舒暢，望向她的眼神不知不覺少了幾分防備。

突然，一陣嘈雜聲從裡頭隱隱約約地透出來，那兩名侍衛彼此對望一眼，立即起身往裡頭快步而去。

凌玉見機不可失，亦連忙跟上。

當她看到屋內突然出現的一道石門時，儘管已經有了心理準備，還是忍不住吃了一驚。

緊接著，她看到那兩名侍衛急急忙忙地進了石門，想也不想地同樣跟了進去。

走進去便見一條長長的石階，順著石階而下，那嘈雜聲越發清晰可聞。

「……滾！朕乃天子，豈容爾等褻瀆！」

當那道有些熟悉的聲音傳進她耳中時，她呼吸一窒，不敢相信地循聲望去，竟然在裡邊一間牢房中看到了趙贇！

她震驚地瞪大眼睛，看著趙贇將看守他之人罵了個狗血淋頭，那些人卻是敢怒不敢言，低著頭一言不發。

陛下怎會在此處？又是什麼時候被人囚禁在這裡的？她每日均留意著城外的戰事，從來不曾聽聞朝廷大軍丟了皇帝啊！可偏偏，皇帝卻出現在齊王府的暗牢裡！

她到底不敢久留，在那些侍衛察覺前快速離開。

接下來的日子，凌玉一直心神不寧，腦子裡總是閃現著在暗牢裡看到的那張臉龐。

「玉娘，妳在想什麼？」

齊王妃疑惑的聲音忽地在她身邊響起，也讓她瞬間回過神來。「也沒什麼，只是在想，這場戰事到底還要持續多久？」凌玉若無其事地回答。

齊王妃笑了笑。「估計不會太久了。我聽聞新帝的態度彷彿有些緩和，而殿下為著滿城百姓著想，想必也會希望能夠平息這場戰事。」

「齊王殿下宅心仁厚，處處替百姓著想。」凌玉隨意誇了幾句，話鋒一轉，又問：「再過兩日小公子與小郡主便要滿月了，不知府裡可會借此機會大辦一場，好讓大夥兒同樂同樂？」

「殿下的意思，只相熟親近之人聚於一處吃個便飯就好，畢竟如今是非常時期，著實不適宜大辦宴席。柳側妃溫和體貼，想來也不會駁了殿下的意思才是。」齊王妃緩緩地回答。

「言之有理。」凌玉微微頷首，心思卻是飛快轉動著。

雖然不知發生了什麼事，新帝又是什麼時候被齊王生擒了，而朝廷大軍居然毫無反應，但她曉得此等情況極為反常，若不能盡快把新帝救出來，只怕不妙。

或許兩日後齊王那雙兒女的滿月禮，便是個天大的好機會。

原本府裡她可相信的只有一個唐晉源，可如今兩人立場不同，她自然不能找他前來幫忙。

至於齊王妃，那便更不可能了。

第三十章

隨著日子一天天過去，趙贇原本還能保持冷靜的心緒便越發焦慮了，他知道自己久久不歸意味著什麼，若是再不能逃離此處，只怕到時候皇位便要易主了。

他心中又急又惱，可也不知為何，原本隔幾日便會來諷刺他幾句的趙奕，卻有好幾日不曾出現。不但是他，便連他身邊那位晏離亦然。

他暗暗蹙眉，莫非戰事有變，這才使得他二人無暇分身？

他如今不在軍中，就怕汪崇嘯那叛徒從中作梗，壞了大事，到時縱然他能安然歸去，只怕亦會遇上一堆麻煩。

又隔得兩日，依然未見趙奕與晏離的身影，趙贇更是狐疑。

「今日這飯菜瞧著倒是豐富了不少，可是有什麼好事？」不遠處，一名負責看守的侍衛笑著問同伴。

隨即，他又聽到另一道聲音回答——

「你可是忘了？今日是小公子與小郡主滿月的日子啊！雖說不能大擺宴席，只是府裡頭弄兩頓好吃的卻是不成問題。」

「原來如此！龍鳳雙胎，可當真是好福氣啊！」

那兩人又說了什麼趙贇也沒有注意聽，只是皺緊眉頭。趙奕那廝竟是得了一對雙生兒女？這老天著實是瞎了眼，那樣的偽君子，合該讓他斷子絕孫才是！他恨恨地想著。

「哎喲，肚子疼！你且守著，我去去便回！」

「別別別，你先守著，我也要去……」

突然，他看到方才還吃得滿臉滿足的兩人，均捧著肚子急急離開。

他並不在意，緩緩地盤膝坐下，合上眼眸，努力讓自己冷靜下來，飛快地想著脫身之法。

趙奕的兒女滿月，以他的性子，加上如今城中狀況，必不會大擺宴席，但也會盡力邀請自己人聚於一處恭賀一番，好教他們知曉，他終於有後了。

過了約莫一刻鐘，那兩名侍衛又陸陸續續地回來了，臉上均是一副終於得以抒解的滿足模樣。

趙贇只在聽到腳步聲時睜眸瞥了他們一眼，隨即又再度合上眼眸。

此刻的齊王府，必然會有不少趙奕的親信，但同時也會是府裡守衛最鬆動之時，若能……

「不行了、不行了，他娘的，又疼了……」

「等等，我也去……」

半刻鐘都沒到，他又聽到那兩名侍衛痛苦的哼叫聲，隨即便是一陣凌亂的腳步聲。

他皺了皺眉，再度睜開眼睛，望著不遠處圓桌上的殘羹剩飯，表情若有所思。

兩刻鐘時間不到，那兩人終於回來了，只是這一回，兩人雙腿均有幾分發軟，便連走路都似是在打著顫。

「會不會這飯菜不乾淨啊？」終於，有一名侍衛遲疑地道。

「可是同樣的飯菜，外頭老孫兩個吃著倒是沒事啊！」另一人回答。

「難不成是咱們早前吃錯了什麼東西？」

「誰知道呢！只盼著千萬莫要再來才是，我著實是……哎喲，不行了、不行了，我還要再跑一趟！」

「我瞧你就是……他娘的，真吃錯東西了？」

看著那兩人又一回奔出去，趙贇眼眸微閃。

說不定這是一次大好機會……

凌玉一直緊緊盯著院門，先是看到有送飯的僕從進去，而後又瞧見有交接的侍衛走了進去，不多時，裡面又走出兩名身形不一的侍衛。

再過得小半個時辰，送飯的僕從提著好幾個膳盒，低頭邁出了門檻。

凌玉不經意地瞥了他一眼，目光便頓住了，視線聚於他身上，看著他若無其事地提著那幾只膳盒從門口那兩名侍衛身前走過，走出一段距離後，足下步伐越來越快。

她呼吸一窒，二話不說便從另一條小路上追過去。

趙贇強自鎮定地低著頭走出牢門，眼看著離大門越來越近，心中越發激動，只是表面瞧來卻是越發鎮定。

終於，他穩步邁過了門檻，強壓著越發急促的心跳又走了一段距離，直到感覺遠離那兩名侍衛的視線，才終於急步而行，只是雙手仍牢牢地抓著那幾只膳盒。

發現有王府裡的人出現，他便立即放緩腳步，將頭垂得更低，直待對方離開後，才加快腳步。

突然，身後遠遠傳來一陣嘈亂的腳步聲，間雜著有人的叫聲。

「……他必定跑不遠，快追！」

「馬上著人通知殿下和晏先生！」

他陡然一驚，當下再不敢久留，隨手將那幾只食盒扔進一旁的矮叢中，飛快地打量一下身處之地，發覺是一處雙岔道，一咬牙，飛身往東邊方向而去。

身後的聲音越來越近，他立即提氣，一路疾馳著，忽地見迎面走來一名侍女，對方明顯被一臉殺氣奔來的他嚇住了，俏臉發白，尖著嗓子便要大叫。

趙贇疾步上前，往她後頸處擊去，那侍女悶哼一聲，整個人當即便軟倒在地，再沒知覺。

「在那邊、在那邊！快追！」

一陣大叫聲從遠處傳過來，他心中一緊，飛也似的就往前奔去。

也不知跑了多久，忽又聽到前方隱隱傳來一陣陣說話聲，他豎起耳朵細細一聽，認出裡面恰恰便有趙奕的聲音！

「給本王全力搜！這般短的時間，他必然逃不出去，仍在這王府裡頭！」

隨即便是好幾道應喏聲。

趙贇的臉色微微變了變，尤其聽見身後追兵的聲音越來越近，一咬牙，便打算跳進右側小道旁的碧湖中。

突然，左手手腕被人給抓住，他二話不說便側身朝對方擊出一掌，眼看著就要打中對方，卻在認出對方容貌時硬生生止了去勢。「是妳?!妳怎會在此處？」他不可置信地瞪著凌玉。

「快隨我來！」凌玉沒空回答他，緊緊攥著他的袖口道。

「我瞧著他是往東邊方向去了，你們隨我追！」

身後傳來清晰的聲音，趙贇再不猶豫，立即跟著凌玉。雖然不明白這個婦人為何會出現在齊王府，可事情緊急，相比於趙奕，他還是寧願選擇相信她。

凌玉可沒空理會他的想法。得益於這段日子的四處走動，對這座府邸，她也算是有幾分了解，知道什麼地方少人來往，什麼地方可以藏身。

「此刻各處出口必然有不少侍衛把守，僅憑妳我二人之力，絕難逃得出去！」見她似乎打算帶著自己離開，趙贇壓低聲音道。

「我知道。」凌玉頭也不回地回了他一句。

趙贇瞥了她的側臉一眼，薄唇微抿，倒也沒有再說什麼。

兩人一路避人耳目地前行，趙贇看著她熟練地帶著自己專挑僻靜的小路，又是繞著假山石東鑽西鑽、又是貓著身子穿過矮叢，眉頭擰得更緊，臉色更是幾經變化。

「妳如何會對此處如此熟悉？」終於，他忍不住低聲問。

「我在這府裡已經住了好幾個月，如何會不熟悉？難不成陛下還怕我會害了你？」凌玉順手抹了抹額際的汗漬，斜睨了他一眼才回答。

趙贇薄唇抿得更緊，臉色更加難看。「妳為何會出現在長洛城？難不成竟是與人私奔？程紹禟此人雖然有著諸多毛病，卻也不失為一個磊落大丈夫，妳竟敢背叛他？」一想到這個可能，他的臉上便浮現殺意。

凌玉沒好氣地啐了他一口，壓低聲音罵道：「你才與人私奔！若不是因為你們皇家人的那點屁事，我如何會被齊王給擄來，以致如今骨肉分離。」

趙贇臉色一沈，本想斥責她膽大包天，對自己不敬，但一聽她話中之意，忙又追問：「什麼皇家人的事？到底是怎麼回事？趙奕那廝為何會擄了妳來？」

「還不是為了一本什麼莫名其妙的手札，素問手裡根本就沒這東西，偏齊王硬是不相信，把我挾持當人質，逼著素問把手札交出來，後來之事……走這邊。」凌玉並沒有想過瞞他，反正皇家人之事，由著皇家人解決最好，當下一五一十便將當日發生之事向他細細道來。

趙贇聽罷，臉色凝重。手札？什麼楊太醫的手札？趙奕不擇手段地想得到它做什麼？難道這當中有著什麼他不知道之事嗎？等等，楊太醫？太醫？竟是宮裡太醫的手札？

牽扯到宮中事，他臉色越發凝重，甚至隱隱有個猜測，趙奕如此急切地想要得到那本手札，當中或許會與自己有些關係。

他不知不覺地握緊拳頭，快走幾步追上凌玉，又問：「妳們手中當真沒有那手札？」

「當然沒有，素問還不至於會騙我。況且當日她來京中尋我時，身上除了換洗的衣裳，也就幾張銀票和幾兩碎銀，哪有什麼手札？至於她在青河縣的家中，齊王也派人前去搜尋過，還不是一無所獲。」

趙贇見她不似作偽，又想到她是程紹禟的妻子，勉強算是自己人，倒也相信了她的說詞。

「他們必然是逃到那邊去了，快追！」突然，遠處再度傳來追兵的聲音。

兩人臉色同時一變，凌玉再不敢耽擱，加快腳步鑽進前方的小竹林。

趙贇自是寸步不離地緊隨著她。

終於，兩人抵達一處僻靜的湖邊，正正便是當日唐晉源拋屍之處。

「你會水不？」凌玉問。

「自然是會。」趙贇回答，隨即福至心靈。「難不成透過此湖可以逃到外頭？」

「對，此湖下連通著長洛河，若是會水，咱們可以從此處逃出去。」凌玉回答。

她本來是打算帶趙贇通過此湖逃出王府，自己則繼續留在府裡替他掩護，可方才聽追兵的那句「他們」，知道自己必也是暴露了，自然不敢再留下來。

好在她自小便會鳧水，水性甚至較之尋常男子還要好些，想來應該問題不大。

趙贇蹲下身子觀察一番水流，半晌，果斷地道：「那咱們便走！」

說完，正要下水，忽聽身後一陣凌厲破空之聲，他下意識地側身避過，又見寒光一閃，有人揮舞長劍朝自己刺來。他心中一凜，毫不遲疑地徒手迎戰。

「晉源?!你做什麼?快住手！」凌玉沒想到唐晉源居然會出現，當下大吃一驚，可當她發覺只有他一個到來時，又不禁鬆了口氣。

看著唐晉源與趙贇纏鬥在一起，她心中大急，尤其見唐晉源手中長劍好幾回便要刺中趙贇胸口，更是急得她連連跺腳，卻又生怕被其他人發現，連喝止的聲音都不敢太大聲。

趙贇被囚禁了好些日子，今日又是滴米未盡，加上又逃了這般久，體力本就消耗不少，如今手上又無兵器，哪裡敵得過殺氣騰騰的唐晉源？幾十回合過後，便已經落了下風。

凌玉大急，看著唐晉源賣了個破綻，忽地擊出一掌，趙贇躲閃不及，步伐不穩，被他一下子擊倒在地。眼看著唐晉源手中長劍就要刺中趙贇胸口，凌玉只覺得呼吸都快要停止了。

千鈞一髮間，忽聽「噹」的一聲，橫空而出的長劍生生地格開了唐晉源手中劍的去勢。

「紹禟?!」凌玉看清來人，又驚又喜地喊出聲。

唐晉源感覺右掌虎口一陣發麻，望向突然出現的程紹禟，眼神有幾分複雜。

程紹禟持劍擋在趙贇身前，眼角餘光看到趙贇緩緩站了起來，暗地鬆了口氣，這才將視線投向唐晉源。

「晉源，我不想傷你，但是今日，我必是要帶著他們走。」他平靜地道。

唐晉源握了握手中長劍，看到有一名陌生男子迅速地出現在程紹禟身旁，同樣手握長劍，一臉警覺地望著自己。

趙贇同樣也已經回轉過來，望向自己的眼神中充滿著殺氣。

以一敵三，他知道自己毫無把握，但仍是握緊長劍回答。「程大哥，我不希望與你為敵，但是職責所在，今日我不能讓你們離開。」

遠處又隱隱響著王府侍衛的聲音，凌玉既怕他們耽誤時間，又怕他們當真打起來，孤身一人的唐晉源必然吃虧，忙道：「晉源，聽嫂子一句，今日不是你要放走我們，而是以一敵三毫無勝算，只能看著我們逃走了！」

趙贇也聽到追兵的聲音，又見他們只是站著也不動手，當下不耐煩地道：「廢話少說，再不走只怕便來不及了！」

程紹禟一揮長劍，將他與凌玉護在身後，沈聲吩咐身邊的男子道：「和泰，你護著陛下先離開。小玉，妳跟著他們一起！」

「那你呢？」凌玉緊緊追問。

「放心，我很快便會跟上你們。快走！」眼看著追兵的腳步聲越來越近，程紹禟陡然一聲厲喝。

「走！」趙贇率先跳入湖中。

和泰遲疑了一下後，低聲衝凌玉道：「夫人，相信將軍！」

凌玉用力一咬唇瓣，知道再不能耽擱了，從牙關擠出一句話來。「程紹禟，記住你的話，若是你膽敢騙我，此生此世，我都不會原諒你的！」說完，再不猶豫，緊跟在趙贇身後，縱身跳入湖中。

和泰道了聲「將軍小心」後，同樣跟著跳了下去。

唐晉源持劍欲去阻止，可程紹禟眼明手快，驟然朝他刺出一劍，他不得已揮劍擋下，待再要回頭看時，除了被打破平靜的湖面外，卻是再看不到那三人的身影。

「晉源，你我兄弟多年不曾交過手了，今日便藉此機會再比試比試，也好讓我瞧瞧，這些年你的武藝進步得怎樣？」

唐晉源怔了怔，隨即朗聲一笑。「也好，也教我瞧瞧踏平西戎的程大將軍，武藝較之當年的程鏢師又如何？」

程紹禟微微一笑，朝他出劍的同時道：「唐侍衛，看招了！」

唐晉源毫不畏懼地持劍迎上，剎那間，刀光劍影，兩人毫不相讓，卻又把握著分寸。

侍王府裡的侍衛追過來時，只看到纏鬥在一起的兩人。

「捉住他！」為首的那名侍衛認出二人當中的一位是唐晉源，二話不說便揮劍指著程紹禟，厲聲下令。

當下，七、八名侍衛持著兵器加入戰局，齊齊朝程紹禟攻去。

「你們全部讓開！」唐晉源「噹」地一下擋開刺向程紹禟的一劍，怒聲道。

「唐晉源，你這是做什麼？難不成你與他竟是同謀?!」侍衛首領喝斥道。

「他交給我來對付！統領，其他三人跳到了湖中，打算從水路逃走，你們趕緊去追，晚了只怕要追不上了！」唐晉源一面與程紹禟交戰著，一面大聲回答道。

那侍衛統領大吃一驚，望望已經歸於平靜的湖面，臉上有幾分狐疑，片刻之後，揮劍指向湖面，吩咐道：「你們兩個去瞧瞧！」

話音剛落，便有兩名侍衛急步往碧湖衝去，眼看著就要跳入湖中，忽地橫空一道寒光，二人急急止步，險險地避開了程紹禟的劍勢。

「程大哥，你的對手應該是我！」唐晉源疾馳而來，一劍便刺向程紹禟胸口位置。

程紹禟足下輕移，避開他這一劍，眼角餘光瞧見那兩名侍衛打算跳下湖去，遂賣了個破綻，趁唐晉源急步避開時，立即朝那兩人飛掠而去，手起劍落，那兩人避之不及，便已中劍倒地。

侍衛統領勃然大怒。「全部給我上，把此人的人頭給我砍下來！」

「給本王生擒住他！」

哪想到他這話剛出口，聞訊趕來的趙奕便厲聲下令。

見主子到來，眾侍衛精神一振，立即洶湧而上，齊刷刷地攻向程紹禟。

凌玉與趙贇等人順著水流方向而下，也不知游了多久，直到感覺四肢都快要脫力了，才終於咬緊牙關爬上岸。

她趴在河邊一塊巨大的圓石上，大口大口地喘著氣，方算是有一種劫後餘生的感覺。

片刻之後，她抹了一把臉，緩緩抬頭望向不遠處的趙贇與和泰，見那兩人正神色坦然地擰著衣裳的水，想到自己身上同樣濕漉漉的衣裳，連忙翻了個身，靠著那圓石蹲在地上，一點一點地把衣裳擰乾，又解下髮髻晾乾長髮。

所幸陽光正好，清風徐徐，也不用太久，三人身上衣裳已經半乾。

凌玉終於從圓石後走出來，聽著和泰向趙贇稟道——

「陛下，此處應該是位於城外的長洛河，程將軍帶來的人便在離此處不遠的樹林中，準備護送陛下潛入軍中。如今朝廷大軍裡頭，齊王派來的冒牌貨正在叛徒汪崇嘯的掩護下，假借陛下之名為非作歹，軍中不少陛下的心腹大將均被他調離了。」

「事不宜遲，立即啟程返回軍中，朕不能讓趙奕那廝奸計得逞！」趙贇當機立斷，毫不遲疑地下令。

「慢著！你們便這樣走了，紹禟呢？不用等紹禟了嗎？」凌玉見他們似乎忘記還有一個人被落下，頓時便急了，急急走過去質問。

「夫人，這也是將軍的命令。」和泰如何會不擔心程紹禟？只是軍令如山，他更分得清輕重緩急，縱是無奈，亦不得不遵從。

趙贇臉上閃過幾分猶豫，可一想到軍中那個冒牌貨，當下怒火中燒，如何還能等得下去？「走！」言畢，率先邁開步伐往前而去。

和泰緊隨其後，走出一段距離發現凌玉沒有跟上來，想了想，終是快步折返，低聲勸道：「夫人，此處不宜久留，說不定齊王的追兵下一刻便到了。」

「你尚且知道齊王的追兵許是下一刻便到了，那紹禟呢？他以一己之力抵擋那些追兵，替咱們爭取了逃跑的時間……」凌玉臉色發白，只要一想到陷入重圍的程紹禟，整個人都不禁顫抖起來。

和泰的臉色同樣很不好看，眸中閃過一絲憂慮，但仍是勸道：「便是將軍在此，他也會希望夫人快快隨末將離開此處，到一個安全的地方，好教他再無後顧之憂。」

凌玉眸中淚光閃閃，望著前方不知什麼時候已經停下腳步的趙贇，一咬唇瓣。「好，我跟你們走！」說完，用力抹了一把臉，頭也不回地邁步便走。

和泰深深地吸了口氣，亦快步追上。

一路上，凌玉努力讓自己冷靜下來，一遍又一遍地告訴自己，應該相信那個人，那個人素來便是個一言九鼎的性子，既然答應了自己，那無論如何都會想方設法活著回來的。

她低著頭跟在趙贇身後，一路沈默。

趙贇本是心急如焚，一直擔心著軍中那冒牌貨之事，可不經意間看到凌玉低著頭一言不發地趕路，與她方才在齊王府時那放肆潑辣的模樣大相徑庭，薄唇微抿，終究還是沒忍住地開口道：「程紹禟還沒有死呢！妳這副死氣沈沈的模樣給誰看？」

凌玉被他說得呆了呆，再一想到仍未有下落的程紹禟，當下便氣不過地反駁道：「我哪裡是死氣沈沈了？我這是拚命趕路不行嗎？」

趙贇冷笑。「朕有眼睛。」

「不定是個睜眼瞎呢！」凌玉反唇相稽。

「妳！」趙贇何時被人如此當面頂撞過？當下氣得一張俊臉都脹紅了，恨恨地瞪著她。

寸步不離地跟在兩人身後的和泰，目瞪口呆地望著眼前這一幕，暗暗咂舌。夫人當真是好大的膽子，竟連陛下的話都敢反駁。

趙贇氣結地轉過頭去不再看她，足下步子越邁越大，越走越快，很快便把凌玉與和泰扔下好長一段距離。

凌玉不甘落後地快步追上。

好在趙贇只是瞥了她一眼，雖然並沒有放緩腳步，但也沒有再說什麼難聽之話。

和泰暗暗鬆了口氣。

凌玉自己也沒有察覺，被趙贇這麼一氣，心裡那股鬱悶倒是散了幾分。

「妳被趙奕那廝擄來，那小石頭呢？家裡豈不是沒個親人照看？」

不過片刻工夫，她又聽到趙贇問自己。

小石頭……她足下一頓，很快便又回復過來。「有婆母在……」凌玉的聲音有幾分悶悶的。

離開家中這般久，也不知小石頭怎樣了？她與紹禟都不在，婆母又年邁，只得一個程紹安，也不知能不能靠得住？這樣一想，她便又想到至今未曾跟上來的程紹禟，情緒更加低落了。

「一個上了年紀的老婦人，能頂什麼用？」趙贇皺眉，但一見她鬱結的模樣，到底沒有再說什麼，只是心裡暗暗決定，此番若是順利回去，必然要踏平長洛城，好教趙奕那廝為自己所做之事付出血一般的代價！

突然，「嗖」的凌厲破空聲，一枝利箭陡然射來，直直往趙贇臉頰擦過，瞬間便在他臉上劃出一道血痕。

「陛下小心！」和泰大驚失色，將手中半濕的外袍捲成長條，化去了射往自己胸口利箭的力道，高聲示警。
凌玉被這突如其來的一幕嚇得臉上血色都快要褪去，連忙躲到一旁粗壯的大樹後頭，生怕一不小心便被射成刺蝟。
不過片刻工夫，她看到了一批身著黑衣的男子從東邊殺出，個個手持兵器，齊齊對準趙贇殺過去。
眼看著那些人便要殺到趙贇跟前，不承想前方不遠處竟傳來一陣陣馬蹄聲。凌玉望過去，漫天塵土中，數十名策馬而來的男子衝向那些黑衣人，剎那間，兩方人馬便陷入混戰。
「陛下放心，是李將軍他們來救駕了！」和泰認出策馬而來的那批人，又驚又喜地稟道。
聽說是前來救駕的自己人，趙贇才稍稍放鬆幾分。
果然，有四名男子驅趕著馬匹到了他身前不遠處，翻身下馬，快走幾步朝他跪下去，齊聲道：「臣等救駕來遲，請陛下恕罪！」
趙贇大喜。「快快請起！你們是程紹禟麾下將士？」
「是，末將等奉將軍之命在此恭候聖駕。」為首的李副將回道。
一直躲在樹後的凌玉見救兵來到，急急跑了過來。「你們來得正好，快想法子回去救你們程將軍！他如今孤身一人，還被困在齊王府裡頭！」
「夫人放心，將軍早已有了安排，王府有咱們的人接應，必不會讓將軍孤身一人應戰的。以將軍之能，這會兒想必已經從王府逃脫了。」那李副將瞧出她的身分，連忙回答。

「當真如此？你們還安排了人接應？」凌玉狐疑地望著他。

「不敢瞞夫人，確實如此。」

而另一邊，因為突然殺出的將士，黑衣人先自亂陣腳，加上李副將帶來的這些將士，全部是剛剛從西南戰場上回來的，個個都經歷過與素有凶殘之名的西戎軍決戰，身上滿是煞氣，每一招都是又狠又快，不過片刻工夫，黑衣人便已經節節敗退。

趙贇一直注意著雙方的打鬥，看出黑衣人有打算逃走的跡象，立即喝道：「給朕全部殺了，一個不留！」

凌玉眼睜睜地看著黑衣人一個又一個地倒在地上，地上很快便染上一灘一灘的鮮紅。原有退意的那些黑衣人，看著同伴一個接一個地倒下，又聽著趙贇那道格殺令，遂殊死反抗。

不過頃刻間，又有數不清多少個黑衣人倒下。凌玉別過臉去，不願再看。

也不知過了多久，兵器相擊聲終於停止，她才緩緩轉過頭去，只看到滿地的屍體，有數十名身帶血污的男子朝趙贇跪了下去。

趙贇眸中光芒大閃，臉上更是一片解氣。

他大步往躺在地上的那些黑衣人屍體走去，逕自走到一個自出現後便被他緊緊盯著的黑衣人，陡然出手扯下他遮臉的黑布，當黑布下那張臉出現在他眼前時，他冷笑道：「膽敢背叛朕，這便是你的下場！」他冷著臉又下了命令。「處理了，返回軍營！」

見他似乎要走，凌玉急急跟上，行經地上那些屍體時，不經意地望了一眼方才被趙贇扯下蒙面黑布的那人，頓時便吃了一驚，皆因她認出此人不是別個，正是早前太子府的另一名侍衛副統領汪崇嘯。

所以說，新帝是被他最信任的下屬背叛，才會落入齊王手中的？

望著趙贇挺直的背影，她的眼神有幾分複雜。

換言之，這是他第二回遭人背叛而落入險境？

良久，她忽地停下腳步，低聲對緊跟在她身後的和泰道：「軍中大營我便不去了，你們要辦什麼事便抓緊去辦吧！只若是紹禟回來，請他務必到青河縣尋我。」

反正敵人針對的不是她，她一個女流之輩，再跟著他們也只是拖累，倒不如尋個安全的地方隱起來，不教他們擔心便是。

「夫人想要去哪裡？」和泰遲疑片刻才問道。

「此處離青河縣不遠，而因有朝廷大軍在附近之故，一路上也算是平靜。我在青河縣有相熟之人，倒不如回去等候你們的消息。」

「和泰，你帶人護送她回青河縣，再安排兩人在附近保護著便可。」趙贇不知什麼時候停了下來，聽到他們的話，淡淡地吩咐道。

他既這般說，和泰也不得不應下來。畢竟他們接下來要做之事也是危險，同樣免不了打打殺殺，到時候混戰起來，只怕未必能顧得上她。「夫人放心，一旦將軍歸來，必然會盡快通知夫人，不教夫人擔心。」

既有了決定，和泰便帶著兩名兵士，辭別趙贇一行，帶著凌玉改道往青河縣的方向而去。

和泰甚至還尋來一駕馬車，請了凌玉上車，親自駕車上路。

凌玉坐在簡陋的車廂裡，忍不住掀開窗簾往外頭望去，看著從眼前閃過的路邊景致，既覺得有些熟悉，又覺得有幾分陌生。

一別三年有餘，又逢戰亂之時，也不知青河縣如今怎樣了？姊姊一家、程家村，還有仍在經營留芳堂的杏屏姊她們……

路邊偶爾有幾位衣衫襤褸的人出現，察覺有馬車經過，均不約而同地抬眸望來。凌玉不自覺地望向他們，看著當中一名揹著孩子的年輕婦人，不知怎地便想到了上輩子的自己。

上輩子的她，也是這樣揹著孩子逃亡……可是這輩子，她卻坐在馬車裡，由朝廷將士護送著返回家鄉。

她不再是衣不蔽體、食不果腹的難民，而是高高在上的將軍夫人，只需動動嘴皮子說說自己的需求，自有人立即替她去辦。良久，她低低地嘆了口氣。

難怪世間有那麼多人想要往上爬，權勢當真是個好東西。此時此刻，她甚至有點理解新帝對民間百姓的不以為然了。

那種自生下來便高人一等的天之驕子，如何能體會底層百姓的艱辛不易？人命之於他而言，只怕也算不上什麼，輕飄飄地吐出一個「殺」字，自然便有人的人頭落地。

她想，或許上輩子的齊王，亦非民間稱頌的那般仁厚寬和。生來便是尊貴無比之人，一生亦不曾遭遇什麼大挫折，如何能真正做到愛民如子？

「夫人，青河縣到了，不知夫人打算去何處？」和泰在外頭問。

「往留芳堂去吧！」她下意識地回答。

和泰也沒有再問她留芳堂的具體位置，揚鞭策馬繼續前行。

「放手！你們放開我，放開！」

突然，一陣女子的尖叫聲陡然傳入凌玉耳中，她怔了怔，只覺得這聲音甚是熟悉，再不猶豫，一把掀開車簾往外一瞧，竟然看到蕭杏屏被她那位夫家大伯程大武硬拉著往前走。

蕭杏屏極力掙扎著，甚至哀聲向路人求救，路上不少人指指點點，有人想要上前制止，卻在看到護著程大武的幾名凶神惡煞的大漢時收回了腳步。

「住手！」凌玉大急，驟然一聲喝斥。

駕車的和泰聽到她的聲音，立即便勒住韁繩。

凌玉甚至來不及等馬車停穩便急急跳了下去，二話不說地衝上前，朝那程大武的小腿踢出一腳。

程大武一時不察，被她踢了個正著，當下一聲慘叫，也鬆開了抓住蕭杏屏的手。

蕭杏屏看也不看便朝她這邊撲過來，躲在她的身後瑟瑟發抖。

「是妳?!」見半路突然殺出個程咬金，程大武勃然大怒，正欲指揮他的狗腿子上前，卻意外地認出了凌玉，登時便驚住了。

「小玉？」蕭杏屏此時也認出了她，又驚又喜地喚。

凌玉拍拍她的肩膀，無聲地安慰著，眼神凌厲地盯著程大武。「光天化日之下，你們還敢當街擄人！」

程大武看到她身後三名均是手持兵器，臉上更是一臉肅殺的男子，氣勢便滅了，只虛張聲勢地朝蕭杏屏扔下一句。「算妳走運！」

「夫人，可要屬下教訓他一頓？」和泰問。

凌玉詢問般地望向蕭杏屏。

「罷了罷了，多一事不如少一事。」蕭杏屏嘆了口氣，隨即又高興地抓著凌玉的手。「妳怎地回來了？紹禟兄弟和小石頭他們呢？還有孀子與紹安，也在你們那裡吧？」

凌玉臉上的笑意有片刻凝滯，不答反道：「咱們進屋再說吧！」

蕭杏屏這才一拍腦門。「瞧我，都高興糊塗了！快快快，快隨我進屋！你們不在的這幾年，這青河縣都變了樣，留芳堂的生意也是大不如前，尤其是近些日子，到處都在打仗，亂糟糟的……」說話間，兩人已經進了屋。

和泰想了想，亦跟著她們走進去，另兩名兵士則是盡責地守在門外。

留芳堂裡還有好幾位顧客，有人認得凌玉，立即笑著招呼。「這不是紹禟娘子嗎？當真是好些日子不見了。」

凌玉同樣笑著與對方寒暄幾句。

不少顧客均對跟在她們身後的和泰感到充分好奇，只是看到他手上的長劍，誰也不敢上前去問。

蕭杏屏引著他們進了裡屋，看著和泰高壯的身影跟進來，有幾分疑惑，也有幾分遲疑的視線便投向了凌玉。
凌玉微微笑道：「這位是和將軍，此番多虧了他護送我回來。」
蕭杏屏一聽，連忙起身行禮。
和泰忙避過。「不敢當。」
知道她們久別重逢，必是有不少體己話要說，和泰尋了個理由，體貼地離開了。
「我聽說紹禟兄弟當了官，可真是要恭喜妳了，如今可是官夫人了。」蕭杏屏打趣道。
凌玉故意板起臉。「既然知道我今時不同往日，怎地不向我行個大禮？」
「哎喲喲，可真真了不得！來來來，我給夫人行個大禮！」蕭杏屏忍著笑意，做了個準備行禮的動作。
凌玉連忙按住她。「我跟妳開玩笑呢，哪來那麼多規矩禮節。」
蕭杏屏如何不知？與她笑鬧了一陣，便聽凌玉詢問她。
「程大武他來做什麼？難不成這些年他一直便似今日這般騷擾妳？」
蕭杏屏臉色一僵，嘆了口氣道：「我也不瞞妳。自從大春兄弟和郭大人先後去了京城後，那程大武便來了好幾回，前頭幾回是跟我要銀子，說什麼修繕祖屋、奉養老人，總歸是有各種名目。最近兩回卻是不知怎地，竟是要我辭了差事回家去，說什麼婦道人家拋頭露面不成體統，有辱他們程家門風。」說到此處，她的臉上便添了幾分薄怒。
凌玉冷笑。「也就嫂子妳好性子，若是我，必定不會讓他好過！」
「我一個婦道人家，身邊沒個能作主的，又能怎樣？」蕭杏屏無奈地道。

「柱子哥已經過世那麼多年，妳也替他守了這麼多年，可曾想過另嫁？」凌玉略有幾分猶豫，最終還是問出這個很早便想要問她的問題。

蕭杏屏怔了怔，隨即搖頭道：「這些年我過得好好的，有吃有穿，還能攢下一大筆錢，卻是不曾想過這樣的事。況且，我都這把年紀了，再來說這些豈不是笑掉人家大牙嗎？」

「姊姊年輕得很，若不是這身婦人打扮，走出去人家還會以為妳是位仍待字閨中的大姑娘呢！」凌玉卻不贊同她此話。

這並非客套話，而是事實如此。蕭杏屏如今不過二十六歲，正是女子風華正茂的年紀，加上她本就生得秀美，向來又會打扮自己，整個人瞧著越發年輕，前幾年她還在青河縣時，縣衙便有不少大齡未娶妻的捕快，輾轉託程紹禟向她打探蕭杏屏。

蕭杏屏笑了笑，沒有再接她這話。

凌玉倒也不勉強，只是暗暗決定必要尋個機會教訓那程大武一頓，至少替她解決了這個大麻煩，如此一來，便是她當真決定此生不再嫁，也不會再有人打擾她的日子。

隨即，她又問起了這幾年之事。得知自從楊素問上了京城後，凌大春便請了她家中那位老僕誠伯的兒子過來幫忙，這幾年誠伯父子一直都在，而前年蕭杏屏買下了楊家隔壁的那座小宅子，閒暇時候便會過去替楊素問收拾屋子。

「對了，這回妳回來，可曾去瞧過妳姊姊？」蕭杏屏忽地問。

「我才到青河縣，連自己家裡都還未曾回去，哪裡能去瞧瞧我姊了？」凌玉搖頭，緊接著又問：「妳這話是什麼意思？難道我姊家裡出了什麼事？」

「應該也不算是什麼大事吧。若按以往三年一考，今年不是應該舉行春試的嗎？妳姊夫提前了數月啟程，哪想到途中大病一場，又逢四處打仗，路上不太平，哪裡還能去得了京城？白白耽誤了一個大好的機會。」

凌玉皺起了眉頭。姊夫梁淮升對今年春試的看重程度她是知道的，如今出了意外不能參試，一等就又要三年，只怕這心裡可不好受，連帶著姊姊怕也是難受得很。

「前幾日我在街上見過妳姊姊一回，整個人瞧著都憔悴了不少，也不知是不是這個緣故？」

「我倒是覺得，縱然他不生這麼一場病，這路上不太平，怕也是到不了京城。自然，不能在開考前抵達京城的考生，必定也不會少。」凌玉倒是不以為然。

又不是日後再不能考，錯過了今年，三年後再考便是。況且，她觀新帝登基後種種行事，只怕也沒有那個閒心理會春試一事，否則也不會御駕親征，前來長洛城討伐齊王了。

「正是這個道理！我也這般勸過妳姊，只怕妳姊夫腦子轉不過彎，畢竟準備了這般長的時間，如今卻是連上場的機會都沒有，又哪會甘心？」蕭杏屏點頭道。「不過，我瞧著他再怎樣也不敢拿妳姊撒氣，畢竟妳姊如今背後還有一位當了官夫人的親妹妹做靠山呢！」說到後面，她的神情便又有幾分戲謔。

凌玉啞然失笑，隨即得意地揚眉。「這倒也是！不過，我也是妳的靠山，所以妳沒有必要再讓那程大武爬到妳頭上作威作福。」她輕輕地握了握蕭杏屏的手，一臉正色道。

蕭杏屏反握著她的手，微微笑了笑。「妳放心，我心裡都有數。有這般大的靠山卻不利用，反倒還任由那些不知所謂的欺到頭上來，那也著實太沒用了些。」

見她彷彿想明白了，凌玉也鬆了口氣。

「反正妳這家裡頭也沒有什麼人在，不如便留在縣城陪我住一陣子？對了，卻是不知妳這一回會留多久？」蕭杏屏又問。

凌玉搖搖頭。「姊姊的好意我心領了，只是當年離家匆匆，家中還有不少東西尚未收拾，不如便趁著這個機會回去收拾，改日再出來陪姊姊說說話。」

蕭杏屏聽她這般說，倒也不勉強。

時隔三年有餘再度回到位於程家村中的家，凌玉一時頗為感嘆。

和泰帶著兵士親自把她送到家門口，也不進去，便拱手向她辭別。

凌玉知道他身上還有其他差事，故而只是謝過了他，再三叮囑他，若是有了程紹禟的消息後，務必第一時間讓人轉告她。

和泰自是滿口答應，又吩咐那兩名兵士好生保護夫人，這才策馬離開了。

早在他們一行人進村的時候，便已經造成不小的轟動，除卻因為有和泰等陌生面孔之故，也是因為他們對凌玉的恭敬。

故而，和泰剛一離開，那兩名兵士又被凌玉安置在當年孫氏與金巧蓉的舊居後，立即便有村民藉著串門子之機過來打探。

「石頭他娘，他們是什麼人啊？怎地只有妳回來，紹禟他們父子呢？」

滿村的人都知道程紹禟當了大官，可這官究竟有多大卻沒幾個人清楚。

凌玉笑了笑，並無意洩漏和泰他們的身分。「紹禟還有事要忙，我就先回來了。」

對方見她根本無意實言相告，到底對她有所顧忌，故而也不敢再多言。

一會兒之後，又陸陸續續有其他相熟或不甚相熟的村民前來，不是想著打探那兩名兵士的身分，便是好奇程紹禟如今的官職。更有甚者，是希望程紹禟多多提攜自家的相公、兒子等等。凌玉不是裝聾作啞，便是四兩撥千斤地應付過去，卻是讓人抓不住她的半點不是。

待村民陸陸續續散開後，她便開始收拾屋子。

家裡這般久沒有人在，早就積下不少灰塵，待她把裡裡外外都收拾乾淨，輕捶了捶背，才發覺肚子已經開始咕嚕叫了。

她先打開地窖，而後才到灶房，取出蕭杏屏親自替她置下的米麵瓜果，簡單地煮了個飯。

趁著鍋裡的飯還在煮著，她便到地窖，想瞧瞧裡頭還有沒有王氏存下來的醃菜之類，也好取出來弄幾樣小菜。

她一連揭了好幾個罈子，卻發現裡頭均是空空如也，什麼東西都沒有留下來，不禁有些無奈地揉了揉額角。

看來當日婆母與程紹安上京前，便把家裡吃的東西全都消滅掉了。

她仍是有些不死心地找了一遍，揭開最後一只罈子，仍舊是空無一物，終於洩氣地把罈子一推，看著它滾了幾個圈，停在一處角落裡。

不經意間，她忽地發現方才那罈子下面，似乎有個什麼東西露了出來。

她心思一動，一下子便想到當年小穆帶來的那只箱子，印象中程紹禟便是埋到地窖。

她遲疑著要不要挖出來看看，看裡頭到底藏的是什麼東西，以致讓程紹禟當日的態度變得如此奇怪？

片刻之後，她一咬牙，動手便去挖。

反正程紹禟又不在，看一看又不會怎樣，最多看完之後，她再埋回去便是。

終於，當裡頭那只已經快要瞧不出原本模樣的箱子出現在她眼前時，她鬆了口氣，小心翼翼地把它挖出來，而後抹去上面殘留著的泥土。

想要打開看個究竟時，卻發現箱子是被鎖著的，她頓時有些洩氣。

不過再轉念一想，都已經這般辛苦地挖了出來，難不成到了最後關頭才要放棄嗎？

這樣想著，她又四下望望，而後乾脆便回屋裡尋了把錘子，用力把那鎖頭給砸開。

「噹」一下，她扔掉那把鎖，緩緩地把箱子打開。

當裡頭那些金銀財寶清晰地映入眼中時，她詫異地瞪大眼睛，不敢相信地伸手去取。

珍珠、瑪瑙、寶石、金元寶……每一樣都是價格不菲，有些甚至連她也說不清是什麼東西，只知道這裡頭簡單的一樣，都夠村裡不少人家花用一輩子了。

她暗暗咂舌。真是作夢也想不到自己家裡頭會埋著這樣一批寶貝。

她翻著箱子，想要看看到底收著多少這樣的寶貝？翻到後面，手指忽地觸及柔軟的布，不禁好奇地挖開那些珠寶，果然便見底下放著一個四四方方、用布包著的東西，抓在手上，像是什麼書本。

她打開包著的棉布，一層又一層，果然看見裡面放著的是一本手抄的本子。

她捧著那本子，不知不覺地蹙起了秀眉。

這般多金銀珠寶底下藏著這麼一本本子，此事怎麼想怎麼不對勁。難不成本子裡頭記著這箱東西的明細？

她隨手翻開，雖是年代久遠，可本子裡面的字跡卻仍清晰可見。也不知是不是她的錯覺，總覺得這字跡似乎有些熟悉，彷彿在何處見過一般。

再一細想，忍不住一拍腦門。這字跡與楊素問的有幾分相像！不過她能確定，這東西必不是楊素問的便是了。

她翻看幾頁，見上面記載的都是一些病例，譬如腹中絞痛該如何診治。她對醫術一竅不通，故而也沒有多大興趣，隨意翻了好幾頁，直至看到某一頁上印著好大一塊墨團，彷彿可以想像這本子的主人落筆時的猶豫。

她頓時被勾起了幾分好奇心，忍不住翻開下一頁，卻在看到「皇后」、「相府」、「有孕」幾個字時呼吸一窒，下意識地把本子合起來。

她的心跳不停加速，抓著本子的手越來越用力，臉色漸漸發白。

這本不就是一位大夫記載病例的手札嗎？不知怎地，她便想到了齊王前段時候一直在追查的那本楊太醫手札，心跳一下子更劇烈了。

這本子裡的字跡分明與素問的相似，或者換個說法，不定是素問的字像他，而她記得素問曾經說過，她自小便是臨摹著爹爹的字練習的。

她的額際不知不覺滲出了汗水。所以，這本手札會不會就是齊王一直想要得到的那一本，也就是素問過世的父親楊太醫生前的手札？

若這本果真便是楊太醫生前的那本手札，以齊王對它的志在必得，這裡頭必然記載著一些了不得的秘密，再加上方才不經意地瞄到「皇后」、「相府」、「有孕」幾個字，她便更加肯定了。

這秘密必是與皇室、與先皇后有關；甚至，與曾經的太子、如今的新帝有關。

理智告訴她，應該立即把這東西重新埋入泥土裡，再不讓它見天日。皇家的秘事，誰沾上了必然沒有好結果。

可是情感上，一想到自己這段日子因這本莫名其妙的手札而遭遇的種種，她又有些不甘心。

便是死也要當個明白鬼才是，哪能這般糊裡糊塗的被人擄來，卻是一無所知？

當下，她再不猶豫，重又翻開那手札。

上面關於醫理的一些描寫她均略過不看，只知道天熙二年，皇后自娘家庚相府回宮後幾個月，便被診出喜脈，而彼時的太醫院正楊伯川便負責照看皇后腹中胎兒。

手札上詳細寫了皇后懷胎情況，凌玉也無甚興趣，繼續往後翻了幾頁，忽又見上面寫著相府少夫人有孕之事，她頓覺奇怪。

若是其他太醫便罷了，楊太醫既為太醫院正，又正照看著皇后，這相府少夫人有孕之事如何需要他親自出馬？

她再細看上面對庚少夫人有孕的描述，發覺這位少夫人竟是與皇后幾乎同時懷上的，心中隱隱覺得有幾分不對勁。

「娘娘情緒激動，引致大出血，腹中胎兒危矣……」看到這行字時，她心裡「咯噔」一下，待再看到下面寫著「胎兒暫保」時，又忍不住鬆了口氣。

再一細想，先皇后這胎不就是新帝嗎？新帝好好的活至如今，可見當年皇后確實平安生下了腹中孩兒。

而裡頭關於那庚少夫人的記載，她粗略地掃了一遍，知道這位少夫人懷相不好，又因為鬱結於心，隨著月分越大，情況便越發不妙。

可讓她奇怪的是，對這位庚少夫人的描述，上面竟又寫著一句「胎兒安穩，懷相甚好」，而後又是一塊墨團，再接著便是一句充滿掙扎的話——「常謂醫者父母心，何為父母心？以謊言蔽之，實……」實字後面便什麼也沒有了。

她的臉色漸漸變得凝重起來。

很明顯，庚少夫人懷相並不好，甚至月份越大，這情況便越發糟糕，可不知為何，楊太醫明知實情，卻又像是對什麼人撒了謊？

不對，孕中婦人情況好不好，便是什麼也不懂之人也能看得出來，楊太醫根本瞞不住才是。可是，他又分明撒了謊、騙了人。她想，這個人一定是關心庚少夫人有孕的情況，卻又不能見到她，故而便只能透過楊太醫來了解她的情況。

這個人會是先皇后兄長、庚少夫人的夫君嗎？這個想法剛一冒頭便又被她否認了。

她繼續往下翻，可是卻再也看不到半個字。

她不死心，一直翻到最後，才終於看到明顯相當潦草的幾個字——「娘娘平安產子」、「催產」、「死胎」、「大出血而亡」。

她的臉色終於徹底變了。

先皇后平安產子在她預料中，庚少夫人沒能生下孩兒她亦清楚，畢竟如今新帝健在，而曾經的庚大公子膝下幾個孩兒均為繼室夫人所出。

可是她卻怎麼也沒有想到，那位庚少夫人竟會催產，生下的還是死胎，而她本人卻因此大出血而亡。

好好的相府少夫人做什麼要催產？

她只覺得腦子裡亂作一團，不知為何想到近來民間關於新帝非趙氏皇室血脈的流言，一時更覺得頭疼了。

新帝是不是皇室血脈，楊太醫這本手札已經記載得很清楚，先皇后平安產子，故而新帝乃皇后所出嫡子，這一點根本不用懷疑。

她本以為那些流言不過是齊王故意使人傳出去，目的便是往新帝身上潑髒水，可如今再一想，或許齊王當真便是這樣認為的也說不準，否則他不會急於要得到這本手札，大概是以為這本手札能證明新帝並不是皇室血脈吧？

只是他只怕作夢也想不到，這本手札恰恰便能證明，他的想法是錯的。

新帝確實是神宗皇帝與孝惠皇后親兒！

她唯一想不明白的，便是楊太醫為何將庚府少夫人有孕之事與先皇后的混於一處，同時記載？

難道……難道庚少夫人腹中孩兒也是先帝的？這個想法一冒頭，她便不禁嚇了一跳。應該不會吧？庚少夫人可是先皇后的嫡親嫂子，又怎可能會懷上先帝的孩子？她覺得產生這種念頭的自己只怕是瘋了。

見背後似乎還印有字跡，她又翻過去一看，卻是幾句話——生謂死，死謂生，嘆一聲妻不如妾，妾不如偷，結髮情義，竟不及終生遺憾！

這幾句話又是何意？

生謂死，死謂生……生的說是死，死的說是生？她皺著雙眉，暗地思忖。生的說是死，死的說是生，只因妻不如妾，妾不如偷，結髮夫妻間的情義，竟是抵不過終生遺憾？

她心口一緊，竟覺得這幾句話說的像是先皇后的心境。

她沈思片刻，一個念頭浮現在腦子裡，也讓她不禁暗暗吃驚。

先皇后做了什麼？誰會終生遺憾？先帝嗎？他又遺憾什麼？難道是遺憾庚少夫人紅顏薄命？一想到這個可能，她便如同吞了隻蟲子般，噁心極了。

她合上手札，心裡因為無意中發現這樁皇室秘辛而久久不能平靜。

也不知齊王當初怎麼會誤會了新帝的身世，這種不光彩之事，只怕先帝也不會願意讓更多人知道。而當年的知情人，估計也沒幾個。
她低頭望望手上那本恍若千斤重的手札，突然覺得有些棘手。
這分明就是一個燙手山芋啊！
齊王想要，但是她絕對不可能把它交給齊王；新帝若是知道這手札在自己的手上，想必也會想要拿到手，只是這畢竟關乎一樁皇室醜聞，更牽扯上新帝母族，為保存顏面，新帝必然不會希望無關之人知曉此事，而很明顯，她就是一個無關之人。
這世間最能保守秘密的，只有死人，故而才會有那麼多殺人滅口之事。
她可不希望自己因為一樁這樣的秘辛而丟了自己的性命，所以，還是當作什麼也不知道吧！她暗暗打定主意，遂連忙把那手札原樣包紮好，重新放回箱底，又用那些金銀珠寶掩藏著，最後把那個已經被她砸壞的銅鎖虛扣上，儘量佈置得像是什麼事也沒有發生過一般。
當她從地窖離開後，天色已經漸漸暗沈下來，遠處隱隱傳來村中婦人招呼孩兒歸家的叫聲，不知不覺間，大半日便這樣過去了。

——未完，待續，請看文創風711《執手偕老不行嗎》4（完）

2018年12月出版

大笑迎貴夫

文創風 699～701

出得廳堂，入得廚房；打得了惡人，治得住霸王。
這英姿小娘子太合他心意，只能窮追不可放過啊～～

俏女當關 誰與爭夫／漫卷

電競高手穿成身世成謎的孤兒，李彥錦簡直嚇傻了，
不但被個小姑娘撿回去養，家裡還有標準女兒控的老爸！
更鬱卒的是，那丫頭伶牙俐齒兼天生神力，講得贏他、打得過他，
害他這積極打工抵房租的好男兒險些憋死，只恨自己穿不逢時啊……
可父女倆待他實在沒話説，包吃包住手藝堪比御廚，又領他拜師學功夫，
讓他忍不住偷偷想，若能與他們當真正的一家人，許是個不壞的主意呢……

寧國女將軍謝沛重生了，立志扭轉前世悲劇，討回自己的幸福，
從此她忙得團團轉，要精進武藝、打理自家飯館，賣豆腐賺賺私房，
還得三不五時路見不平，順道把前世害她家破人亡的仇人一鍋端了。
小日子美得沒處挑剔，唯有一事讓她頭疼——
女大當嫁，可她放心不下善良得被當包子捏的阿爹，乾脆招個贅夫吧！
至於人選嘛……就挑寄居她家、多才多藝的小郎君李彥錦如何？

風 文創
710

執手偕老不行嗎 3

國家圖書館出版品預行編目資料

執手偕老不行嗎 / 暮月著. --
初版. -- 臺北市 : 狗屋, 2019.01
冊 ; 公分. --（文創風）
ISBN 978-986-328-955-5（第3冊：平裝）. --

857.7 107020340

著作者 暮月
編輯 黃淑珍
校對 黃薇霓 簡郁珊
發行所 狗屋出版社有限公司
地址 台北市104中山區龍江路71巷15號1樓
電話 02-2776-5889～0
發行字號 局版台業字845號
法律顧問 蕭雄淋律師
總經銷 知遠文化事業有限公司
電話 02-2664-8800
初版 2019年1月
國際書碼 ISBN-13 978-986-328-955-5

本著作物由北京晉江原創網絡科技有限公司授權出版

定價250元
狗屋劃撥帳號：19001626
網址：love.doghouse.com.tw E-mail：love@doghouse.com.tw